Evelyn Grill

Der Sammler

Roman

Residenz Verlag

Mit freundlicher Unterstützung des Landes Oberösterreich

Bibliografische Information der Deutschen Bibliothek
Die Deutsche Bibliothek verzeichnet diese Publikation in der Deutschen Nationalbibliografie; detaillierte bibliografische Daten sind im Internet über http://dnb.ddb.de abrufbar.

www.residenzverlag.at

2. Auflage 2006

Umschlaggestaltung: Eric Pratter
Umschlagmotiv: Arman, Accumulation, 1973 / © VBK, Wien, 2006
Photo des Kunstwerks: © François Fernandez
Typografische Gestaltung, Satz: wolf, www.typic.at
Gesamtherstellung: Ueberreuter Buchbinderei
und Buchproduktion Gesellschaft m. b. H.

.KUNST
bundeskanzleramt

ISBN 3-7017-1442-8

Für Joachim

26

Das Sammeln geht den Wissenschaften immer voraus.

Adalbert Stifter, Der Nachsommer

I

Im *La Grotta* flackerten Kerzen in Rokoko-Kandelabern. Ihr unruhiges Licht fiel auf die Gesichter der Gäste an den gedeckten Tischen und warf weiße Flammen auf das Tonnengewölbe. Irgang blieb in der Nähe des Eingangs stehen, bis sich seine Augen an das dürftige Licht gewöhnt hatten. Die Kellner flitzten an der schmächtigen Gestalt vorüber, als wäre sie unsichtbar. Endlich zwängte sich der Mann zwischen den tafelnden Gästen hindurch, nervös gefolgt von einem Kellner, der sich wegen der umfangreichen Bagage des Neuankömmlings um die gedeckten Tische sorgte.

Im Laufe der Zeit hatte sich das *La Grotta* von einem lärmigen Studentenlokal zu einem Restaurant der gehobenen Mittelklasse entwickelt. Hier traf sich seit zwanzig Jahren Professor Gregor Voss jeden Freitag nach seinem philosophischen Seminar mit Freunden. Für die meisten Studenten war das Lokal zu teuer geworden, trotzdem hielt er daran fest, denn er war nicht nur Philosoph, sondern auch Historiker und besaß ein Gefühl für Tradition.

Er hatte sich seinem Sitznachbarn, dem Anglisten Otto Unlauter, zugewandt, und die Schriftstellerin Dora Stein spießte gerade ein Artischockenherz auf die Gabel, als Brigitte Schneider, die blonde Studentin der Germanistik im achten Semester, Alfred Irgang ankündigte.

Na endlich! rief Uta Aufbau, studierte Sozialpädagogin und ausübende Bewährungshelferin. Sie wandte sich um. Aber da stand der Mann schon an ihrem Tisch, begrüßte die Anwesenden mit beinahe anmutigem Neigen des Kopfes und dem feinen Lächeln des Weltmannes, das in auffälligem Gegensatz zu seinem heruntergekommenen Äußeren stand, zwängte sich schließlich mit seinen prallgefüllten Plastiktaschen hinter den Stühlen der Schriftstellerin und der Studentin vorbei an den für ihn freigehaltenen Platz an der Wand. Bis er ihn eingenommen hatte, verstummten die Gespräche. Irgang verstaute seine voluminösen Taschen, verschob dadurch das weiße Damasttischtuch, rasch griff man nach den Gläsern, Uta Aufbau bewahrte den Kerzenleuchter vor dem Umfallen.

Alfred, sagte Voss zum Ankömmling, als der sich endlich gesetzt hatte und das Tischtuch wieder zurechtgerückt war, ich war gerade dabei, vom Philologenkongreß in Amherst zu erzählen, schade, daß du so spät kommst.

Irgang antwortete nicht, und die Bewährungshelferin betrachtete ihn kritisch: Hast du wieder abgenommen? Finden Sie nicht auch, daß er schlecht aussieht? Dora Stein, an die sie sich wandte, zuckte mit den Schultern: Vielleicht ist das die Beleuchtung. Er sollte sich rasieren. So ein Dreitagebart sieht nur bei jungen Männern gut aus, die Anzüge von Armani oder Versace tragen.

Kann ich auch bei jungen Männern nicht leiden, sagte Brigitte, die eine rosige, leicht reizbare Haut hatte, entweder ein richtiger Bart oder gar keiner. Aber wenn schon Bart, dann auch gepflegt.

Otto Unlauter lächelte und strich über seinen rötlichen Kinnbart.

Irgang machte eine müde, abwehrende Handbewegung: Entschuldige, Gregor, entschuldigen Sie alle, bitte, mein Zuspätkommen, ich hatte keine Zeit, mich zu rasieren.

Die Sozialpädagogin schaute mit einem unschönen Lächeln in die Runde.

Keine Zeit? Die Augenbrauen des Professors hoben sich. Was hast *du* denn zu tun?

Ach, sagte Irgang und wischte mit den Händen über das Tischtuch, ich will gar nicht davon anfangen. Die Hausverwaltung, das Gesundheitsamt, das Ordnungsamt, das ist ja Hausfriedensbruch.

Ist es wieder einmal soweit? fragte Uta Aufbau vorwurfsvoll.

Die Wohnung ist unverletzlich! Irgang schlug mit der Faust auf den Tisch.

Ich bitte dich, nimm dich zusammen! mahnte der Professor.

Zuletzt kam auch noch der Heizkostenableser. Vor allem der Heizkostenableser. Ich habe keine Heizkosten, deshalb brauche ich auch keinen Ableser. Wir leben hier in einem Überwachungsstaat. In der DDR kann es auch nicht schlimmer gewesen sein. Nicht einmal die Wohnung ist dem Staat heilig.

Das meinst du doch nicht im Ernst, sagte der Professor.

Ganz im Ernst, aber ich möchte gar nicht davon reden.

Schade, sagte Dora Stein, das würde mich interessieren. Ich glaube, ich werde einmal über Sie schreiben. Hätten Sie etwas dagegen?

Irgang kicherte. Er bestellte sich eine Tomatencremesuppe mit Croutons.

Ja, wirklich, wissen Sie, wie Sie mir vorkommen? Wie so ein moderner Don Quichotte.

Don Quichotte? wiederholte er. Darauf wäre ich

nicht gekommen. Daß ihm der Vergleich trotzdem schmeichelte, war von seinem Gesicht abzulesen.

Nein, meine Liebe, sagte Gregor Voss, unser Alfred ist ein moderner Sisyphos und deshalb ein glücklicher Mensch.

Das trifft es auch ganz und gar nicht, sagte die Sozialpädagogin entschieden und wandte sich der Freundin des Professors zu, und glücklich? Sehen so glückliche Menschen aus? Nein, Alfred Irgang ist ein ausgesprochenes Unikat. Sie müssen schon eine ganz neue Figur erfinden, da hilft Ihnen weder die griechische noch die römische Mythologie, auch nicht die Weltliteratur. Alfred ist ein fleischgewordener Appell an Ihre Imaginationskraft.

Der blickte amüsiert von Dora Stein zu Uta Aufbau und begann ein Lachen, das wie ein Niesanfall klang und seinen schmächtigen Körper schüttelte.

Du solltest dir endlich deine Zähne richten lassen, dann könntest du auch wieder einmal etwas Ordentliches essen. Ein Steak vielleicht, oder so eine schöne saftige Saltimbocca, wie *ich* sie mir bestellt habe, sagte der Professor, der sich kürzlich Schneidezähne hatte implantieren lassen.

Laß ihn, sagte Dora, er ist doch erwachsen. Wenn er nicht zum Zahnarzt gehen will, dann ist das allein seine Entscheidung.

Du sähest viel besser aus, wenn du Zähne im Mund hättest, fuhr Voss fort, nicht so hohlwangig.

Ja, ja, ich weiß. Er lächelte zustimmend. Aber *ich* muß ja nicht gefallen. Ich sollte auch zum Augenarzt und zum Dermatologen, fügte er trotzig hinzu.

Gut, daß du es einsiehst, sagte Voss.

Augenarzt? Was ist denn mit deinen Augen los? Uta Aufbau starrte ihm ins Gesicht. Du zuckst fortwährend mit den Lidern. Wenn du das meinst, da brauchst du keinen Augenarzt, da brauchst du einen Neurologen. Das ist entweder harmlos oder ein Gehirntumor. Würde ich schleunigst abklären lassen.

Das Zucken mit den Lidern könnte auch für eine Bindehautentzündung sprechen, warf Brigitte ein, hatte ich auch mal.

Laßt ihn zufrieden. Die Schriftstellerin legte das Besteck zur Seite und lehnte sich zurück. Das ist doch langweilig. Jeder Mensch hat die Freiheit, sich zugrunde zu richten, wenn er es will. Das ist das mindeste, was man jemandem zubilligen muß. Aber Sie sollten mehr von sich erzählen, ich kann sonst nicht über Sie schreiben.

Ich kann dir jede Menge von ihm erzählen, fiel ihr der Professor ins Wort.

Entschuldige, sagte Irgang, daß ich dich bei deinem Bericht unterbrochen habe.

Bitte, bitte! Ich wiederhole: Du solltest in Zukunft rechtzeitig kommen. Du weißt doch, daß wir uns immer um sieben Uhr hier treffen, und jetzt ist es fast neun. Wir müssen bald zur Bahn.

Ich für meinen Teil, widersprach die Sozialpädagogin, finde nicht, daß man einem Menschen einfach zuschauen soll, wenn er sich zugrunde richtet.

Wer richtet sich denn zugrunde? fragte Irgang.

Du, mein Lieber, und ich fühle mich schuldig an deinem Untergang, wenn ich dich sehenden Auges auf den Abgrund zugehen sehe.

Ich finde, jeder Mensch hat ein Recht auf seinen jeweils eigenen Untergang, bemerkte die Schriftstellerin mit Nachdruck.

Das finde ich ganz und gar nicht. Ich habe außerdem seiner Mutter in die Hand versprochen, auf dem Totenbett habe ich es seiner Mutter, der guten Betty, hoch und heilig versichert, mich um ihren einzigen Sohn zu kümmern und ihn *nicht* zugrunde gehen zu lassen.

Das nenne ich ein schönes Pathos. Sowas hört man heutzutage selten: ein Versprechen am Totenbett, sagte Otto Unlauter. Läßt mich an Charles Dickens oder an die Schwestern Brontë denken. Die Studentin fühlte sich an Novalis erinnert, fragte dann aber doch beinahe bestürzt:

Ja, brauchen Sie denn Hilfe? Das müssen Sie nur sagen.

Wenn Sie Hilfe brauchen, können Sie selbstverständlich auch auf mich zählen, versicherte der Anglist rasch.

Ihm kann nicht geholfen werden, sagte Uta Aufbau nachdrücklich. Ich mache ihm laufend Angebote. Ich, aber auch Kyra, sie konnte heute leider nicht kommen, läßt Sie aber alle herzlich grüßen, habe ihm schon oft aus der Bredouille geholfen, aber ihm ist letztlich nicht zu helfen.

Eine Aporie? warf Unlauter ein.

Uta beachtete den Einwurf nicht: Wir sind vor lauter Helfen krank geworden. Ich bekam einen regelrechten Bandscheibenvorfall und Kyra eine Sehnenscheidenentzündung, als wir ihm bei seinem zweiten Umzug halfen, den Kruscht aus seiner Mietwohnung in die Eigentumswohnung zu bringen. Kyra konnte einen Monat lang keinen Pinsel halten.

Irgang senkte den Kopf und schwieg. Als ihm der Kellner die Tomatensuppe servierte, krümmte er sich unter den Tisch, verschob dabei das Tischtuch; Uta kniff ihre Lippen zusammen, daß sie schmal wie ein

Strich wurden, und schüttelte mißbilligend den Kopf. Die Studentin rettete die Suppentasse vor dem Herunterfallen, während Irgang kopfunter in seinen Taschen stöberte. Schließlich brachte er einen Packen mit Hochglanzbroschüren und anderes bedrucktes und bekritzeltes Papier hervor und türmte alles neben die Suppenschale auf den Tisch.

Ach du liebe Zeit, rief Dora, was haben Sie denn wieder angeschleppt! Wo haben Sie das verdreckte Zeug gefunden?

Es riecht nach Schimmel, und ich bin gegen Schimmelpilze allergisch. Die Studentin hielt sich ein Taschentuch vor die Nase.

So? Wie äußert sich denn das? fragte der Privatgelehrte voll Anteilnahme.

Ich bekomme Quaddeln im Gesicht.

Wie peinlich! Hörst du? Uta wandte sich vorwurfsvoll an Alfred. Deine Objekte sind gesundheitsgefährdend.

Unlauter fand die Quaddeln interessant, denn er habe einen Schwager, der bekomme Asthmaanfälle, wenn er mit Schimmelpilzsporen in Berührung gerate.

Irgang hatte nicht zugehört. Schade, daß Kyra, unsere Künstlerin – er tauchte mit rotem Kopf unter dem Tisch auf –, heute nicht hier ist. Für sie hätte ich einige erstaunliche Dinge gefunden. Jetzt, wo sie sich auf Installationen und Kästchenbilder, glaube ich, spezialisiert hat. Es ist auch etwas für Sie dabei, sagte er dann zu Dora Stein, Sie brauchen doch Material für Ihren Roman? Er reichte ihr ein Papierbündel. Alles Briefe, handgeschrieben, sagte er. Die Frau ergriff sie mit spitzen Fingern.

Wo haben Sie das denn her? Der Mann kicherte.

Lesen Sie doch, sagte er und begann endlich seine Suppe zu löffeln.

Sie sollten nichts annehmen, das haben wir doch verabredet, mahnte die Sozialpädagogin, wir müssen da ganz strikt sein und zusammenhalten, sonst gewöhnt er sich das nie ab. Schon das geringste Interesse, das wir seinen Fundstücken zeigen, konterkariert alle meine erzieherischen Intentionen.

Dora entfaltete ein Blatt Papier. O Gott! sagte sie indigniert.

Lesen Sie doch! forderte sie auch der Anglist auf.

Es ist nicht ganz salonfähig, aber wenn Sie unbedingt wollen. Also hier steht: *Mein allerliebster Galgenvogel* – schlechte Schrift, schwer zu lesen – *habe gestern wieder umsonst auf Dich gewartet. Warum hast Du mich wieder sitzenlassen* ... Nein, das kann ich hier nicht vorlesen.

Doch, insistierte Uta Aufbau, das ist soziologisch interessant.

Ah, frohlockte Irgang.

Also gut, wenn Sie darauf bestehen. Kein Datum. *Mein allerliebster Galgenvogel, wenn Du heute wieder nicht kommst, fick ich mit dem Bruno, der winselt schon seit Tagen vor meiner Tür. Antworte mir sofort, ob Du mich noch liebst, sonst leck mich am Arsch* ...

Das genügt, sagte Voss angeekelt zu Irgang, vom Romanschreiben hast du wohl wenig Ahnung. Ich muß sagen, es ist unappetitlich und indiskret. Du solltest dich schämen. (Und er dachte an *seine* Mülltonne und erstmals daran, sich einen Shredder anzuschaffen.)

Ganz meine Meinung, sagte die Bewährungshelferin, geben Sie ihm den Schrieb nur gleich wieder zurück.

Immerhin »Galgenvogel«, sann der Dozent dem Gehörten nach, das ist doch heutzutage ein selten gebrauchtes Wort. Das hat Poesie. Wahrscheinlich von einer reifen Frau geschrieben.

Ironisch, gab die Studentin zu bedenken, »Allerliebster« in Verbindung mit »Galgenvogel« sei doch hochironisch. Für eine einfache Frau sei ihr das zu raffiniert.

Das ist gut: von einer Frau! Dora grinste. Der Brief ist mit: Dein geiler Franz gezeichnet.

Oh, sagte der Dozent.

Die Studentin errötete und sagte: Na, dann!

That's life, sagte Irgang ungerührt und lachte wieder lautlos, während ihm die Suppe durch die Zahnstummeln über das Kinn tropfte.

Der Professor räusperte sich. Wo hast du diesen Wisch gefunden?

Hab ich aus einem Container am Hauptbahnhof gezogen; aber das ist längst nicht alles. Sie müssen auch noch die anderen lesen. Die geben wirklich was her, beschwor er die Schriftstellerin.

Ekelhaft, sagte Uta, e-kel-haft, nehmen Sie nichts, lesen Sie nichts, ich bitte Sie.

Ja, ich finde auch, der Professor wandte sich an seine Freundin, du solltest dich damit nicht weiter befassen. Wer weiß, wer die in Händen gehabt hat, womöglich bekommst du davon einen Hautausschlag oder was Schlimmeres.

Irgang nahm die Briefe ungerührt wieder an sich und bot dem Anglisten die Broschüre des städtischen Kulturprogramms vom vergangenen Monat an, weil darin Vorträge über Lawrence Sterne, dessen Forschungsgebiet, angekündigt waren.

Unlauter blätterte das Heft durch, lächelte ein paar Mal boshaft, als er die Namen der Referenten las.

Nicht gerade erste Sahne, sagte er und schob das Programm über den Tisch an Irgangs Suppenteller, außerdem nicht mehr aktuell.

Irgang entgegnete, sobald etwas gedruckt sei, habe es für ihn eine historische Dimension und müsse archiviert werden. Der Historiker kenne im Grunde keine Tempi passati.

Das Gegenteil ist richtig, behauptete Dora Stein, ein Historiker kennt *nur* Tempi passati.

Ich meine damit, sagte Irgang, daß die Vergangenheit meine Gegenwart ist.

Demnach ist meine Gegenwart Ihre Zukunft, antwortete Dora Stein.

Irgang schaute sie leicht irritiert an und sagte: Ich kenne keine Zukunft.

Die Suppe wird dir schon in der Gegenwart kalt, fuhr der Professor genervt dazwischen.

Ungerührt schob Alfred der Studentin eine umfangreiche Hochglanzbroschüre mit dem Thema *Frauenhäuser in der Pfalz* inklusive einer Dokumentation über geschlagene und mißbrauchte Frauen in Mannheim und Ludwigshafen über den Tisch zu. Ich dachte, das könnte Sie interessieren, das fällt doch in Ihr Forschungsgebiet? fragte er und löffelte seine Suppe.

Nein, ich glaube nicht, wirklich nicht, antwortete Brigitte pikiert, ich untersuche in meiner Magisterarbeit das Liebesproblem in Adalbert Stifters »Die Mappe meines Urgroßvaters«. Sie rückte die dickleibige Broschüre energisch von sich weg.

Sie können sie trotzdem behalten, forderte er sie auf und schob sie ihr wieder zu.

Die Freundin des Professors begann zu lachen, während die Studentin die Druckschrift neuerlich wegschubste.

Aber vielleicht ist das etwas für dich? Alfred wandte sich an die Bewährungshelferin, Frauenhäuser und geschlagene Frauen …

Ich nehme nichts, ich brauche nichts, wehrte Uta entschieden ab.

Eigentlich möchte ich gerne mit meinem Bericht über Amherst fortfahren, sagte Gregor Voss, aber erzähl doch du zuerst, Alfred, was ist mit den Heizkostenablesern und mit dem Ordnungsamt?

Da gibt es nicht viel zu erzählen. Die standen plötzlich vor meiner Tür, drückten die Klingel heiser, aber ich konnte sie nicht hereinlassen.

Warum konntest du sie nicht hereinlassen? Herrschaft, laß dir doch nicht jedes Wort aus der Nase ziehen!

Ich dachte, du wolltest über Amherst erzählen, sagte Irgang und beugte sich über seine Suppe, das interessiert doch hier viel mehr.

Warum konntest du sie nicht hereinlassen? bohrte Voss weiter.

Ich konnte den Männern keinen Weg bahnen.

Keinen Weg bahnen?

Kaum bekommt man so ein Schreiben: »Sie haben … Sie werden aufgefordert« und so weiter, schon stehen die Männer vor der Tür und wollen in die Wohnung, ich konnte nicht so schnell alles freimachen, aber ich tat mein Bestes, das war dumm von mir, ich hätte es gar nicht probieren sollen, ich werde mich nie mehr so in Eile versetzen und bedrängen lassen, und da ist mir alles eingestürzt …

Eingestürzt, kreischte Uta, ja was denn eingestürzt? Bücher?

Ach, so allerlei, also alles ist auf mich gefallen. Einer der Männer, die in meine Wohnung eindringen wollten, mußte mir eine Stehleiter holen, mußte erst den Hausmeister suchen, damit ihm der eine Stehleiter verschaffte, damit ich über die eingestürzte Mauer hinwegsteigen konnte.

Sowas muß man sich erst einmal vorstellen! rief der Professor und war nahe daran, sich die Haare zu raufen.

Die Mauern von Jericho sind eingestürzt! Unlauter lachte unbändig.

Das ist eine tolle Szene, die muß ich mir notieren, fand Dora Stein. Erzählen Sie weiter!

Es gibt nichts mehr zu erzählen. Die sogenannten Beamten zogen wieder ab. Irgang grinste. Unverrichteter Dinge. Ich konnte niemanden hereinlassen, das war offensichtlich; trotzdem hat man mir jetzt eine Strafe angedroht, Vereitelung irgendeiner Amtshandlung wird mir vorgeworfen. Ich muß mir einen Anwalt nehmen.

Der wird Ihnen, wie ich fürchte, auch nicht helfen können, sagte Unlauter, der sich von seinem Lachanfall erholt hatte, Sie *müssen* den Heizungskostenableser in die Wohnung lassen. Sonst kommt Sie das noch teuer zu stehen. Ich kenne da einen Fall, meine Cousine …

Das regt mich jetzt wirklich auf, sagte Professor Voss: Du läßt den Heizungskostenableser nicht in die Wohnung, gehst nicht zum Augenarzt und läßt dir auch deine Zähne nicht richten. Und die Urne mit der Asche deines Vaters, hast du wenigstens inzwischen die Urne deines Vaters beisetzen lassen? Er wandte sich an die Studentin: Sein Vater ist vor zehn Jahren verstorben, und immer noch steht die Urne irgendwo …

Im Magazin der Friedhofsverwaltung, antwortete Alfred ruhig, da haben sie eine Menge Platz.

Ja, aber da gehört sie nicht hin! Gregor Voss schien verzweifelt. Wenn ich an deinen Vater, diesen feinen, immer eleganten Herrn, Doktor der Physik und der Chemie, denke …

Nein, du hast recht, die Urne gehört nicht dorthin, aber sie gehört auch nicht hierher. Ich dachte, du wolltest von Amherst erzählen, wiederholte Alfred mit einem gewissen Nachdruck, das interessiert doch viel mehr.

Keineswegs, rief Dora Stein, das mit der Urne ist gut, darüber müssen Sie mir noch Näheres erzählen.

Da brauchst du nur mich zu fragen, sagte Voss, ich kenne die Geschichte.

Ich auch, sagte Uta, es ist ein Skandal.

Haben Sie in Amherst auch Herrn Professor Berner getroffen? fragte der Privatdozent, der dem Gespräch eine andere Wendung geben wollte.

Walter Berner? Leider nein, er mußte absagen, wegen Krankheit glaub ich, oder seine Frau bekam ein Kind.

Wirklich schade, sagte Unlauter, ich hätte gerne gewußt, ob er noch den gleichen Unsinn verzapft wie vor vier Jahren, als ich ihn in Innsbruck erleben mußte.

Amherst ist ein einziger Alptraum! rief Dora Stein plötzlich überraschend. Überhaupt Amerika, a genuin nigthmare, dieses gechlorte Wasser mit den Eiswürfeln, das zum Essen serviert wird, die Amerikaner zerbeißen das Eis, daß es zwischen ihren Kiefern knackt. Wenn ich das höre, glaube ich mich von Knochen zermahlenden Hunden umgeben.

Dora liebt es zu übertreiben, lächelte Professor Voss nachsichtig. Aber nun trotzdem zurück zum Kongreß in Amherst.

Ich glaube, du verschiebst deinen Bericht auf das nächste Mal, bemerkte seine Freundin nach einem flüchtigen Blick auf die Uhr, wir dürfen den Zug nicht verpassen, es ist der letzte.

Auch Irgang schaute auf seine Uhr, zuckte mit den Schultern und beugte sich über seine Suppe. Sie verlangten die Rechnung, Otto Unlauter und die Studentin erhoben sich, nur die Sozialpädagogin zögerte noch, bis auch sie sich zum Aufbruch entschloß.

Alfred hätte seine Mahlzeiten gern in geselliger Runde eingenommen. Da merkte er gar nicht, daß er aß, dennoch breitete sich, wenn sein Magen gefüllt war, ein Wohlgefühl in seinem Körper aus. Alleingelassen, würgte er an der kalten Brühe, denn das Essen war ihm nur eine lästige Notwendigkeit.

Seit er vor fünf Jahren seine Mietwohnung in Mannheim hatte verlassen müssen und er sich im zehnten Stockwerk eines anonymen Hochhauses in Ludwigshafen eine Eigentumswohnung angeschafft hatte, war sein Weg ins *La Grotta* länger geworden. Deshalb machte er sich frühzeitig auf den Weg, wanderte durch die Einkaufsstraße, ging blicklos an den Schaufenstern vorbei, nahm direkten Kurs auf die Konrad-Adenauer-Brücke, aber schon bevor er auf ihr ankam, hatte er den ersten seiner Beutel mit Fundsachen vollgestopft. Er fühlte sich von den Dingen geradezu angesprungen, brauchte sich nur nach ihnen zu bücken. Ich bin ein Dinge-Pflücker, dachte er, und dabei fiel ihm Sisyphos ein, ja, er war ein Sisyphos, und er war glücklich. Doch abgesehen vom Auflesen der Stücke von der Straße, stöberte er in den Abfallbehältern, die seinen Weg säumten. Er stellte fest, daß selbst in Zeiten der strikten Mülltrennung in Altpapiercontainern Yoghurtbecher oder Beleuchtungskörper aufzufinden waren. Über diese regelwidrig gelagerten Funde freute er sich. Er nahm sie in die Hände, untersuchte sie, drehte sie hin und her; und wenn er vermutete, was häufig der Fall war, daß er selbst oder irgend jemand aus seinem Bekanntenkreis die Sache noch brauchen könnte, steckte er sie ein. Auf jeden Fall nahm er Kuriosa. Ihnen konnte er nicht widerstehen, z. B. Zahnprothesen oder Dildos. Niemand konnte ahnen, wie viele Zahnprothesen sich schon bei ihm zu Hause angesammelt hatten und wie viele farbenprächtige und vielgestaltige Dildos. Wer entledigte sich solcher Dinge? fragte er sich. So etwas verlor man doch nicht einfach. Hinter diesen aufgegebenen Gegenständen witterte er rätselhafte Schicksale. Kürzlich hatte er eine praktisch neuwertige Packung mit Kondomen auf der Straße gefunden; die war sicher jemandem aus der Tasche gefallen. Er stellte sich den Mann vor, wie er in eine Situation geriet, in der er sie brauchte, seine Taschen durchwühlte, sie umkehrte und die Dinger nicht fand, natürlich nicht, denn er, Alfred, hatte sie ja in Händen. Das stellte eine Beziehung zu dem Unbekannten her. Oder zu einer Unbekannten. Vielleicht hatte die Kondome ein Mädchen verloren, und sie würde nun schwanger werden oder Aids bekommen oder keusch bleiben.

Unermüdlich war Irgang auch im Zusammentragen von Material für die Schriftstellerin, in der Hoffnung, er könnte sie mit seinen Sachen anregen, Geschichten oder gar Romane zu schreiben. Er hoffte auf eine Widmung am Anfang oder am Ende ihres Buches, die etwa lauten sollte: Die Anregung zu diesem Roman danke ich Herrn Alfred Irgang usw. Obwohl sie bisher für keines seiner Stücke mehr als abfällige Worte gefunden hatte, ließ er sich nicht entmutigen, ihr Briefe, Tagebuchaufzeichnungen, Notizen, Fotos, aus denen sich seiner Meinung nach ein Schicksal entwickeln ließe, vorzulegen. Er fühlte sich als Verteiler, als Umverteiler der Dinge. Er mochte die Dinge, und die Dinge zu mögen ist eigentlich wie eine Maschine sein, sagte er zu sich, weil man immer dasselbe tut. Man tut es immer wieder. Man tut es immerfort. Er ertappte sich bei dem Wunsch, wirklich zu einer Maschine zu werden und sich für unbegrenzte Zeit den Automatismen der Bodenlosigkeit ausliefern zu können, obwohl es ausgerechnet diese Automatismen waren, die ihn daran hinderten, rechtzeitig an den Stammtisch zu kommen, wo ihn sein ältester und einziger verbliebener Freund, der Professor, erwartete. Seine Ankunft scheuchte die Tischgesellschaft jedesmal auf, er irritierte sie, das bemerkte er wohl. Aber man interessierte sich auch für sein Tun und versuchte sogar, es zu begreifen. Besonders die Freundin des Professors, die über ihn schreiben zu wollen behauptete, sagte, bevor sie über ihn schreiben könne, einen Roman womöglich, müsse sie ihn verstehen, seine Beweggründe, die ihn dazu brachten, Dinge um sich anzuhäufen. Sie müsse sich in seinen Horror vacui einfühlen können, in seine Messie-Seele, vorher könne sie keine Zeile über ihn zu Papier bringen.

Natürlich verstand ihn niemand, es hatte ihn noch nie jemand verstanden, auch seine Mutter hatte nie das geringste Verständnis für ihn gehabt, geschweige denn sein Vater, und auch die Schriftstellerin würde ihn nicht verstehen. Er war nicht zu verstehen. Er gefiel sich darin, ein Rätsel zu sein, eine enigmatische Existenz. Du bringst mich noch ins Grab, hatte der Vater, seit er Pensionär war, immer wieder zu ihm gesagt. Du bist mein Sargnagel; wenn du dich nicht änderst, bringst du mich ins Grab. Und er war ja dann auch bald gestorben. Aber ins Grab hatte ihn der Sohn noch immer nicht gebracht.

Nein, das Unverständnis der Menschen störte ihn nicht, er brauchte nicht verstanden zu werden, das war keine Kategorie, die ihm etwas bedeutete, aber daß man ihn beachtete, daß seine Tätigkeiten, wenn auch kritisch, erörtert wurden, genoß er. Er liebte es, wenigstens für kurze Zeit im Mittelpunkt zu stehen und Gegenstand unzähliger Mißverständnisse zu sein. Der Professor machte sich offensichtlich Sorgen um seine Gesundheit, das gefiel ihm. Immer wieder forderte er ihn auf, vor allem einen Zahnarzt aufzusuchen. Sicher würde er nie einen Arzt, weder einen Augen- noch einen Hautarzt, konsultieren, denn schon nach dem Verlassen des Stammtisches beschäftigte sich sein innerer Mechanismus mit den Dingen, die darauf warteten, von ihm aufgelesen zu werden, auf sie warf er seinen demokratischen Blick, denn alles war ihm gleich wertvoll.

Ich bin müde, sagte Dora Stein zu ihrem Freund, als sie im ICE Platz genommen hatten.

Wir dürfen aber nicht einschlafen, ich hätte einmal beinahe das Aussteigen verpaßt.

Erzähl mir von Alfred, sagte Dora, vielleicht hält uns das wach.

Wo soll ich beginnen?

Irgendwo, nur nicht bei Adam und Eva, denn das dauert sicher zu lange. Sie gähnte.

Du mußt seine Geschichte aber von Anfang an kennen, damit du über ihn schreiben kannst.

Ich wundere mich, daß immer alle Leute wissen,

was ich, wenn ich über etwas oder jemanden schreibe, wissen muß. Ich bin kein Wissenschaftler, ich brauche keine Vollständigkeit der Fakten und der Daten. Erzähl was Kurzweiliges.

Er müsse aber trotzdem weiter ausholen, denn er sei auch Historiker, wie sie wohl wisse, und ein Liebhaber von Geschichten und nicht von Anekdoten.

Dora seufzte, schloß die Augen und beteuerte ganz Ohr zu sein.

Vor mehr als zwanzig Jahren, also lange bevor wir uns kannten, habe ich begonnen, jeden Freitag ein philosophisches Hauptseminar an der Universität abzuhalten. Alfreds Eltern, mit denen meine Eltern, bevor sie nach Hamburg umzogen, freundschaftlich verkehrten, bewohnten eine Villa im französischen Landhausstil. Sie boten mir an, nach meinem Seminar bei ihnen zu übernachten. Alfred studierte damals noch Geschichte in München, er forschte über mittelalterliche Ministerialen in der Pfalz, hieß es, angeblich sollte davon auch seine Doktorarbeit handeln, und ich nächtigte jeden Freitag während des Semesters bei den Irgangs und vertrat ihren abwesenden Sohn. Von den Eltern, besonders der besorgten Mutter, erfuhr ich, daß Alfred auch nach fünfzehn Semestern immer noch am Sammeln, am Zusammentragen der Quellen für seine Dissertation sei. Ich beruhigte sie mit einem Stifter-Wort: Das Sammeln gehe den Wissenschaften immer voraus, obwohl auch ich fand, daß Alfred zum Sammeln doch etwas viel Zeit aufwendete, und auch Eugen Irgang, damals noch Direktor der Landmaschinenfabriks-AG Mannheim, seufzte, wenn von dem schleppenden Fortgang, eigentlich Stillstand, der Studien seines Sohnes die Rede war. Einmal hatte ich einen Vortrag in München zu halten. Alfred wohnte in der Nähe des Odeonsplatzes zur Untermiete. Ich besuchte ihn. Er konnte mir als Sitzgelegenheit nur seinen Schreibtischsessel anbieten und nötigte mich, darauf Platz zu nehmen. Das Zimmer war vollgeräumt mit Mappen und Kartons. Er klagte, daß es schwierig sei, Neues über mittelalterliche Ministerialen in der Pfalz zu finden, es seien kaum unbekannte Dokumente aufzutreiben und die bereits bekannten längst in früheren Doktorarbeiten ausgewertet worden. Trotzdem hoffe er immer noch Beweise für seine These zu finden, die den Ministerialen einen anderen Status als den gemeinhin von der Forschung behaupteten zusprachen. Da er schon der Geschichte seiner mittelalterlichen Ministerialen nur noch schwer habhaft werden könne, sagte er mit einem resignierten Lächeln, versuche er einstweilen seiner eigenen Geschichte nicht verlustig zu gehen. Er lief zwischen den Papierstößen auf und ab, wies auf Journale und machte mich auf seine handschriftlichen Notizen aufmerksam. Die Zeitungen seien chronologisch geschichtet. Regelmäßig kontrolliere er ihre Reihenfolge. Er trage sich mit dem Gedanken, ein Zeitungsarchiv aufzubauen. Als ich ihn fragte, ob er denn bei den geschilderten Schwierigkeiten der Materialsuche für seine Doktorarbeit sich nicht überlege, sich einer anderen Thematik zuzuwenden, antwortete er: Keineswegs, er sei auf bestem Wege, allerdings wolle er sich nicht einengen lassen. Immerhin stoße er auf der Suche nach Originaldokumenten der Ministerialen Ottos III. auf Papiere, die wichtig und interessant seien, die aber im engeren und leider auch im weiteren Sinn nichts mit seiner Forschung zu tun hätten. Doch sollte er sich deshalb vom Gefundenen trennen? Eine solche Engstirnigkeit könne doch niemand von ihm erwarten. Unlängst habe er im Keller seiner Zimmerwirtin Handschriften entdeckt, allerdings nicht aus dem Mittelalter, sondern aus dem 19. Jahrhundert; Briefe, die ein Vorfahre der Zimmerwirtin, der 1812 aus wirtschaftlicher Not nach Amerika ausgewandert war, nach Hause geschrieben habe. Alle noch in der alten Kurrentschrift verfaßt, die *er* ja noch lesen könne, wohingegen die meisten seiner Kommilitonen dazu nicht mehr fähig seien. Die Briefe seien auch soziologisch äußerst interessant, er wolle sie bei Gelegenheit transkribieren und der einschlägigen Forschung zur Verfügung stellen, falls sich Interessenten fänden und die Zimmerwirtin damit einverstanden sei, mit der er aber im Augenblick nur das Notwendigste spreche. Jedenfalls habe er bereits Kontakte zu einem Heimatmuseum in Schriesheim geknüpft. Einstweilen lagere er die Dokumente bei sich. Der Zimmerwirtin habe er verboten, sein Zimmer zu betreten, da sie anfangs durch ihre Aufräum- und Reinigungswut für ihn wertvolle Dinge, ja, Unersetzliches einfach weggeworfen habe. Auch ihrer Tochter mißtraue er. Sie habe ihn, wenn er ihr im Flur begegnet sei, verheißungsvoll angelächelt, habe ihn sogar einmal eingeladen, mit ihr in der Küche Tee zu trinken. Nun aber gehe ein Gerücht, daß sie schwanger sei, ein Bräutigam sei aber weit und breit nicht in Sicht. Dadurch sei in ihm der Verdacht entstanden, sie wolle ihn verführen. Sie sei von Beruf Krankenschwester, wahrscheinlich habe sie ein Arzt geschwängert, und jetzt suche sie einen Vater für ihr Kind.

Paranoid, stellte Dora gähnend fest, eindeutig paranoid. Oder eine geradezu neurotische Angst vor Nähe.

Wir gingen dann in eine Kneipe. Er sollte schleunigst ausziehen, vertraute er mir dort an, doch mit seinem ganzen Archiv sei es zu schwierig. Das Mädchen war übrigens tatsächlich schwanger, heiratete aber wenige Monate später, allerdings keinen Arzt, sondern einen Handwerker, ich glaube einen Buchbinder, sagte Gregor Voss, der entdecken mußte, daß seine Freundin inzwischen eingeschlafen war.

Das sollte einer ernsthaften Schriftstellerin, der man Material vorlegt, eigentlich nicht passieren, dachte er enttäuscht. Auch er war müde, hielt sich aber mit Anstrengung wach, denn sie würden bald ankommen. Inzwischen betrachtete er Dora, deren Gesicht im Schlaf einen überaus sanften, wenn auch etwas blöden Ausdruck bekommen hatte, mit Zärtlichkeit, denn das Erwachen würde ihren Zügen wieder die Strenge geben, die ihn manchmal irritierte.

Irgang begegnete auf seinem nächtlichen Streifzug an der Ecke Freßgasse/Rathausgasse, die er regelmäßig wegen des meist mit originellem Abfall gefüllten Müllcontainers anpeilte, Rudi Muster, Doktor phil., der früher ein regelmäßiger Teilnehmer am Stammtisch des Professors gewesen war, aber sich dort seit längerem nicht mehr zeigte. Mit seiner tief über die Stirn gezogenen roten Zipfelmütze hätte ihn Irgang beinahe nicht erkannt. Er hatte ihn nicht vermißt, denn es passierte ihm stets, daß seine nächtlichen Begegnungen wechselten, daß manche auftauchten, manche verschwanden, wiederkamen oder nicht mehr wiederkamen.

Waren Sie verreist? fragte Irgang. Ich habe Sie lange nicht gesehen.

Verreist! Der Angesprochene lachte schrill. Verreist,

Sie scherzen. Sie wissen doch, daß ich auf Sozialhilfe angewiesen bin. Allerdings, irgendwie haben Sie recht, ich war verreist, unfreiwillig und gratis verreist, jawohl, im Krankenhaus war ich auf Urlaub; er lachte unfroh und hob den rechten Arm, der noch einen Verband trug.

Wie ist denn das passiert? fragte Irgang und lehnte seine Plastiksäcke gegen den Müllcontainer.

Ein Unfall mit einem Hund, sagte Muster, Unterarm gebrochen, ziemlich kompliziert, mußte genagelt werden.

Mit einem Hund? wunderte sich Irgang und bückte sich, um etwas aufzuheben, das sich als Stadtplan von Heidelberg herausstellte, zwar verschmutzt, aber sonst komplett, er steckte ihn in einen seiner Beutel.

Wie Sie wahrscheinlich wissen, sagte Muster, beschäftige ich mich seit einiger Zeit mit asiatischen Religionen im weiteren Sinn, im engeren mit dem Lamaismus. Om, sagte er, ooooom. Ich muß endlich dieses verkopfte Universitätsleben aus mir herausstrampeln. Ich muß meine Gefühle zulassen. Meinem Bauch mehr Beachtung schenken, verstehen Sie. Das Om, wenn Sie es richtig aussprechen, kommt direkt aus dem Bauch. Er legte seine Hand an seine Mitte und sagte: Hier, eine Handbreit über dem Nabel, müssen Sie es spüren, wenn Sie Om sagen. Täglich fahre ich mit meinem Fahrrad zu meinem Baum in der Gartenstadt. Es ist eine Ulme, zu ihr bete ich.

Eine Ulme? fragte Irgang sinnend, denn er erinnerte sich an eine mächtige Ulme im Garten seiner Eltern.

Ja, eine Feldulme, mit der gewaltigsten Krone, die Sie sich überhaupt vorstellen können. Ich brauche das

Gespräch mit meinem Baum für meine seelische Gesundheit, verstehen Sie. Wenn Sie so eine empfindsame Psyche haben wie ich, können Sie nur mehr mit Bäumen das Gespräch suchen. Ich lehne mich an die schwarzbraune Borke meiner Ulme, schließe die Augen und meditiere. Leider ist man dort nicht allein, nirgends ist man heutzutage mehr für sich. Es sind vor allem die Hunde eine Plage. Massenhaft führen die Spießbürger ihre Hunde aus, die meisten sind verbotenerweise nicht einmal angeleint. Als ich zu meinem Baum unterwegs war, da springt mir so ein Tier beinahe in die Speichen, es verfolgt mich, ich trete in die Pedale, die Dogge mir nach, ist neben mir, ich immer schneller, keuche, das Tier auch, schließlich gelingt es mir, einen Vorsprung zu erstrampeln, ich drehe mich einen Moment um und erschrecke: Was glauben Sie, was ich sehe?

Keine Ahnung, sagte Irgang.

Ich sehe den Hund, seine Fresse, und plötzlich, für den Bruchteil einer Sekunde, erkenne ich in dem Hund das Gesicht meiner Mutter, der Hund trägt für diesen Augenblick die Physiognomie meiner Mutter, das müssen Sie sich vorstellen: meine Mutter, wie sie hinter mir herhechelt, mich zur Strecke bringen will. Wissen Sie, daß mich meine Mutter enterbt hat? Alles meiner Schwester zugeschustert, die als beamtete Lehrerin, als Studienrätin in Köln wahrhaftig nicht auf das Erbe angewiesen ist. Und mich auf den Pflichtteil gesetzt. Ich bin so erschrocken, in der Dogge das Gesicht meiner Mutter zu sehen, zitterte am ganzen Leib und übersah dadurch ein parkendes Auto, hätte hier gar nicht stehen dürfen, Parkverbot, fuhr darauf auf, stürzte, verletzte mich am Knie, am Arm, gebrochen, Gesicht zerschunden, mein Fahrrad

Totalschaden. Der Hundehalter mit dem Hund verschwunden. Ohne Fahrrad bin ich aufgeschmissen, ohne das Fahrrad komme ich nicht mehr zu meinem Baum. Sie wissen, wo ich wohne? Vom Jungbusch in die Gartenstadt, das ist zu weit zu Fuß.

Sie sind wirklich ein Pechvogel, sagte Irgang. Unterrichten Sie denn nicht mehr? Der Professor hat neulich nach Ihnen gefragt. Aber niemand konnte ihm Auskunft geben. Sie kommen nicht mehr an unseren Stammtisch?

Nein, sagte Dr. Muster, seit mich dieser arrogante Anglist beleidigt hat. Kommt in meinen Volkshochschulkurs über Meditation und das Deutsche Volkslied und stänkert mich an vor meinen Schülern. Hat keine Ahnung von meiner Didaktik. Das ist auch so ein Verkopfter, so ein Hirnkranker. Ich gehe nur noch mit Menschen um, die mir gut tun, verstehen Sie. Zurzeit unterrichte ich Deutsch für Aussiedler. Das ist eine Knochenarbeit, kann ich Ihnen sagen. Wie lange noch, weiß ich nicht, denn ich habe mich mit der Leiterin der Volkshochschule verkracht. Leben kann man sowieso nicht davon. Lassen wir das. Dr. Muster stopfte sich sein rotes Halstuch fester in den Anorak und stieß mit dem Fuß gegen einen Randstein.

Und jetzt sind Sie wie ich zu Fuß unterwegs?

Was soll ich denn sonst machen? Ich muß mich ja auch bewegen, kann nicht den ganzen Tag in der Wohnung hocken und schreiben.

Was schreiben Sie denn?

Bachofen. Eine Neuinterpretation des Mutterrechts.

Ich dachte, Sie hätten über Ödön von Horváth promoviert? Der Typus des Verführers, glaube ich, erzählten Sie.

Davon will ich nichts mehr wissen. Alles verkopft, hirnrissig im wahrsten Sinn des Wortes. Hat nichts mit meinem Bauch zu tun. Aus dem Bauch kommt das wahre Leben, das Fühlen, verstehen Sie, man muß es nur hochsteigen lassen. Muster strich mit seinem gesunden Arm vom Bauch über Oberkörper und Kopf.

Ich gehe gern zu Fuß, betonte Irgang, da fällt einem soviel in die Hände und in die Augen. Vielleicht finde ich etwas, das Sie brauchen können. Bachofen, sagten Sie, Mutterrecht?

Finden Sie auch Fahrräder?

Das eigentlich weniger, sagte Irgang, aber könnte sein. Neulich immerhin eine Fahrradpumpe und einen Korb, den man auf die Lenkstange klemmen kann. Ich nehme natürlich nur, was ich tragen kann, ein Fahrrad nützt mir nichts, ich kann gar nicht Fahrrad fahren.

Verstehe. Muster wurde schon unruhig, er wollte weiter.

Aber neulich entdeckte ich beim Sperrmüll in Feudenheim, Alfred ließ sich nicht beirren, sogar eine Schreibmaschine, noch vollkommen in Ordnung, eine Kofferschreibmaschine, eine Olivetti Lettera 22, wenn Sie sowas brauchen? Wo Sie doch schreiben.

Muster griff sich an den Kopf: Um Gottes willen, bloß keine Schreibmaschine, wenn ich die Tasten nur sehe, kriege ich Kopfschmerzen, schon nach dem ersten Satz bekäme ich einen Migräneanfall. Nein, danke, ich schreibe alles mit der Hand. Jetzt muß ich weiter, sagte Muster und begann zu laufen und im Laufen zu stöhnen: Oooooom.

Irgang streckte sich, steckte seine beiden Arme in den geöffneten Schlund des Müllschluckers und begann im Licht der Straßenlaternen darin zu stöbern. Die Beleuchtung war zu schwach, als daß er sehen konnte, was er in seinen Händen hielt. Aber er fühlte, der Tastsinn erhitzte seine Fantasie. Er zog heraus, was seine haptischen Sinne erregte. Stopfte alles in geräumige Plastiktaschen, die bald prall gefüllt waren. Dann machte er sich mit seiner Beute auf den Heimweg, nicht ohne das Gefühl, Wertvolles unwiderbringlich zurückzulassen. Es war eine laue Maiennacht, es duftete nach Blüten, sogar in der Stadt, die sich längst dem Autoverkehr unterworfen hatte, roch man den Frühling.

Solche Nächte erinnerten ihn immer an eine bestimmte Bombennacht, die er als Kind erlebt hatte, bevor man ihn in den Schwarzwald ausgelagert, also in Sicherheit gebracht hatte. Alles blühte, der Garten seiner Eltern: ein einziges Blütenmeer. Unser Garten ist ein einziges Blütenmeer, schau doch, Kind, freu dich! Freu dich, sagte die Mutter, sie stand auf der Veranda und hatte die Arme ausgebreitet, sie hatte immer eine Vorliebe für pathetische Gesten, freu dich, sie sog die Luft hörbar ein, an diesem Duft, an diesen Farben. So freu dich doch! hatte die Mutter wiederholt, ihn zu sich herangezogen, an den Schultern gepackt und geschüttelt, als ließe sich aus ihrem Sohn die Freude herausrütteln. Dabei hatte sie Tränen in den Augen gehabt. Alfred erinnerte sich noch genau, er hatte sich nicht getäuscht. Das hatte ihn verstört. Er hatte sich immer freuen müssen, seine Mutter hatte immer Freudenausbrüche von ihm erwartet, ein Lautwerden der Freude hatte sie von ihrem Sohn gefordert. Er wußte nicht, wie er es machen sollte, seine

Mutter von seiner aufrichtigen Freude zu überzeugen. Er sagte ja, Mutter, ich freue mich. Aber das stimmte eigentlich nicht, und die Mutter war zu Recht enttäuscht von seiner lahmen Reaktion gewesen. Er hatte sich nie auf Befehl freuen können, das erschien ihm als ein furchtbarer Fehler, der nur ihm anhaftete. Seine Freude war geheuchelt, seine Heuchelei bestand aus dem Satz: Ja, ich freue mich. Alfred hatte daher immer Angst, sich freuen zu müssen. Schon wenn seine Mutter ausrief: Wie schön, Tante Frieda kommt heute, freust du dich?, war es ihm unmöglich gewesen, eine angenehme Empfindung beim Erscheinen seiner Tante Frieda zu haben. Es waren ihm auch die Erscheinungen der Natur unwichtig geworden. Das hatte sich bis heute nicht verändert. Sonnenuntergänge, Vollmonde, Sternenhimmel, blühende Bäume, buntes Herbstlaub waren ihm so gleichgültig, daß er sie erst bemerkte, wenn ihn jemand schwärmerisch darauf hinwies. Nein, er war nie ein Romantiker gewesen. Gefühlsarm, nannte sie ihn, zum Vater hörte er sie sagen, er hat kein Gefühl, für nichts hat er eine Empfindung, man kann ihm keine Freude machen. Andere Kinder hüpfen vor Entzücken, wenn ihnen etwas gefällt. Aber ihm gefällt nichts. Für Geschenke bedankt er sich höchstens mit einem Lächeln. Ein Lächeln oder ein Kichern ist das Höchste, was man ihm entlocken kann. Dieses schaurige Kichern, hörte er die Mutter zum Vater sagen, es hat etwas Hexenhaftes. Der Vater antwortete: Er ist eben ein ruhiges Kind, du verlangst zuviel von ihm, ich war auch immer zurückhaltend.

Die Blüten in diesem Kriegsjahr waren so strotzend und prächtig gewesen, sie brachten das Gefühl der Mutter zum Überlaufen. Die ganze Nacht heulten die

Sirenen. Dann kamen die Flugzeuge, dann fielen die Bomben. Man bombardierte den Hafen und die Chemiewerke. Das Villenviertel, in dem Alfred mit seinen Eltern wohnte, blieb verschont, aus ihrer relativen Sicherheit sahen sie den gewaltigen Feuerschein. Es krachte, es brannte, aber es war woanders. Alfred fürchtete sich nicht. Er war zehn Jahre alt. Es scheint, daß Kinder vor allem irrationale Ängste haben, wirkliche Bedrohungen sind ihnen ein Schauspiel, jedenfalls hatte er sich so in Erinnerung. Am nächsten Morgen, als er aus dem Fenster blickte, glaubte er, daß über Nacht mit oder durch die Bombardements der Winter eingekehrt war, daß die Flugzeuge den Winter herbeigebombt hatten. Eine dicke, weiße Decke hüllte Blüten, Häuser, Wiesen, Bäume ein. Schnee, rief Alfred, es hat geschneit. Er lief zur Mutter: Es hat geschneit! Seine helle, aufgeregte Stimme klang in den Ohren der Mutter so, als ob er sich freue, als ob er sich über die Tonnen von Staub, die die Blüten, die den ganzen Stadtteil bedeckten, freute. Schnee! rief er. Was? schrie sie. Was? Und schlug ihn ins Gesicht.

Es hatte noch viele Bombennächte gegeben, die hatte er nicht mehr miterlebt. Als man ihn nach dem Krieg zurückholte und er hier wieder die Schule besuchen durfte, stand beinahe kein Stein mehr auf dem anderen. Die Landmaschinenfabrik seines Vaters war stark beschädigt worden, aber sein Elternhaus war nicht zerstört, und auch seine Mutter konnte nicht mehr abtransportiert werden. Eine Beamtin hat meine Akte immer nach unten gelegt, wußte die Mutter. Sie habe ihr einmal, bevor die Nazis kamen, als sie noch Leiterin der Städtischen Fürsorgestelle war und die Frau ihre Untergebene, aus einer existenzbedrohenden Situation heraushelfen können. Anderen Gutes tun lohnt immer, das mußt du dir merken! Nur wer gibt, bekommt etwas zurück, mahnte sie ihren Sohn.

Nein, er hatte keine weiteren Bombennächte mehr erlebt, denn die Eltern schickten ihn rechtzeitig zu Onkel und Tante in ein südliches Schwarzwalddorf. Dort brauchte er nicht zur Schule zu gehen. In Bernau fragte niemand nach seiner Abstammung, es fragte überhaupt niemand nach ihm, er wurde von den Bewohnern und den Bauernkindern kaum wahrgenommen. Er hielt sich fast immer im Haus oder im Garten auf, der von einer dichten Tannenhecke umstanden war, saß bei Tante Irma in der Küche, schleppte Holzscheite an den Herd, lernte Kartoffel schälen und Zwiebel schneiden. Abends las Onkel Franz, der aus Schriesheim stammte, mit seiner dröhnenden Baßstimme heitere Geschichten in Pfälzer Mundart vor.

Die Zeit, die er bei Tante Irma und Onkel Franz in dem alten, ehemaligen Bauernhaus verbringen durfte, bewahrte er als die glücklichste Zeit seines Lebens, die nur durch die fallweisen Besuche seiner Eltern gestört wurde. Er würde das alte Bauernhaus gerne wiedersehen, das jetzt seinem Freund, dem Professor, gehörte, aber man hatte ihn noch nie wieder dahin eingeladen. Freust du dich, daß wir da sind? fragte die Mutter. Du freust dich doch, du hast uns doch vermißt? Die Eltern blieben nie lange, sie kamen auch nicht sehr oft, aber wenn sie hier waren, mußte Alfred mit ihnen wandern. Sie genossen die Schwarzwaldluft, in der Stadt atmeten sie nur noch Staub, sagte der Vater. Kaum waren sie unterwegs, begannen die Eltern miteinander zu streiten, sie vergaßen ihn, er trottete hinter ihnen her, er erinnerte sich nicht, was die Ursache ihres Streites war, Nebensächlichkeiten vielleicht, vielleicht auch nur die Unvereinbarkeit ihrer Temperamente. Alfred blieb hinter ihnen, versuchte nichts mehr zu hören, nicht die schrillen Attacken der Mutter, nicht die leisen, bösen Gegenangriffe des Vaters, er suchte nach Tannenzapfen, nach Steinen, seltsam geformten Wurzeln; einmal fand er einen einzelnen rechten Handschuh aus Leder, er steckte alles in die Taschen seiner Jacke, die sich bald ausbeulten, er hob auch Zigarettenstummel auf oder Nägel, Schrauben und Schnüre. Wenn die Eltern hier waren, las Onkel Franz keine Pfälzer Geschichten vor. Es wurde vom Krieg gesprochen und daß er wohl nicht mehr lange dauern könne und daß die Mutter einen gelben Stern tragen müsse und sie deshalb nur noch ungern aus dem Haus gehe. Alfred hörte der Unterhaltung nur mit halbem Ohr zu, er verstand nicht, worum es ging, es interessierte ihn nicht, alles, was mit seinen Eltern zu tun hatte und sich außerhalb seines kindlichen Bereichs abspielte, wollte er nicht wahrnehmen, er hockte in einem Winkel und legte Patiencen, ein Spiel, das ihm die Tante beigebracht hatte und dem er sich stundenlang hingab. Abends saßen sie am Fenster des verdunkelten Häuschens, und die Eltern träumten sich hinunter in die Schweiz, wo die Lichter noch nicht ausgegangen waren. Onkel Franz und Tante Irma beschworen seine Mutter, aus Sicherheitsgründen bei ihnen zu bleiben, unterzutauchen, wie der Onkel sagte, niemand würde sie hier suchen, und Alfred hatte große Angst, daß sie sich überreden ließe. Aber der Vater war sicher, daß er durch seine einflußreiche Stellung in der Landmaschinenfabriks-AG seine Frau schützen könne. Ich bin froh, daß meine Eltern das nicht mehr miterleben müssen, sagte die Mutter. Sie waren vor Jahren bei einem Flugzeugabsturz ums Leben gekommen. Meine Mutter hatte sich so auf ihren ersten Flug gefreut, aber das Flugzeug war auf dem Weg nach New York in den Atlantik gestürzt. Ihre Leichen wurden nie gefunden.

Sobald die Eltern wieder abgefahren waren, zeigte Alfred Tante Irma und Onkel Franz seine Funde, die er von den Spaziergängen heimgebracht hatte. Über die Zigarettenstummel freute sich der Onkel, und Tante Irma sagte: Schau nur, was das Kind alles gefunden hat!, strich ihm über den Kopf, fand beinahe alle seiner angeschleppten Dinge aufbewahrenswürdig und nannte ihn ihre Haushaltsstütze. Nägel wurden zurechtgebogen und Schrauben der Größe nach geordnet, Knöpfe in die Knopfschachtel gelegt, die Tannenzapfen wurden getrocknet und dann zum Einheizen benützt. Irgendwann würde alles seine Verwendung finden. Mehr als ein Jahr lebte er in der Verborgenheit. Aber als der Krieg zu Ende war, viel zu rasch für das Kind, mußte er wieder zu seinen Eltern zurückkehren. Tante Irma und Onkel Franz, deren Wohnhaus von den Bomben zerstört worden war, hatten sich an die Bauernkate gewöhnt und wollten nicht mehr in die Stadt. Wir sind zu alt, um noch einmal neu anzufangen, sagten sie. Alfred wäre gerne bei ihnen geblieben, und die Tante, eine zierliche, kleine Gestalt, die auch noch in der schwarzen Rüschenschürze, die sie immer zu tragen pflegte, damenhaft wirkte, hätte ihn auch behalten. Aber du gehörst zu deinen Eltern, sagte sie und hatte ihn zum Abschied noch einmal fest an sich gedrückt. Der säuerliche Geruch der alten Frau war in seinem olfaktorischen

Sinn immer noch aufbewahrt. Noch heute würde er gerne dem Haus wenigstens einen Besuch abstatten. Er würde in den fensterlosen Raum gehen, den sie Verlies nannten, und nachschauen, ob die in seiner Kinderschrift gekennzeichneten alten Zigarrenkisten mit Schräubchen und Nägeln noch existierten. Er könnte Gregor fragen, ob es die noch gebe, dann würde der Freund vielleicht zu ihm sagen, komm doch einmal und schau selber nach. Und seine Freundin würde vielleicht eine Einladung unter der Bedingung aussprechen, daß er ihr von sich erzähle. Das würde er ihr versprechen, irgendwelche Häppchen könnte er schon preisgeben, ein paar Köder auslegen, um sie zu motivieren, ihr Romanvorhaben auszuführen. Er würde sich gerne zwischen zwei Buchdeckeln lesen und etwas über sich erfahren, etwas ihm Fremdes, Erstaunliches, etwas, worüber er den Kopf schütteln könnte. Sie dürfen sich aber nicht wundern, hatte Dora Stein einmal zu ihm gesagt, wenn ich Ihnen etwas andichte, es bleibt mir ja nichts anderes übrig, wenn Sie weiterhin keine Informationen aus sich herauslassen, da *muß* ich ja meine Phantasie walten lassen. Da *muß* ich mich ja selbst in Sie verwandeln, quasi in Sie hineinkriechen, da werden Sie dann schon sehen, was da herauskommt. Ich warne Sie, hatte sie gesagt, ich mache aus Ihnen ein Monster. Frau Stein meint es nicht so, hatte ihn Gregor zu beruhigen versucht, aber er war gar nicht beunruhigt gewesen. Und Dora hatte gelacht. Als ein Monster hätte er sich nicht ungern gesehen. So ein Ungeheuer, das jedermann einen Schrecken einjagen konnte. *Oderint dum metuant*, hatte er zitiert und ebenfalls gelacht. Bisher hatte sich nie jemand vor ihm gefürchtet.

Das kleine Bauernhaus stand nun die meiste Zeit des Jahres leer. Nur die Sommermonate pflegte Gregor dort mit seiner Freundin zu verbringen. Von dort erreichten ihn manchmal Kartengrüße. Macht ihr wieder Urlaub in Bernau? wagte er zu fragen. Urlaub? Was ist das? fragte sein Freund. Nein, ich arbeite, habe im Herbst zwei Vorträge zu halten, gehaltene Vorträge müssen druckreif gemacht werden, die Anmerkungen sind ja das Zeitaufwendigste. Da hat es Dora leichter, sie braucht keinen Apparat, sie setzt sich einfach hin und schreibt, sagte Gregor und schrieb Kartengrüße, die deutlich waren: Wir beide brauchen die Ruhe, die Abgeschiedenheit. Da wagte Alfred keinen Versuch mehr, sich eine Einladung in das Haus seiner Kindheit, sein Sehnsuchtsgebäude zu erschleichen. Manchmal fragte er seinen Freund, ob der Samowar noch auf dem alten Kachelofen stehe, mit dem Tante Irma, die russische Vorfahren hatte, Tee zuzubereiten pflegte. Aber gewiß, antwortete Gregor, es ist alles so geblieben, wie du es in Erinnerung hast. Nur eine elektrische Zusatzheizung haben wir einbauen lassen und die alten Kanonenöfchen in den kleinen Zimmern entfernt. Und den Samowar haben wir natürlich auch nicht mehr in Gebrauch, er ist nur noch ein Dekorationsstück. Es fehlt irgendein Teil daran, sagt Dora, die das Messing manchmal poliert. Diese Vergewisserungen beglückten Alfred einerseits, andererseits ließen sie in ihm eine Sehnsuchtsflamme auflodern, er wünschte sich, sein Kindheitsparadies wiederzusehen, jeden Raum inspizieren zu dürfen, das Behaustsein, das er dort empfunden hatte, wiederzufinden.

Das Ende des Krieges war auch für seine Mutter, die man zuletzt doch noch eingesperrt und zur Vernichtung, wie man hinterher erfuhr, bestimmt hatte, gerade rechtzeitig gekommen, ihr Abtransport konnte verhindert werden; sie wurde nach einer Woche Kerkerhaft von den Amerikanern aus dem städtischen Gefängnis befreit. Aber für Alfred hatte der Frieden das Ende seiner Freiheit gebracht. Er hatte in eine durch die Zerstörungen ihm völlig fremd gewordene Stadt zurückkehren müssen und war durch Schuttberge zu seiner nur notdürftig eingerichteten Schule gegangen. Die Eltern hatten ihm versprochen, die nächsten Schulferien bei Onkel und Tante verbringen zu dürfen, aber dazu war es nicht gekommen, weil der Onkel plötzlich verstorben war und die Tante sich in ein Altersheim zurückgezogen hatte. Sie dort zu besuchen, hatte er sich geweigert. Es war ihm ja nicht nur um die Tante gegangen, die Tante war nichts ohne das Haus, den Onkel, das Interieur, die täglichen Rituale des Zusammenlebens, zu dem er seinen, wie er meinte, nicht unwichtigen Teil beigetragen hatte. Die Mutter, die die Tante manchmal besuchte, nannte ihren Sohn undankbar und herzlos. Tante Irma frage immer nach ihm, sie finde bald keine Ausreden mehr. Das Haus, das nun leer stand, erwarben Gregors Eltern. Es war schließlich für Alfred zu einem Geisterhaus geworden, in dem er sich in manchen Stunden mit seiner Imagination einrichtete.

Irgang schleppte seine Beutel über die Konrad-Adenauer-Brücke, dann durch die Dammstraße, bog in die Wrede-Straße ein; das Hochhaus, in dem er wohnte, sah er längst vor sich, er ging darauf zu wie auf einen Leuchtturm, die verstreuten viereckigen Lichtflecken in den zwanzig Stockwerken wiesen ihm den Weg. Er wußte von keinem seiner Mitbewohner den Namen. Auch den Hausmeister hatte er erst kennengelernt, als er sich ihm kürzlich beim Verlassen des Lifts in den Weg gestellt und von ihm verlangt hatte, unverzüglich den vormals leeren Keller, den er mit seinen Sachen gefüllt hatte, wieder zu räumen. Der Keller gehöre zu einer anderen Wohnung und werde benötigt. Der Hausmeister war, wie alle Hausmeister, von denen er bisher gehört oder gelesen hatte, stiernackig und ungehobelt, also zum Fürchten gewesen. Irgang wußte, daß man solchen Menschen nicht mit Begründungen oder gar Widersprüchen kommen konnte, er hatte deshalb kleinlaut um eine Frist gebeten, und der Hausmeister hatte sie ihm mürrisch gewährt. Uta Aufbau, die ihm geholfen hatte, seinen letzten Umzug zu bewältigen, der beileibe nicht reibungslos vonstatten gegangen war (er mochte sich nicht daran erinnern, einen nochmaligen Ortswechsel würde er nicht mehr überleben), wußte zu berichten, daß sein jetziger Wohnungsnachbar wie ein Zuhälter aussehe, er sei ein brutaler, aber irgendwie geschniegelter Typ mit Goldkettchen und wahnsinnig engen Hosen, die sein Geschlechtsteil auf obszöne Weise herausstellten, und mit Tätowierungen an den Oberarmen, wahrscheinlich auch am übrigen Körper; sicher sei er auch Alkoholiker und Kokser, sie habe für solche Typen einen Blick, auch habe sie einige zwielichtige Damen, in denen sie Prostituierte vermutete, bauchfrei und mit gepierctem Nabel auf seinem Stockwerk herumschwirren sehen. Alfred sei anscheinend in einem Quasi-Rotlicht-Milieu gelandet, wenn das seine Mutter noch erlebt hätte, das hätte ihr das Herz gebrochen, aber wahrscheinlich sei eine solche Umgebung für ihn die geeignetste, sei es überhaupt der einzige Lebensraum, wo er mit seiner krankhaften Neigung nicht auffalle. Er habe ja schließlich erlebt, sie hörte nicht auf, ihn daran zu erinnern, daß er sowohl die Villa seiner Eltern aufgeben als auch aus der in einer gutbürgerlichen Wohngegend gelegenen Mietwohnung ausziehen habe müssen, weil er mit seinem Krempel die Eingänge zu Nachbarwohnungen verstellt hatte. Wahrscheinlich hätte er über kurz oder lang in dem gepflegten Ambiente die Anwohner derart provoziert, daß man für ihn eine Zwangseinweisung in die Psychiatrie erwirkt hätte. Auch sein kleiner Balkon, der mit Gerümpel, wie sie es nannte, vollgestopft war, falle in dieser Wohnanlage nicht auf. Und nicht Auffallen sei für ihn das einzige, das ihm ein gewisses Maß an Unbehelligtheit gewährleiste. Allerdings war Alfred nie eine auffallende Erscheinung gewesen. Auf Geselligkeiten, die seine Eltern für ihn veranstalteten, war er für die Gäste fast unsichtbar geblieben, nicht nur, weil er sich bei Gartenfesten den ganzen Abend mit der Lampionsbeleuchtung abgab, sondern weil er selbst als Person unscheinbar war. Niemand suchte von sich aus das Gespräch mit ihm, man kam zu seinen Geburtstagspartys und vergaß, kaum hatte man sich seiner Geschenke entledigt, das Geburtstagskind. Den Geschenken allerdings widmete Alfred ein gut Teil des Abends. Er löste die Päckchen sorgfältig aus ihrer Verschnürung, dröselte die Bänder auf, bündelte sie, ordnete sie nach Farben, später glättete er das Einwickelpapier. Die Präsente hatten meist Verpackungen, die es ebenfalls wert waren, aufbewahrt zu werden. Manche der schönen Dosen und Kartons von damals hatte er bei seinen Umzügen retten können, sie lagerten nun in einem der vier Kellerräume, die er in der Stadt angemietet hatte; von denen Uta, wie er meinte, und ihre Freundinnen nichts wußten. Und wenn ihn sein Freund Gregor Voss fragte: Was hast *du* denn zu tun, dann lachte er in sich hinein und dachte an die vielen Stunden, die er täglich in einem seiner Keller mit der Umschichtung und Neuordnung seiner Dinge beschäftigt war. Glückliche Stunden, auch wenn er manchmal, erschöpft vom Heranschleppen, vom Hin- und Hertransportieren seiner Habseligkeiten, erst zwischen seinen Schätzen zu Atem kam.

2

Welch angenehme Überraschung, rief der Professor aus, als er mit Dora Stein leicht verspätet an seinen Stammtisch kam und neben Brigitte, Unlauter und Uta Aufbau auch die Psychotherapeutin und Künstlerin Kyra Wiesel antraf. Sie haben sich rar gemacht in letzter Zeit, ich dachte schon, Sie hätten uns vergessen.

Das hatte sie keineswegs, wie sie beteuerte, sie hätte in letzter Zeit soviel um die Ohren. Sie wollte gerade anfangen, von ihrer jüngsten Vernissage in der Galerie des bekannten Schönheitschirurgen Dr. Lupitzky in Herxheim zu erzählen, wurde aber von Dora Stein, die immer hungrig an den Stammtisch kam und außerdem gelegentlich an Hypoglykämie litt, wie sie kundtat, unterbrochen. Sie verlangte die Karte, vor allem zu trinken brauche sie, einen schönen Italiener, einen Montepulciano, und auch der Professor vertiefte sich zunächst in die Karte, denn die anderen hatten ihre Speisen schon bestellt.

Haben Sie Ihre Praxis aufgegeben? wollte der Anglist wissen. Widmen Sie sich jetzt ganz der Kunst?

Keineswegs, antwortete Kyra, die Psychotherapie betreibe ich als Beruf, die bildende Kunst ist meine Berufung.

Sie stehen sozusagen beruflich auf zwei Beinen, wollte Unlauter wissen; welches ist Ihr Spiel- und welches Ihr Standbein?

Das ist doch ganz klar, rief Uta dazwischen. Natürlich ist die Kunst ihr Spielbein.

Da irrst du, sagte Kyra und schüttelte energisch den Kopf, daß ihr die dichten blonden Haare des Pagenschnittes ins Gesicht peitschten. Das läßt sich nicht trennen, ein jedes Bein ist, wenn ich im Bild bleiben darf, Spiel- und Standbein.

Salomonisch, lächelte der Professor.

Erzählen Sie doch, hatten Sie Erfolg in Herxheim? Die Studentin hatte heute etwas Lippenrot aufgelegt, konnte aber trotz ihrer Jugend vor allem neben der professionell gestylten psychotherapeutischen Künstlerin nicht punkten.

Ich glaube schon, ich habe jedenfalls eine Anfrage der Unfallambulanz in Vörstetten, dort soll ich auch eine Ausstellung meiner Objekte vorbereiten.

Gratulation, rief der Professor, das sieht nach einem schönen Erfolg aus.

Ja, das war es auch, bestätigte Uta, ich war dabei und ich kann nur sagen, es gab eine großartige Resonanz.

Unlauter fragte nach einem Katalog, den es allerdings nicht gab, aber eine Besprechung in der Lokalzeitung, sehr positiv, sehr ermutigend, mit Foto. Kyra ließ den Zeitungsausschnitt herumgehen. Dora Stein fand: Donnerwetter, fast nicht zu erkennen, geradezu verjüngt.

Schade, daß man nichts von Ihrer Kunst sieht, bedauerte Unlauter.

Die Ausstellung läuft unter dem Titel »Interieur«? forschte Brigitte.

Ja, genau, sagte Kyra, ich male zurzeit Interieurs, Aquarelle, aber auch in Acryl, kreiere auch Kästchenbilder, das sind Assemblagen, dreidimensionale Innenansichten, die besonders gut beim Publikum ankommen. Die Auseinandersetzung mit dem Innenleben einer Wohnung, eines Hauses ist ein spannendes, schier unerschöpfliches Thema. Ich hatte die

Idee, die Besucher der Ausstellung anzuregen, sich in meine einzelnen Interieurs psychisch-mental hinein zu begeben und sie hinterher nach ihren Empfindungen zu fragen, ob sie positive oder negative Gefühle hatten, in welchem meiner Interieurs sie gerne wohnen würden und in welchen nicht und weshalb. Das war ein Spiel, das ich mit den Besuchern spielte, natürlich nur bei der Vernissage, so eine Art Performance. Kam sehr gut an.

Ach ja, Interieurs, sagte Dora Stein, ein weites Feld. Sie begann sich zu langweilen.

Otto Unlauter wandte sich an den Professor: Ich würde gerne Ihren Bericht von Amherst hören. Letztes Mal kamen Sie über eine Ankündigung nicht hinaus.

Du mußt unbedingt die Kontroverse zwischen George Blackstone aus Princeton und Helen Armstrong aus Harvard erzählen. Das hätte ja beinahe einen Eklat gegeben, sagte Dora lebhaft.

Helen Armstrong? fragte Unlauter.

Ja, kennen Sie Helen Armstrong nicht? fuhr Brigitte dazwischen. Das ist doch *die* Koryphäe in Sachen *Gender studies*.

Ach so, antwortete Unlauter gedehnt. Ist denn das dort noch ein Thema?

Und wie, seufzte Gregor Voss, und wie!

Also ich finde, daß Helen Armstrong die überzeugenderen Argumente hatte, sagte Dora.

Erzählen Sie doch, bitte, forderte Brigitte zappelig. Erst neulich hatten wir in unserem Hauptseminar einen heftigen Disput über ihre Thesen.

Entschuldige, Voss wandte sich an Dora, das ist doch wirklich nicht der Rede wert. Meiner Meinung nach wird die Wissenschaftlerin, diese ganze sogenannte »Wissenschaft« auch dort nicht mehr ernst genommen.

Also, das ist doch …, fuhr Dora auf. Während der drei Tage war von nichts anderem die Rede. Sie spaltete die Lager, sie konfrontierte …

Könnte mich jemand aufklären, sagte Unlauter, um welche Thesen handelt es sich denn?

Ach, ersparen Sie es mir, winkte Gregor ab, ich wollte einen ganz anderen Schwerpunkt setzen.

Doch nun wünschte auch Uta Genaueres über die Thesen der umstrittenen Wissenschaftlerin zu erfahren, und Brigitte, deren blasse Wangen sich vor Eifer gerötet hatten, bestand ebenfalls darauf. Damit kann ich dann im nächsten Hauptseminar von Frau Hildegard Holzapfel-Grabenstolz prunken, meinte sie und blitzte Otto Unlauter aufgeregt an. Sogar Kyra Wiesel zeigte sich interessiert, sodaß sich der Professor seufzend dazu bereit erklärte.

Der Kellner servierte die Speisen, und die Thesen der Helen Armstrong waren für den Augenblick vergessen. Weil sich alle über ihre Teller beugten, bemerkte niemand, daß Irgang eingetreten war; erst als er an ihrem Tisch stand, fuhren sie auf. Gregor Voss blickte auf die Uhr: 20 Uhr 45, sagte er und schaute den Ankömmling vorwurfsvoll an.

Immerhin eine Viertelstunde früher als vorige Woche, stellte Dora Stein fest, Sie bessern sich. Aber nehmen Sie doch Platz, wir haben wie immer einen Stuhl für Sie freigehalten.

Irgang verneigte sich lächelnd vor der Tischgesellschaft und zwängte sich mit seinen Siebensachen ans Ende des Tisches.

Ich wollte eigentlich von Amherst erzählen, sagte Gregor Voss, aber nun möchte ich zuerst dir das Wort geben, wir sind gespannt zu hören, ob du schon beim Zahnarzt warst.

Erzähl nur von Amherst, sagte Alfred, das wolltest du vorige Woche schon. Bei mir gibt es nichts zu erzählen.

Das glaube ich Ihnen nicht, Sie hatten doch vorige Woche so spannende Sachen erlebt mit irgendwelchen Amtspersonen. Unterhalten Sie uns doch ein bißchen, solange wir noch am Essen sind, forderte ihn Dora Stein auf. Und Uta, die einen strengen Blick von ihrer Saltimbocca auf Alfred warf, sagte: Du siehst aus, als hättest du dich seit voriger Woche nicht rasiert.

Doch, hab ich, vor vier Tagen.

Kyra Wiesel prüfte zuerst ihre Pizza Margherita und dann Irgang: Ich würde ihn mit glattrasierten Wangen gar nicht wiedererkennen. Man muß dem Menschen schon seine Individualität lassen. Als Künstlerin habe ich einen anderen Zugang zum Äußeren des Menschen.

Du solltest dir eher als Psychotherapeutin einen Zugang zu ihm suchen, sagte Uta scharf. Stell dir vor, er hat schon wieder so viel in seiner Wohnung angesammelt, daß er nicht einmal die Heizkostenableser hineinlassen kann. Hast du vergessen, was uns sein Umzug an Kraft und Nerven gekostet hat, hast du das vergessen? Sie wandte sich an Kyra. Willst du sowas noch einmal mitmachen?

Ich glaube, du übertreibst, das steht doch jetzt nicht zur Debatte, sagte Kyra; außerdem war das letztlich für meine künstlerische Entwicklung sehr anregend.

In meiner Eigentumswohnung kann ich machen, was ich will, entschied Irgang.

Apropos Wohnung, sagte Kyra: Ich erwähnte es schon, ich beschäftige mich zurzeit intensiv mit dem Inneren von Behausungen. Insofern sehe ich heute auch Alfreds Unterkunft eher aus einem ästhetischen Blickwinkel. Eigentlich habe ich erst angefangen, mich mit diesem Thema zu beschäftigen, seit ich seine Einrichtung gesehen habe. Ich bin gerade dabei, ein Kästchenbild zu schaffen, das das Innere seiner Wohnung, so wie ich es in Erinnerung habe, zeigen soll, stilisiert natürlich.

Was soll es an Alfreds Kruscht zu stilisieren geben? Du hast deine Einstellung aber grundlegend verändert, bemerkte Uta, das kann doch nicht dein Ernst sein. Du warst doch auch der Meinung, wenn er so weitermacht, landet er noch in der Psychiatrie.

Nun ja, das ist ein weiter Weg, Kyra zuckte die Schultern, und es hängt davon ab, ob ich ihn aus dem psychotherapeutischen Blickwinkel oder aus dem künstlerischen betrachte. Im Augenblick scheint mir der letztere ergiebiger.

Mich würde interessieren, meldete sich Unlauter zu Wort, ob Sie etwas wegen der Heizkostenableser unternommen haben; das kam meine Cousine nämlich teuer zu stehen, die glaubte auch, sie brauche die Leute nicht in die Wohnung zu lassen.

Das möchte ich auch gerne wissen: Hast du endlich Platz gemacht, fragte Gregor Voss, und kommst du wieder ohne die Stehleiter in die Wohnung?

Man soll Herrn Irgang zu Wort kommen lassen, forderte Dora Stein.

Die Stehleiter leistet mir im Moment noch recht gute Dienste, und wegen der Heizkostenableser habe ich nichts unternommen, was hätte ich da unternehmen können? Ich kann ja nicht alles auf einmal machen. Jetzt muß ich zuerst etwas anderes erledigen.

Ja, den Zahnarzt! rief Gregor Voss.

Nein, ich muß zuerst in einem Keller Platz machen. Der Hausmeister, übrigens ein ungehobelter Kerl, ist dauernd hinter mir her. Ich glaube, er hat auch eine Videokamera gegenüber meiner Wohnungstür installiert, damit überwacht er meinen Eingang; wenn ich die Tür öffne, macht sie Aufnahmen von meinem Flur. Das ist ein Eingriff in meine Intimsphäre. Ich weiß nicht, warum alle in meine Intimsphäre eingreifen wollen.

Wie sieht denn die Videoüberwachung aus, ist es eine Kamera? fragte Unlauter.

An der Decke ist etwas Rundes, Schwarzes montiert, Genaueres kann ich auch nicht erkennen.

Wahrscheinlich ein Rauchmelder, meinte Dora Stein. Wer soll denn ausgerechnet vor *Ihrer* Tür eine Videokamera anbringen, das ist doch viel zu aufwendig.

Vielleicht ist es doch eine Videokamera, meldete sich Uta zu Wort, aber auf die Nachbartür gerichtet, dort wohnt nämlich eine äußerst zwielichtige Gestalt, ich halte die Person für einen Zuhälter oder einen Dealer oder beides. Dem möchte ich nicht begegnen in der Nacht.

Hab ich noch nie gesehen. Aber der Hausmeister stellt sich mir seit neuestem in den Weg, er taucht immer auf, wenn ich aus der Wohnung trete. Kaum habe ich die Tür hinter mir geschlossen, schon pflanzt er sich vor mir auf. Plötzlich steigt er in den Lift, wenn ich nach unten fahre, oder er paßt mich ab, wenn ich das Haus verlassen will, oder er legt mir die Hand auf die Schulter, so von hinten, wenn ich den Briefkasten öffne: Herr Irgang, was ist mit dem Keller, wann ist der Keller leer? Er droht mir, ihn räumen zu lassen, alles in einen Container zu schmeißen und mir dann die Rechnung zu schicken.

Gehört denn der Keller nicht zu deiner Wohnung? fragte der Professor.

Nicht direkt, sagte Alfred.

Ja, warum hast du dann deine Sachen dort untergebracht?

Weil er leer stand und unversperrt war. Wieso soll man sich eines leeren Kellerraums nicht bedienen dürfen, wenn man selbst keinen Platz mehr hat? Ein leerer, unversperrter Kellerraum ist wie eine weggeworfene Sache: praktisch herrenloses Gut.

Hanebüchener Unsinn, brummte Uta.

Hast du denn selbst keinen Keller? fragte der Professor.

Natürlich hat er einen Keller, fuhr Uta dazwischen, aber den hat er längst vollgestopft. Der ist schon seit seinem Einzug zugerümpelt.

Ich bin ja dabei, den Keller auszuräumen, aber das braucht seine Zeit. Das geht nicht auf einmal, vor allem kann ich nicht alles gleichzeitig machen. Zurzeit kann ich mich nicht um den Heizkostenableser kümmern, weil ich auch in der Wohnung einiges umschichten muß. Aber an und für sich sehe ich nicht ein, warum dieser Keller so schnell leergeräumt werden muß. Das Appartement, zu dem er gehört, ist immer noch unbewohnt.

Du sollst nicht umschichten, sondern wegwerfen, rief Uta, wegwerfen! Alles auf den Müll.

Reg dich doch nicht so auf, zischte Kyra.

Nicht so laut, mahnte Voss, du übertönst ja den Vivaldi.

Der »Sommer« aus den »Vier Jahreszeiten«, sagte Unlauter, eine sehr schöne Aufnahme in der Tat.

Alfred Irgang senkte den Kopf, er nestelte an seinen Plastiktaschen herum.

Jetzt haben Sie Herrn Irgang aber gekränkt, sagte Brigitte zur aufgebrachten Uta. Wenn Sie Hilfe brauchen, sie wandte sich an Alfred, vielleicht kann Ihnen jemand helfen?

Ja, sagte Unlauter, wir helfen Ihnen gerne beim Ausräumen.

Brigitte nickte. Soweit unsere Kräfte reichen.

Sie wissen nicht, sagte Uta scharf, auf was Sie sich da einlassen.

Nein, danke, sagte Irgang, ich kann leider Ihre Hilfe in diesem Fall nicht annehmen, denn ich muß erst alles ordnen und sichten.

Wie groß ist denn der Kellerraum? fragte der Professor.

Ungefährt zwei mal drei, sechs Quadratmeter.

Und den hast du zugemüllt?

Ich habe meine persönlichen Sachen dort aufbewahrt, antwortete Alfred nicht ohne Würde.

Und der Keller war zuvor leer und offen, das heißt: unverschlossen?

Ja, natürlich, unverschlossen, ich breche doch nicht ein; allerdings habe ich jetzt ein Schloß angebracht, das ist ja klar.

An einem fremden Keller ein Schloß angebracht? wunderte sich Unlauter.

Ja, was haben Sie denn da gelagert? fragte Dora Stein. Nennen Sie ein Beispiel.

Kruscht, nichts als Kruscht, glauben Sie mir, ich kenne das, rief Uta Aufbau erzürnt; das hat schon seine Mutter verrückt gemacht.

Der Angesprochene antwortete nicht. Und während die Sozialpädagogin der Schriftstellerin zu erklären versuchte, warum nichts, aber schon gar nichts von Wert in diesem Kellerraum sei, sein könne, kramte er in seinen Beuteln und schichtete allerhand in Plastikfolie verkleidetes Papier auf den Tisch.

Otto Unlauter schob er mit einem konspirativen Augenzwinkern ein zugeklebtes Briefkuvert hin; als ihn dieser erstaunt anblickte, kicherte Alfred, als hätte ihn jemand gekitzelt.

Ein Scherzartikel offenbar, sagte Unlauter irritiert und schob ihn ungeöffnet beiseite.

Für Kyra Wiesel hatte er einige »Schöner Wohnen« und Life-Style-Magazine älteren Datums aufgetrieben, lauter Interieurs, sagte er, du machst doch auch Collagen? Dora Stein versuchte er stark zerknüllte Tagebuchblätter zu überreichen, direkt aus dem Leben gegriffen, sagte er, die Schreiberin scheint ein ganz junges Mädchen zu sein, meiner Meinung nach suizidgefährdet, das *müssen* Sie lesen. Auch einen Kunstdruckkalender vom Vorvorjahr mit historischen Mannheimer Aufnahmen hatte er bei einer Altpapiersammlung entdeckt, nur leicht verschmutzt und an den Rändern eingerissen, mit ihm wollte er seinen Freund erfreuen; doch alle wiesen unter den wachsamen Augen der Sozialpädagogin seine Funde zurück. Auch Unlauter wollte sein Kuvert ungeöffnet zurückgeben, aber Brigitte, die neben ihm saß, war neugierig geworden, sie forderte ihren Sitznachbar auf, den Umschlag wenigstens zu öffnen. Unlauter ließ sich bereden, doch als er die Kondome entdeckte, schob er, peinlich berührt, Irgang den Umschlag samt Inhalt wieder zu. Jetzt wollten alle wissen, was drin war, aber Unlauter sagte scharf:

Lassen Sie das verschwinden, ich brauche sowas nicht.

Nein? fragte Alfred und kicherte wieder.

Geschmacklos, flüsterte Unlauter. Einige Augenblicke herrschte Stille am Stammtisch, und man hörte den Vivaldi.

Dann sagte Alfred zu seinem Freund: Vielleicht erzählst du doch jetzt von Amherst.

Tut mir leid, sagte der Professor, jetzt ist es wiederum zu spät. Wir müssen zur Bahn.

Das ist sehr schade, sagte Brigitte, ich hätte so gerne etwas über die Thesen der Helen Armstrong gehört.

Das nächste Mal, versprach der Professor.

Ich glaube, es ging um Grenz-Bestimmungen zum Problem identitätslogischer Konstruktionen, wenn Ihnen das etwas sagt, fiel Dora Stein ein.

Und ob, das interessiert mich sehr!

Rufen Sie mich doch einmal an, sagte Uta Aufbau zu Dora. Falls Sie wirklich über Alfred Irgang schreiben wollen, dann kann ich Ihnen einiges an Material liefern.

Ja, sagte Kyra, wir wissen ziemlich genau Bescheid.

Der Professor sagte zu Alfred, der seine Suppe löffelte: Komm doch nächstes Mal wirklich früher. Auch die anderen brachen auf.

Das geht mir schon nahe, seufzte Gregor, als sie im ICE saßen, dieser Niedergang einer Familie, es ist wie bei den Buddenbrooks, ein Verfall. Er sieht doch immer mehr aus wie ein Clochard, sieht er nicht schon aus wie ein Penner? Und sein Vater trug Maßanzüge vom besten Schneider der Stadt. Ich ging bei seinen Eltern ein und aus, ich glaube, sie sahen in mir so etwas wie einen Sohn. Auf mich projizierten sie ihre Sehnsüchte. Seine Mutter, eine ziemlich impulsive Person mit einer ausgeprägten Neigung zu Exaltationen, rief ein ums andere Mal aus, wenn sie ihn bei seinen Verrichtungen betrachtete, du mußt dir vorstellen, alle seine Tätigkeiten wirkten wie in Zeitlupe aufgenommen: Das kann doch nicht mein Sohn sein! Das schrie sie ihm manchmal sogar ins Gesicht: Du bist nicht von meinem Fleisch und Blut! Ich habe es selbst gehört. Das war mir manchmal peinlich. Aber sie war ansonsten eine herzensgute Frau.

Und Alfred? Hat er sich gewehrt? Etwas erwidert? Sich verteidigt? fragte Dora.

Nein, er hat geschwiegen, er tat, als hätte er nichts gehört. Ich glaube, das glitt einfach von ihm ab. Aber wenn ihm die Mutter – sie hatte, offen gesprochen, einen Ordnungsfimmel, alles mußte etepetete sein – etwas aus seinem Zimmer wegbringen wollte (er war ja doch eines Tages aus München unverrichteter Dinge sozusagen: zurückgekehrt, das heißt, die Eltern hatten ihn zurückgerufen, weil endlich auch der Vater eingesehen hatte, daß es mit einem Studienabschluß bei seinem Sohn nichts mehr werden würde; im Vertrauen, er hatte wirklich eine Engelsgeduld mit ihm gehabt – keine Dissertation, nicht einmal einen einzigen Schein, stellte sich jetzt heraus, hatte er vorzuweisen, aber massenhaft Vorlesungsmitschriften in Mappen gesammelt, immerhin); also, wenn die Mutter in seinem Zimmer eigenmächtig versuchte, so etwas wie Ordnung, oder was sie unter Ordnung verstand, zu schaffen, da bekam er Wutanfälle, er geriet ganz außer sich. Ich glaube, in so einem Zustand, sagte mir einmal seine Mutter, weiß er nicht mehr, was er tut, da könnte er auf einen losgehen, einen schlagen, wenn nicht sogar er-schlagen, sagte sie, und als sie das gesagt hatte, als ihr das herausgerutscht war, ich erinnere mich noch deutlich, schlug sie sich mit der Hand auf den Mund, als wollte sie das Gesagte wieder in ihren Mund zurückstopfen. Betty Irgang war eine patente Frau. Eine Dame der Gesellschaft, gleichzeitig sehr sozial eingestellt, nach dem Krieg half sie den Überlebenden des Holocaust – sie war ja selbst eine Überlebende – in der winzig gewordenen jüdischen Gemeinde in jeder nur denkbaren Art. Sie war von einer fast rastlosen Betriebsamkeit. Die brauchte sie allerdings auch, denn sie wurde überrannt von Hilfesuchenden, es sprach sich herum, daß sie niemandem die Tür wies.

Und womit beschäftigte sich Alfred, als er aus München zurückgekommen war? fragte Dora.

Die Maschinenfabrik seines Vaters publizierte damals eine Zeitschrift, in der über Firmeninterna informiert wurde, und in der Beilage, die nannte sich *Das Spektrum*, wurde über das kulturelle Leben der Stadt berichtet. In der Redaktion dieses Periodikums brachte er seinen Sohn unter. Er sollte den Herausgebern zur Hand gehen, vor allem aber das Archiv betreuen. Uta Aufbau hatte den kulturellen Bereich zu redigieren, und ihr wurde Alfred zugeteilt. Du mußt dir einmal von ihr erzählen lassen, Alfred brachte alle zur Verzweiflung mit seiner Langsamkeit und Umständlichkeit, aber man ließ ihn gewähren, und Uta, die mit seiner Mutter eng befreundet war, versuchte ihn einerseits in ihrem Sinne zu beeinflussen und andererseits vor dem Unwillen der übrigen Mitarbeiter zu schützen.

Und ihn zu beherrschen, ergänzte Dora.

Na ja, beherrschen, vielleicht auch das, aber sie

meinte es gut. Und es war ja auch völlig erfolglos. Alfred läßt sich von niemandem beherrschen.

Dora Stein schwieg. Warum sagst du nichts mehr? fragte Gregor, den das unvermittelte Schweigen seiner Freundin immer irritierte, da er nie genau wußte, ob es sich nicht gegen ihn richtete.

Ich denke nach, ich überlege mir, ob Alfred Irgang wirklich so interessant ist, daß man über ihn gar einen Roman schreiben kann oder soll. Vielleicht trägt er eine Novelle, aber da müßte etwas passieren. Der Mann ist zweifellos kurios, ein Schnurrenlieferant, aber er hat doch kein Schicksal. Dora gähnte.

Dann mußt du ihm eben eines geben, sagte Gregor Voss mit Nachdruck, das wäre doch eine schöne Aufgabe für eine Schriftstellerin.

Was weißt du, entschuldige, von den schönen Aufgaben einer Schriftstellerin? antwortete Dora Stein ärgerlich. Schicksal. Welches Schicksal? Das Schicksal muß mit meinem Helden harmonieren, es darf nicht zu groß und nicht zu klein sein, es muß zur Persönlichkeit passen wie ein maßgeschneiderter Anzug, muß zum Charakter stimmen. Und ich weiß eben nicht, ob sich für mich die Anstrengung lohnt, ihm ein Schicksal anzupassen, ob das Schicksal, das ich ihm anpassen könnte, fesselnd genug wäre.

Es wäre gewiß eine Herausforderung, sagte Gregor.

Mit deinem Alfred Irgang ergeht es mir so, wie es einem Bildhauer ergehen mag, der einen Marmorblock zum Bearbeiten erhält, an dem ein anderer schon herumgemeißelt hat. Er wird sich fragen müssen, ob er aus dem doch schon bearbeiteten Stein noch etwas herausholen kann, was seinen künstlerischen Vorstellungen entspricht, eine eigene Schöpfung.

Immerhin hat Michelangelo aus so einem verhauenen Stein seinen David geschaffen. Der Vergleich hinkt übrigens. Du vergleichst Alfred mit einem Stein. Aber das ist ein Mensch aus Fleisch und Blut, ein fühlendes Wesen, du betrachtest ihn nur als Material.

Natürlich, als Rohmaterial, von dem ich noch nicht weiß, ob sich daraus etwas machen läßt.

Das ist mir nicht sympathisch, sagte Gregor vorsichtig.

Ach ja, sagte Dora Stein, aber wenn du möchtest, daß ich über ihn schreibe, gar einen Roman, dann mußt du wissen, daß er, sobald ich ernsthaft damit beginne, für mich als lebender Mensch zu existieren aufhört, er wird zu meiner Figur, mit der ich schalte und walte, wie es mir gefällt, er wird zu einem Objekt der Beobachtung. Mein Interesse kann künftig nur sein, ihn für mich und den Leser einerseits attraktiv und andererseits authentisch zu gestalten. Was immer ich ihn erleben und fühlen lasse, es muß in *mein* Konzept passen. Und am Ende werde ich nicht mehr wissen, wer der authentische Alfred Irgang ist: der aus Fleisch und Blut, den man anfassen kann, oder der auf dem Papier, schwarz auf weiß.

Aber du mußt doch ein Gefühl für deine Figur haben, eine Empathie, beharrte Gregor.

Die Empathie einer Katze, die eine Maus zu Tode spielt.

Das macht mir ein wenig angst, sagte Gregor. Nein, so bist du nicht.

Der Zug hielt. Dora nahm Gregors Arm, sie lachte: Così fan tutte. Ich muß darüber nachdenken; aber heute nichts mehr von Alfred, wenn ich bitten darf.

Irgang wirkte im *La Grotta* wie ein Fremdkörper zwischen den gut gekleideten Gästen, die schon am Eingang vom Personal mit Bücklingen empfangen und an den reservierten Tisch geleitet wurden. Daß man ihn übersah, war das Äußerste, was man dem unwillkommenen Gast konzedierte. Sobald er allein mit seinen Plastiksäcken zurückblieb, deren Inhalt er zum Teil auf dem blendendweißen Tischtuch ausgebreitet hatte, um ihn bei Kerzenlicht zu sortieren, und seine obligatorische Tomatensuppe löffelte, umkreiste der Ober seinen Tisch, fragte ihn nach seinen Wünschen, so oft und so hartnäckig, daß ein anderer, weniger abgebrühter Gast die unwirtliche Stätte längst verlassen hätte, um sie nie mehr aufzusuchen. Alfred aber setzte der Präpotenz des Kellners ungerührt seine eigene entgegen; erst wenn er umständlich seine Habseligkeiten neu geordnet, eingesackt, die kalt gewordene Suppe gelöffelt und bezahlt hatte (ohne jemals auch nur einen Pfennig Trinkgeld zu geben), verließ er grußlos das Lokal; das geschah nicht aus Unhöflichkeit oder aus Gekränktheit, sondern weil er, sobald er allein war, seine Umgebung vergaß und den Kellner, der ihn mit seinen insistierenden Fragen eigentlich zum Aufbruch mahnen wollte, gar nicht bemerkte.

Endlich nahm er seinen nächtlichen Streifzug wieder auf. Er hatte den schweren Schritt des geübten Gepäckträgers, den Oberkörper weit vorgebeugt, an beiden wie von den Lasten in die Länge gezogenen Armen baumelten seine Plastikbeutel. Er überquerte die Breite Straße, die Pflastersteine und die Schienen der Straßenbahn glänzten, es hatte zu nieseln begonnen. Neben seinem Container Ecke Freßgasse/Rathausgasse hockte eine Frau auf einem Klappstuhl und schlürfte durch einen Strohhalm Cola aus einer Dose. Er lehnte seine Taschen an die Straßenlaterne, stellte sich auf die Zehenspitzen und versenkte seine Arme in dem großen Metallbehälter. Es bereitete ihm Vergnügen, mit seinen Händen Gegenstände zu betasten, die ihn überraschen würden, sobald er sie aus der Tiefe heraufbefördert hätte. Schließlich entdeckten seine Fingerkuppen etwas Weiches, er vermutete ein Kleidungsstück. Der Müll-Anarchismus seiner Mitbürger gefiel ihm, er ermöglichte ihm die unglaublichsten Entdeckungen. Er zog seine Beute durch die Öffnung, hatte etwas Lappenähnliches in Händen, glättete den Stoff und hielt das Ding hoch. Es handelte sich um ein umfängliches Damenmieder. Ein Stück, das eine Geschichte hatte. Er schnupperte daran, seine feine Nase identifizierte unterschiedliche menschliche Ausscheidungen. Er würde zu Hause genau untersuchen, welche Verunreinigungen es aufwies, und sich darüber Gedanken machen, weshalb ausgerechnet dieses Kleidungsstück in *diesem* Zustand (vielleicht war es schon schadhaft?) den Weg in den Abfall gefunden hatte. Er steckte seine Hände wieder in die Öffnung, zog einen leeren Geldbeutel aus schwarzem Leder heraus, noch ganz gut zu gebrauchen, wie er fand, steckte ihn ein, dann griff er in etwas Haariges, und in der Tat, es war eine blonde Lockenperücke, die er herausholte. Als er sie in seinen Händen hin und her wendete, bog Rudi Muster um die Ecke. Er blieb neben Irgang stehen und beobachtete ihn, wie er die Perücke in der Hand drehte und sie entzückt betrachtete. Sowas gabelt man nicht alle Tage auf, sagte er zu Muster, ich habe heute Glück.

Sie sollten wenigstens Handschuhe überstreifen bei Ihrem Geschäft, sagte Muster angeekelt. Sie könnten sich etwas zuziehen: Verletzungen, Infektionen. Ihnen möchte ich nicht die Hand reichen.

Erwarte ich auch nicht von Ihnen. Wie geht es? Immer noch ohne Fahrrad?

Wenn es nur das wäre! stieß Muster grimmig heraus. Ich bin jetzt auch noch meinen letzten Job los. Und er erzählte, daß er nicht mehr die deutschstämmigen Aussiedler aus der ehemaligen Sowjetunion unterrichten dürfe, denn die hätten sich beschwert, sie behaupteten, sie verstünden ihn nicht, wenn er etwas zu ihnen sage, sie wüßten nicht einmal, ob es Deutsch sei, was er spreche. Sie behaupteten, daß er sie anbrülle, sie beschimpfe, außerdem lese er ihnen unanständige Sachen vor, die sie nicht verstünden. Ich schriebe ihnen Sätze an die Tafel, die sie ebenfalls nicht begriffen. Ich frage Sie, schrie Dr. Muster, wie können die von unanständigen Sachen reden, wenn sie nichts verstehen? Das ist doch ein Widerspruch? Und das fällt dieser Zicke von der Volkshochschule nicht einmal auf, diese Kontradiktion. Man hat es hierzulande nur noch mit Idioten zu tun. Wie Sie wissen, beschäftige ich mich mit dem Mutterrecht, und da habe ich mir erlaubt, aus Bachofen einen Satz herauszusuchen und an die Tafel zu schreiben, nicht einmal den ganzen Satz, nur einen Teil davon, etwas richtig aus dem Leben Gegriffenes, sagte er.

Ich habe mich mit Bachofen noch nicht beschäftigt, sagte Irgang. Wie lautete denn der Satz?

Ein ganz einfacher Satz aus dem Kapitel »Der Bereich der Unteren und der Oberen«: *Das Verhältnis von Ei und Schlange ist immer dasselbe: dort das Weib, hier der Mann.*

Interessant. Wie geht es Ihrem Arm? fragte Alfred. Der sei soweit wieder in Ordnung, er trage nur noch einen leichten Verband. Aber Irgang möge doch sagen, was an diesem Satz so unverständlich sei: Ei, Schlange, Mann, Weib. Diese Vokabeln müßten doch jedem geläufig sein.

Irgang zuckte mit den Schultern: Vielleicht *Verhältnis*?

Außerdem, fuhr Muster fort, sei jetzt seine Hauptsorge, wie er wieder zu einem Fahrrad käme. Doch wo solle er das Geld dafür auftreiben? Man könnte zum Dieb werden. Es würden dauernd Fahrräder gestohlen, davon höre er immer wieder. Er habe tatsächlich auch schon daran gedacht, sich eines anzueignen, denn wenn *er* ein Fahrrad klaue, sei das in seiner Situation einem Mundraub gleichzusetzen, also moralisch entschuldbar, sagte er, denn ohne Fahrrad könne er nicht zu seinem Baum – der Ulme, warf Irgang ein –, ja, seiner Ulme kommen. Er brauche aber das Gespräch mit seinem Baum, das Gebet unter dem Baum, das flöße ihm neue Kraft ein ... Aber er wisse nicht, wie die Fahrradschlösser zu knacken seien. Wie knackt man Fahrradschlösser? Mit Zangen oder Sägen? fragte er.

Wenn ich einmal so etwas finde, sagte Irgang, werde ich an Sie denken.

Nein, nein, lassen Sie nur, aber es falle ihm auf, daß *er* nur abgeschlossene Fahrräder entdecke, oft mit dicken Stahlseilen an Straßenlaternen angekettet.

Hat denn die Polizei in Ihrem Fall nichts erreicht?

Was erwarten Sie denn von der Polizei? Natürlich ist nichts dabei herausgekommen. Wird nichts dabei herauskommen. Die recherchieren ja nicht einmal.

Also kein Schmerzensgeld? Der Hundebesitzer nicht eruiert?

Muster machte eine wegwerfende Handbewegung.

Wenn Sie Geld brauchen, ich weiß, wie Sie sich eins verschaffen können, sagte Irgang.

Bei einer Bank einbrechen? fragte Muster, zog sich seine rote Mütze über das Gesicht, streckte seine Arme aus und rief: Peng, peng.

Sie könnten bei mir Geld verdienen, dreißig Mark die Stunde, bar auf die Hand, ich brauche Sie vier- bis fünfmal die Woche, das sind einhundertfünzig Mark wöchentlich, mal vier macht sechshundert Mark im Monat, sagte Alfred, davon erfährt das Sozialamt nichts, und in einem Monat können Sie sich wieder ein Fahrrad kaufen, meine ich. Das kann ich Ihnen anbieten. Ich muß einen Keller ausräumen.

Und was soll ich dabei zu tun haben?

Ich muß den Inhalt eines Kellerraums in einen anderen Kellerraum transportieren, den ich neu angemietet habe. Ich habe mir bereits einen Leiterwagen organisiert, ein handliches Ding mit Gummireifen – letzthin beim Sperrmüll in Feudenheim entdeckt, wirklich ein Glücksfall –, mit dem könnten wir die Sachen wegfahren und neu einlagern. Sie müßten sich nur verpflichten, mir nicht dreinzureden, mir nichts wegzuwerfen, müßten mir einfach nur helfen, den Wagen zu beladen und zu schieben. Um dreißig Mark pro Stunde. Das wäre alles.

Das wäre alles? fragte Muster entsetzt. Sie sagen so einfach: Das wäre alles. Aber *das wäre alles* ist unmöglich, lieber Herr Irgang. Was glauben Sie, habe ich es Ihnen denn nicht gesagt, wissen Sie denn nicht? Es könnte ja am Stammtisch einmal davon gesprochen worden sein, es könnte dieser Dozent sich ja einmal über meine Schwäche lustig gemacht, seine Häme über meine Idiosynkrasie ausgegossen haben in dieser Runde, nein? Sie wissen also nicht, daß ich absolut *keinerlei* körperliche Arbeit verrichten kann? Nicht einmal Maschineschreiben ist mir möglich, ich schreibe meine wissenschaftlichen Untersuchungen mit der Hand, das habe ich Ihnen doch erzählt, ich bekomme sofort rasende Migräneanfälle, die mich ins Bett zwingen, in die Dunkelheit, in die Stille, wenn ich nur die Tasten einer Schreibmaschine anschaue. Schon diese leichte Tätigkeit brächte mein Gehirn so in Aufruhr, stellen Sie sich erst vor, wenn ich Ihre Gegenstände hochheben, zuerst mich bücken, dann hochheben, dann wieder bücken und sie in den Wagen legen müßte. Stellen Sie sich das vor, wie da mein Gehirn, meine anderen Organe revoltieren würden, das wäre mein sicherer Tod, glauben Sie mir. Dafür bin ich nicht geschaffen. Ich bin ein Kopfarbeiter, das heißt, alles, was aus meinem Bauch hochsteigt, bearbeitet mein Gehirn, ich habe es Ihnen, glaube ich, schon das letzte Mal geschildert. Ich kann Ihnen nicht helfen, beim besten Willen nicht und bei der besten Bezahlung nicht. Das hat auch das Sozialamt eingesehen, das mich, MICH, stellen Sie sich das vor, im vergangenen Winter zum Schneeräumen verpflichten wollte. Man drückte mir eine Schaufel in die Hand, doch schon nach den ersten Schaufelwürfen mußte ich aufgeben. Ich bin dazu nicht geeignet. Mein Körper ist nur die Hülle für meinen Geist, ansonsten unbrauchbar, mein Geist ist alles. Ooooom, sagte er, Oooooom. Das hat das Sozialamt endlich eingesehen und läßt mich seither in Ruhe. Nur meine Mutter begreift das nicht, sie hält mich für arbeitsscheu. Aber ich bin ein Geistes- und Gefühlsmensch. Ich habe studiert, habe den Doktor gemacht, doch nicht, um Schnee zu schaufeln.

Entschuldigen Sie, sagte Irgang, das wußte ich nicht.

Macht nichts, sagte Muster, winkelte seine Arme ab, streckte die Brust heraus, hob den Kopf, und als er anfing zu laufen, stieß er ein lautes, schier nicht enden wollendes Ooooom aus.

Als Irgang seine Taschen wieder aufnahm, trat die Frau aus dem Schatten des Müllcontainers hervor. Sie trug ihren Klappsessel unter dem Arm und einen Rucksack auf dem Rücken. Trotz der lauen Maienluft schien sie warm angezogen, sie erinnerte ihn, dem sie sich mit einem gurgelnden *Erch, Erch,* bemerkbar machte, an russische Puppen, und er stellte sich vor, daß unter ihren Kleiderschichten noch weitere, immer kleiner werdende dicke Frauen verborgen seien. Erch, Erch! gurgelte sie noch einmal und zupfte ihn am Rock. Als er sich unwillig umwandte, machte sie Bewegungen des Tragens, des Hochhebens, schließlich versuchte sie noch pantomimisch, sich vor einen Wagen zu stellen und ihn hinter sich herzuziehen. Irgang, der mit Frauen in seinem Leben bisher nur schlechte Erfahrungen gemacht und Angst hatte, weitere zu machen, wollte sie abschütteln. Scher dich weg, sagte er und wollte sich von ihr losreißen. Als ihm das nicht sofort gelang, schrie er: Geh zum Teufel, Weib! Er hörte seine Stimme, die einen Befehlston bekommen hatte, wie er ihn noch nie von sich gehört hatte, und er probierte ihn noch einmal aus: Fette Alte, Teufelsweib, komm mir nicht zu nahe, weg mit dir! Er zitterte am ganzen Leib, als er schrie, aber seine Stimme war fest und hart. Wie das klang, wie das hallte in der menschenleeren Straße! Als die Frau daraufhin von seinem Jackenzipfel abließ, zog er rasch los mit seiner Bürde, drehte sich nicht mehr um und atmete wie einer, der eine Mutprobe bestanden hat. Nach einigen Schritten hatte er das Gefühl, daß ihm jemand auf den Fersen war, doch wollte er sich nicht umdrehen, statt dessen schielte er in das Glas eines Schaufensters, darin spiegelte sich seine Verfolgerin. Er blieb abrupt stehen, drehte sich um, die Frau hielt ebenfalls an, er musterte sie, durch ihr schwarzes Kopftuch konnte er ihr Gesicht kaum ausmachen; er hatte sofort den Verdacht, daß jemand sie auf ihn gehetzt habe. Der Hausmeister oder das Ordnungsamt hatte eine Detektivin auf ihn angesetzt. Wer hat dich geschickt? Er begann wieder zu brüllen: Wer ist dein Auftraggeber, was willst du von mir, spionieren? Er konnte gar nicht zu Ende kommen mit seinen unflätig werdenden Beschimpfungen, war selbst erstaunt, wieviel sich an Ausdrücken in ihm abgelagert hatte, wieviel vulgäres Vokabular er heraufrufen konnte. Während seiner Schimpfkanonade war die Frau wie angenagelt stehengeblieben und hatte ihn erstaunt und verständnislos angestarrt. Als er sich heiser geschrien und gegen einen Hustenreiz anzukämpfen hatte, wandte er sich zum Gehen; ein unbekanntes Glücksgefühl stieg in ihm auf, sodaß er aus dem unterdrückten Hustenreiz heraus in sich hineinzulachen begann, beinahe unhörbar, nur seine Schultern zuckten; er war nun sicher, daß ihm die fremde, kugelige Frau noch weiter folgen würde, aber er ängstigte sich nicht mehr vor ihr. Mitten auf der Konrad-Adenauer-Brücke blieb er trotz des anhaltenden Nieselregens stehen. Er schaute in das lichtglitzernde Wasser des Stroms und begann wieder, gegen die Frau anzuschreien, die ihm tatsächlich gefolgt und einige Schritte von ihm entfernt stehengeblieben war.

Aber er brüllte ihr nun nicht mehr ins Gesicht, sondern stellte sich an das Brückengeländer und ergoß seine unanständige Suada in die Wasser des Rheins. Er schrie, er wußte nicht mehr, was er schrie, bald waren es keine verständlichen Worte mehr, nur noch Laute, unerhörte Laute, die er aus seinem Bauch heraufholte, die er brüllte, johlte, grölte, krakeelte, gurgelte, heulte, während sich sein Oberkörper wie in Krämpfen wand. Schließlich endete er, ermattet, heiser, aber auch berauscht vom Modulationsreichtum seiner Stimme, entdeckte die Frau immer noch wenige Meter von sich entfernt, starrte ihr ins Gesicht, in ihr breites Gesicht mit den wulstigen Lippen, der knolligen Nase und den kleinen Augen. Kam langsam, keuchend, zu sich und schüttelte den Kopf. Da riß die Frau ihren großen Mund auf und begann zu lachen. Ein anfangs heiseres, später kreischendes Lachen schüttelte ihren Körper, die ganze kugelige Gestalt wackelte vor Lachen. Obwohl Alfred vor der riesigen Mundhöhle graute, er hatte noch nie einem Menschen so tief in die Schwärze eines Rachens geblickt, merkte er, wie es auch in ihm vor unterdrücktem Gelächter zu beben begann, er wandte sich rasch ab, lief weiter, kicherte vor sich hin, hinter ihm stieß seine Verfolgerin die letzten glucksenden Lachseufzer aus. Als er an seinem Wohnhaus angelangt war und das Haustor aufschloß, drehte er sich noch einmal um, die Frau stand auf der anderen Straßenseite, beschienen von der Straßenbeleuchtung, und blickte unverwandt zu ihm herüber. Schon wieder verzog sich ihr Mund zu einem Grinsen. Da drückte er sich rasch durch die Tür, fuhr mit dem Lift ins 10. Stockwerk. Er begegnete niemandem, auch der Hausmeister schien schon zu schlafen, schloß seine Wohnungstür auf und stand vor einer Barrikade aus bunten Kartons. Mittels der Stehleiter überwand er das Hindernis, einige Schachteln lockerten sich und plumpsten zu Boden. Dabei purzelten eine Anzahl kleinerer Schächtelchen heraus. Alfred kam auf der anderen Seite herunter, konnte sich von hier im Zick-Zack springend fortbewegen und in ein Zimmer gelangen, in dem bis zur Decke Schachteln, Dosen, Gläser, Koffer, Plastikwannen in beinahe kunstvoller Ordnung und jedenfalls gewagter Statik aufeinandergeschichtet waren. Alfred hatte seit Jahren nicht mehr in seinem Bett geschlafen, das inzwischen vollständig zugemüllt war. Ihm genügte, zum Entsetzen seines Freundes, ein durchgewetzter, hochlehniger Polstersessel. Der etwa zwanzig Quadratmeter große Raum, der größte seiner Wohnung, war auf ein begehbares Terrain von etwa sechs Quadratmetern zusammengeschrumpft. Es war dies überhaupt außer dem Bad und der Küche das einzige zugängliche Zimmer der Wohnung, die Tür zu einem weiteren Raum war mit Kartons verrammelt. Jenes Zimmer war vom Boden bis zur Decke vollgestopft, weshalb es, in Alfreds Logik, auch keinen Eingang brauchte. Nicht einmal er selbst konnte sagen, wo genau hinter den Aufbauten sich die Tür befand. Aber nun verlangten auch in dieses Zimmer, weil sich darin Heizungsverbrauchsmeßgeräte befanden, die Leute der Hausverwaltung und des Ordnungsamtes Zutritt, was für ihn völlig unverständlich und ausgeschlossen war. Er war überzeugt, daß er nicht gezwungen werden konnte, hier einen Zugang zu schaffen, und war bereit, jeden Preis für die Heizung zu zahlen, obwohl er sie auch im tiefsten Winter nicht anstellte; erstens konnte auch er selbst nicht an den Drehknopf eines Radiators heran, und zweitens brauchte er nicht mehr Wärme. Er hat Fischblut in seinen Adern, beklagte sich seine Mutter oft über die Temperamentlosigkeit ihres Sohnes.

Irgang leerte seine Taschen; betrachtete beglückt das spitzenbesetzte Damenmieder aus elastischem Material, nein, zerrissen war es nicht, aber recht verschmutzt, eingetrocknetes Blut war zu sehen; er quetschte die Träger in die Ritzen einer Schachtelwand, sodaß das Dessous wie ein Behang, ein weiblicher Torso, den farbigen Schachtelaufbau drapierte. Dann klebte er daran ein Schildchen mit Datum und Ort des Fundes. Auch die blonde Perücke befestigte er an einer der ihn eingrenzenden Wände. Er liebte es, sich mit seinen ungewöhnlicheren Funden zu umgeben. Eine Wand war mit Brillengestellen geschmückt, die Gestelle fest in die Spalten zwischen die Kartons gezwängt, auf sie pflegte er seine Augen zu richten, bevor er einschlief.

Irgang zwängte sich durch den schmalen Gang in die Küche, in der er auf den Arbeitsplatten leere Yoghurtbecher, Sardinenbüchsen, Margarinebehälter und dergleichen bis an die Decke ineinandergestapelt hatte. Als er Licht machte, entdeckte er auch heute ein dunkelbraunes Gewimmel: Kakerlaken, die so schnell in den Ritzen verschwanden, daß er Mühe hatte, die Insekten zu erwischen und ihren harten Panzer zwischen seinen Fingernägeln zu zerdrücken. Heute erjagte er zwei der Tiere. Zerquetschte sie, was ein krachendes Geräusch erzeugte und eine milchige Flüssigkeit aus ihren gepanzerten Körpern austreten ließ, er legte die beiden Leichen in eine leere Streichholzschachtel, versah sie mit dem Datum und stellte sie neben andere, in denen ebenfalls tote Schädlinge lagen. Er stellte fest, daß er vor zwei Tagen fünf Kakerlaken erwischt hatte und gestern nur eine. Dann öffnete er die Kühlschranktür, entdeckte auch hier eine hurtige Schar der Schädlinge, die panisch flohen, holte einen abgepackten Milchreis der Marke Vacchino heraus, setzte sich auf einen winzigen Hocker und begann, ihn auszulöffeln. Er betrachtete das tote Ungeziefer und stellte sich sein unsichtbares Gewimmel in den Ritzen seiner Möbel vor, dann dachte er an die dicke Frau, die ihm so beharrlich gefolgt war, und an seine Allmachtsgefühle, die er empfunden, als er sie beschimpft und auf der Rheinbrücke seine Schreiorgie angestimmt hatte. Über seine Angst, sie sei von jemandem angeheuert worden, ihn auszuspionieren, schüttelte er nun den Kopf. Mitunter wurde er auf seinen Streifzügen von Pennern angesprochen, die ihn für ihresgleichen hielten. Meist verstand er nicht, was sie von ihm wollten; wenn ihre Hunde seine Taschen umschnüffelten, suchte er schleunigst das Weite. Auch junge Mädchen mit grünen oder lilafarbenen Haaren sprachen ihn manchmal an. Sie trieben sich häufig in der Nähe des Hauptbahnhofs herum, tauchten plötzlich aus finsteren Winkeln auf und drängten sich an ihn. Wenn sie Polizisten sahen, verschwanden sie, wie vom Erdboden verschluckt.

Alfred zwängte sich durch seine Schachtelwände und öffnete die Tür zum Bad. Die Badewanne war mit Kartons, Kleidern und Wäsche vollgestellt. Er brüstete sich damit, daß er niemals Kleidung kaufte, sondern sie Rot-Kreuz-Säcken entnahm. Früher hatte seine Mutter für seine Ausstattung und für eine smarte Erscheinung gesorgt. Diese Anzüge, die von feinster Qualität waren, konnte er noch heute tragen, denn seine Figur hatte sich nicht verändert. Manchmal überraschte er den Stammtisch mit einer edlen

Krawatte oder einem Jackett, von dem sogar Uta nicht ausschloß, daß er es käuflich erworben hatte. Auf dem Waschbecken türmten sich Seifenstücke und leere Brillantinefläschchen. Über seinem Kopf war eine Leine gespannt, auf der hingen Wäschestücke zum Trocknen. Auch ein Dutzend Kämme lagen bereit und viele kleine Bürsten für die Nägel. Er fühlte sich als Vermehrer und Beherrscher der Dinge. Er kämmte sich, wusch sich die Hände und legte die Bürsten und die Kämme parallel nebeneinander hin. Dann kroch er in seinen Ohrensessel, wickelte sich in eine Decke und löschte das Licht.

3

Brigitte Schneider und der Anglist studierten die Speisekarte. Schließlich legte sie Unlauter zur Seite und fragte die Studentin: Wie kamen Sie zu dem Thema Ihrer Magisterarbeit: »Das Liebesproblem in Adalbert Stifters ›Die Mappe meines Urgroßvaters‹«? Das hat fast etwas Antiquiertes, um nicht zu sagen Anachronistisches. Ich sage das durchaus mit Sympathie. Das unverhoffte Interesse des Privatgelehrten machte Brigitte verlegen, und sie errötete, obwohl sie seit Monaten mittels der Methode der paradoxen Intention von Viktor Frankl versuchte, dieser Schwäche zu begegnen. Ich will rot werden, ich will ganz tiefrot, scharlachrot, kardinalrot werden, dachte sie im Bewußtsein, daß sich das Erröten nicht mit dem Willen steuern ließ. Vielleicht konzentrierte sie sich nicht intensiv genug, vielleicht zu spät, jedenfalls war das Unbewußte immer schneller. Als die Hitze in ihrem Gesicht schon brannte, versuchte Brigitte tapfer, sie zu ignorieren und ihrem Gesprächspartner eine plausible Erklärung für ihr Interesse an Stifter zu geben.

Professor Voss habe vor Jahren am Stammtisch die »Mappe« nachdrücklich zur Lektüre empfohlen. Heute sei Stifter schon ein Geheimtip, habe er verkündet. Sie habe für Geheimtips immer ein Faible gehabt, habe also diese Schwarte brav gelesen und sich so sehr darüber geärgert, daß sie sich aus reinem Widerspruchsgeist, fast schon aus Aggression und Feindseligkeit, entschlossen habe, sich damit auseinanderzusetzen. Ich wollte hinter der Idylle den Horror sichtbar werden lassen, vor allem den pervertierten Liebesbegriff kenntlich machen. Frau Professor Holzapfel-Grabenstolz, die Betreuerin ihrer Arbeit, habe sie dabei – nach anfänglicher Skepsis – auf der ganzen Linie unterstützt. Sie freue sich schon auf das Gesicht von Professor Voss, wenn sie ihm die Arbeit überreiche. Brigitte lachte, und ihr Gesicht bekam wieder rote Flecken.

Der pervertierte Liebesbegriff würde auch mich interessieren. Unlauter lächelte, hinter den dicken Brillengläsern funkelten seine Augen. Dann erhob er das Glas und sagte: Auf den pervertierten Liebesbegriff! Bei Adalbert Stifter, ergänzte Brigitte.

Bald darauf trafen Uta Aufbau und Kyra Wiesel ein, noch etwas außer Atem, sie hatten wegen aktueller Baustellen lange nach einem Parkplatz gesucht.

Sie haben eine neue Frisur, sagte Kyra zu Brigitte, steht Ihnen gut.

Danke, sagte sie, errötete wieder, und Otto Unlauter rief: Ich wollte Ihnen auch schon ein Kompliment machen.

Was so eine Frisur aus einem machen kann, bemerkte Uta Aufbau. Sie sind ja fast nicht wiederzuerkennen.

Ein neues Frauenbild, sagte Unlauter und zwinkerte Brigitte zu.

Zu dieser angeregten Runde stießen endlich auch Gregor Voss und Dora Stein, die noch Einkäufe gemacht hatten. Auch der Schriftstellerin fiel Brigittes neue Frisur auf. Der Professor sagte: Entzükkend, ganz reizend. Die tief errötete Studentin, die soviel Aufmerksamkeit verlegen machte, bat um den versprochenen Bericht über Amherst; besonders aber über die Kontroverse Helen Armstrong – George Blackstone wollte sie endlich Genaues erfahren.

Stellen Sie sich vor, sagte statt dessen Uta Aufbau, wen ich neulich auf dem Sozialamt getroffen habe: Dr. Rudi Muster.

Warum kommt er nicht mehr an unseren Stammtisch? fragte Kyra. Er hat mir seinerzeit seine Dissertation überreicht, und ich habe sie gelesen.

Tatsächlich, sagte Unlauter spitz, das haben Sie fertiggebracht?

Gott ja! Allerdings eines ist mir ein Rätsel: Warum schreibt ein so wenig verführerischer Mann über den Typus des Verführers?

Er hat doch so einen Blick, so etwas Glühendes, darauf könnten doch manche Frauen abfahren, gab Uta zu bedenken.

Er behauptet, sechs Jahre lang eine Psychoanalyse gemacht zu haben, sagte Kyra, trotzdem ist er eine lächerliche Figur geblieben. Ein Mann, der lächerlich ist, kann noch so glühend schauen, da läuft bei mir gar nichts.

Haben Sie mit ihm gesprochen? fragte Voss. Wie geht es ihm?

Es geht ihm schlecht, sagte Uta, er lebt von der Sozialhilfe, hat kein Fahrrad mehr und keinen Job. An der Hand hatte er sich auch verletzt, ein Unfall, sagte er. Er tat mir wirklich leid. Ich lud ihn ein, doch wieder an unseren Stammtisch zu kommen, aber er sagte, dieser arrogante Anglist habe ihn beleidigt, damit meinte er wohl Sie, Herr Unlauter, außerdem könne er sich das *La Grotta* nicht mehr leisten und wir seien ihm zu verkopft. Er lebe jetzt mehr aus dem Bauch heraus.

Das ist interessant, sagte Dora Stein. Wie macht er das?

Unlauter lachte: Da hat er auch mehr drin als im Kopf.

Gott, sind Sie heute aber böse, sagte Uta.

Wir wollen doch Amherst nicht vergessen, wagte Brigitte einzuwerfen.

Doch man war schon wieder in die Speisekarte vertieft. Als Voss den Kellner rief, öffnete sich die Eingangstür, Alfred Irgang schob sich mit seinen Beuteln ins Lokal. Dora Stein sah ihn kommen. Der Kellner schüttelte den Kopf, als er an ihm vorbeiging.

Wie siehst du denn aus? riefen der Professor und Uta, die sogar aufgesprungen war, wie aus einem Mund.

Was ist denn Ihnen zugestoßen? fragte Dora Stein.

Sie bluten ja! rief Brigitte.

Irgang wischte sich übers Gesicht, schabte an den Blutkrusten, sah das Blut an seiner Hand und sagte: Ach ja, das wird schon wieder. Aber mein Anzug.

Er stellte seine Plastiksäcke ab und wies auf sein Jackett, an dem beide Seitentaschen fehlten, sie waren im rechten Winkel herausgeschnitten worden.

Uta sagte, er sei ganz entstellt und fast nicht wiederzuerkennen, jedenfalls solle er sich doch rasch setzen, damit seine zerfetzten Klamotten hier nicht weiter auffielen, und endlich berichten.

Er sei überfallen und zusammengeschlagen worden, sagte Irgang mit einem gewissen Stolz, der Dora Stein nicht entging. Sie lächelte. Das ist nicht zum Lachen, wies Gregor sie zurecht. Man hat ihn ja fast umgebracht.

Jetzt erzähl doch mal zusammenhängend! rief Uta.

Ich kann Sie gar nicht anschauen, da verliere ich den Appetit, sagte Brigitte.

Daraufhin flüsterte ihr Otto Unlauter etwas ins Ohr. Brigitte lachte und errötete.

In der Wörthstraße war wieder einmal die Straßenbeleuchtung ausgefallen, da merkte ich, daß jemand hinter mir her war; bevor ich in die beleuchtete Berliner Straße einbiegen konnte, wurden mir Fäuste in den Rücken gerammt, ich prallte mit dem Gesicht gegen eine Straßenlaterne, stürzte, kam auf den Rükken zu liegen und schrie sofort, so laut ich konnte. Die Männer, es waren zwei, wollten mir den Mund zustopfen, aber ich schlug um mich, dann tasteten sie meinen Körper ab …

Die suchten deine Brieftasche, rief Uta.

Natürlich, sie suchten meine Brieftasche, einer keuchte mir ins Gesicht: Geld, wo Geld? Alfred verzog seine verschwollenen Lippen zu einem Grinsen. Dann schnitt mir der eine die Seitentaschen aus der Jacke heraus, das ging ritsch-ratsch. Mit meinen Jackentaschen und den alten Servietten suchten sie das Weite. Meine Brieftasche haben sie nicht entdeckt, die habe ich in der Gesäßtasche, und auf der lag ich drauf.

Dora Stein begann zu lachen, Unlauter sagte, das waren aber Stümper, und Uta wunderte sich, wie man auf die Idee kommen könne, ausgerechnet Alfred, der nun wirklich nicht nach Geld aussah, zu überfallen.

Irgang trauerte seinem guten Anzug nach, den er erst kürzlich, praktisch neuwertig, in einer Kleidersammlung entdeckt hatte.

Schließlich wunderten sich alle, daß Irgang, wo doch der Überfall schon gestern gewesen sei, noch heute in dem zerrissenen Anzug und mit blutverschürftem Gesicht herumlaufe. Du hast dich seither nicht gewaschen, stellte Uta fest. Und auch nicht umgezogen, ergänzte Kyra. Warst auch nicht beim Arzt, fiel Gregor ein.

Ich dachte, so ein authentisches Opfer eines Raubüberfalles könnte für Sie von Interesse sein, Alfred wandte sich an Dora Stein. Ich dachte, Sie wollten mich nach dem Überfall originalbeschädigt, sozusagen, sehen. Da müßten Sie dann nicht so viel erfinden.

Das rührt mich nun wirklich, sagte Dora, aber Sie unterschätzen meine Phantasie.

Du bist ja verrückt, sagte Uta, den ganzen Tag so herumzulaufen. Und nicht zum Arzt zu gehen.

Eine Tetanus-Spritze hätten Sie sich geben lassen sollen, sagte Unlauter.

Sie sind doch mit dem Straßenstaub in Berührung gekommen, ergänzte Brigitte.

Das regt mich nun wirklich auf, und du lachst auch noch, entsetzte sich der Professor über seine Freundin.

Ich muß ehrlich sagen, daß auch mir der Appetit vergeht, wenn ich dein blutverkrustetes Gesicht sehe, sagte Uta. Sowas gehört doch medizinisch versorgt, vielleicht hast du sogar eine Gehirnerschütterung, und in diesem Zustand kommst du hierher, in dieses Restaurant, den besten Italiener der Stadt. Du kompromittierst unseren ganzen Stammtisch.

Unter Umständen müssen wir uns bald ein anderes Lokal suchen, sagte der Privatdozent.

Das *Napoli* vielleicht, da fallen wir mit ihm nicht auf, regte Kyra an.

Nein, bitte nicht das *Napoli*, das ist furchtbar verraucht, da bekomme ich keine Luft, flehte Brigitte.

Davon kann doch keine Rede sein, bestimmte der Professor, wir bleiben hier. Und in Zukunft, das mußt du mir versprechen, kommst du nicht mehr in einem solchen Zustand an unseren Tisch.

Dora Stein betrachtete von der Seite das wüst zugerichtete Gesicht. Warum geht er nicht, warum steht er nicht auf und geht einfach, fragte sie sich, hat er denn überhaupt keinen Stolz? Und es regte sich in ihr für einen Augenblick Mitleid mit dem Mann, der nun an ihrem Stammtisch von seinen Freunden ein zweites Mal zusammengeschlagen wurde. Dieses Gefühl unterdrückte sie aber sofort, weil solche Emotionen schlecht fürs Schreiben waren, da entstand dann etwas *Sentimentales*, *Unironisches*, *Ungewürztes*, letztlich *Unliterarisches*. Sie entdeckte statt dessen das Komische an der Situation und begann zu lachen, erntete zuerst nur den befremdeten und gereizten Blick ihres Freundes, dann stimmten Kyra und Brigitte in ihr Lachen ein, nur Uta und der Professor widerstanden dem Heiterkeitsausbruch noch eine Weile. Schließlich lachten alle, auch Alfred, dessen Blutkrusten unter seinem Lachen splitterten. Sie wurden erst wieder ernst, als er in seinen Taschen zu kramen begann und seine Fundstücke zu verteilen suchte. Natürlich wurde wieder alles zurückgewiesen, auch Dora Stein widerstand, wenn auch mit Anstrengung, einem Rarissimum, wie Alfred betonte, dem vollständig erhaltenen, nur leicht angeschmutzten, in Leinen gebundenen Tagebuch einer Leipziger Hausfrau aus dem Jahr 1983. Er habe es in einem Container in der Nähe des Hauptbahnhofs gefunden, sagte Alfred, dort sei es gar nicht einfach, zu stöbern, ohne von der Polizei gestört zu werden. Die Polizisten seien nicht nur sehr unhöflich, sie würden häufig sogar handgreiflich und verlangten die Papiere. Neulich habe er just am Hauptbahnhof, allerdings neben einem Mülleimer, eine mit Geld prall gefüllte Brieftasche gefunden, ohne Ausweise, die habe er samt Inhalt einem Penner in den Hut geworfen. Der habe die Geldtasche zuerst mißtrauisch beäugt, sie dann geöffnet und, als er die Scheine sah, sie hastig, fast erschrocken, in seinem Brustbeutel verstaut. Und kürzlich war ihm wieder eine Oberkieferzahnprothese in die Hände gefallen.

Wie fällt einem so etwas in die Hände? wollte Dora Stein wissen.

Die wirst du doch nicht behalten haben? rief Uta entsetzt.

Doch, bestätigte Alfred seelenruhig, die sammle ich sogar, ich sammle Prothesen jeder Art. Zahnprothesen, Armprothesen, Beinprothesen. Neulich habe ich sogar einen männlichen Gliedersatz aus einem Müllbehälter herausgezogen. Er kicherte.

Hören Sie doch auf, sagte Brigitte ungewöhnlich laut.

Das geht wirklich zu weit, sprang ihr Unlauter bei.

Ekelhaft, murmelte der Professor.

Ich arbeite gerade an einer »Vanitas«-Installation, sagte Kyra, sowas, ich meine Prothesen jeder Art, könnte ich tatsächlich brauchen; entschuldige, sagte sie zu Uta gewandt, als Künstlerin muß ich deinen pädagogischen Eros konterkarieren dürfen.

Unter diesem Gesichtspunkt darf ich auch das Tagebuch nehmen, sagte Dora Stein.

Irgang strahlte über sein zerschundenes Gesicht und steckte der Schriftstellerin augenblicklich das Gewünschte zu; allerdings: von der Zahnprothese könne er sich nicht trennen, weil sie in seine Sammlung gehöre.

Das finde ich aber gar nicht lustig, daß unsere Vereinbarung nicht eingehalten wird, empörte sich Uta.

Jeder Künstler ist hinsichtlich seiner Arbeit korrumpierbar, sagte Kyra.

Ausreden, sagte Uta, es fehlt dir eben an Charakterstärke.

Je besser der Schriftsteller als Mensch, desto schlechter seine Bücher, sagte Dora.

Weil wir schon bei der Kunst sind, fiel der Professor ein, was ist denn aus der Kunstsammlung deines Vaters geworden? Ich erinnere mich vor allem an das großformatige Beckmann-Stilleben im Salon. Ich hoffe, es schmückt eine Wand in deiner Wohnung, oder du hast es wenigstens sachgemäß gelagert. Es ist hervorragend und außerdem ein Vermögen wert.

Ich weiß, sagte Irgang.

Der hat doch keine Wand frei, sagte Uta. Wahrscheinlich gammelt das Gemälde in irgendeinem Karton dahin.

Wenn du es nicht aufhängst, dann könntest du es einem Museum als Leihgabe stiften, dort wäre es sicher, und das Publikum hätte was davon, regte Voss an.

Das ist eine gute Idee, fand Irgang, ich muß aber erst an das Bild herankommen, das heißt, ich muß Verschiedenes umschichten. Dazu habe ich jetzt keine Zeit. Jedenfalls ist das Bild sicher aufbewahrt, das findet keiner.

Was ist das für ein Beckmann, wollte Kyra wissen, ein früher oder ein später?

Ein mittlerer, 1930 in Paris gemalt, sagte der Professor, ein großes Stilleben mit Kerzen und Spiegel. Der alte Irgang war sehr stolz auf diese Erwerbung.

Als der Kellner Irgangs Bestellung entgegennehmen wollte, schob Uta rasch den Kerzenleuchter ans andere Ende des Tisches, sodaß sein Gesicht im Dunkeln lag. Sie schämte sich für sein Aussehen, glaubte auch zu bemerken, daß man an den umstehenden Tischen tuschelte.

Ich bitte dich, sagte sie deshalb ungewöhnlich sanft, geradezu beschwörend zu ihm, nie mehr in einem solchen Zustand hierher zu kommen.

Du bist hier eine Provokation, pflichtete ihr der Professor bei, und nur deinetwegen werden wir das Lokal, mit dem wir zufrieden sind und in dem wir nun seit zwanzig Jahren unseren Stammtisch abhalten, nicht wechseln. Dann schaute der Professor auf die Uhr und verlangte die Rechnung.

Vergiß den Zahnarzt nicht, mahnte er ihn.

Wahrscheinlich muß ich zuerst zum Hautarzt, sagte Irgang und legte seine Hände auf den Tisch, sodaß ein weißlich-krustiger Ausschlag entlang des Handrückens zu sehen war. Brigitte wandte sich angeekelt ab, es sah aus, als wollte sie ihr Gesicht in der Schulter des Privatgelehrten vergraben. Auch der Professor schaute weg: unbedingt sofort zum Hautarzt. Dora musterte interessiert, wenn auch distanziert die Handrücken: Psoriasis oder Morbus Bowen würde ich sagen. Nicht ansteckend, aber vielleicht bösartig.

Versprich uns, daß du zum Hautarzt gehst, sagte Uta.

Ich muß erst einen finden, ich kenne ja keinen, sagte Alfred.

Dora Stein und der Professor erhoben sich: Schau ins Telefonbuch und such dir einen. Auch die anderen standen auf.

Es bedrückt mich, sagte Gregor Voss zu Dora, als sie im Zug saßen, daß der kostbare Beckmann in dem Gerümpel verkommt. Das Stilleben war der ganze Stolz des alten Irgang, er hatte es noch in den dreißiger Jahren über meinen Onkel, der eine Galerie in Frankfurt betrieb, bezogen. Ich habe manchmal wirklich den Wunsch, Alfred unter die Kuratel eines Sachwalters gestellt zu sehen. Er scheint mir jetzt schon partiell unzurechnungsfähig zu sein. Offenbar ist er bereits nicht mehr in der Lage, den Pflichten eines normalen Bürgers nachzukommen. Ich denke auch an die Urne mit der Asche seines Vaters, die in einem Magazin der Friedhofsverwaltung dahingammelt. Zuerst starb seine Mutter, dann ging es rapid mit Vater und Sohn bergab. Der alte Irgang, es war mir schmerzlich, es mitanzusehen, wurde immer melancholischer. Er kümmerte sich zuletzt noch rührend um den Garten, erntete Stachelbeeren und Johannisbeeren, dabei half ihm das Mariechen, der treue Hausgeist der Familie. Eigentlich lebte der Witwer nur noch auf den Freitag zu, den Tag, an dem ich in seinem Haus übernachtete; es gelang mir jedesmal, ihn ein bißchen aufzuheitern. Aber die ganze Situation war auch für mich deprimierend. Wenn nicht das Mariechen, das alte Dienstmädchen, gewesen wäre, das schon bei Betty Irgang geschafft hatte und nun notdürftig die beiden Männer versorgte, wäre das Leben der beiden zu einem Desaster geworden. Schon als die Mutter noch lebte, mußte ich sehen, daß Alfred, offenbar die Schwäche der kränkelnden Frau ausnutzend, das Haus zuzumüllen begann. Von Woche zu Woche wuchsen die Zeitschriftenberge. Als sie gestorben war, kümmerte sich auch Uta um die beiden Männer. Trotzdem war der Verfall nicht aufzuhalten. Ich sehe den Vater Irgang allein an dem großen Tisch im Salon sitzen, vor sich hin auf die leere Tischplatte stieren, hinter sich das Beckmann-Stillleben in gedämpften, tonigen Farben, auf dem zwei brennende Kerzen ihr Licht von einem gerahmten Spiegelglas zurückwerfen, und eine dritte, verlöschte davor liegt; ein henkelloser, halbgefüllter Krug steht neben einem Buch, auf dessen Einband Buchstaben zu lesen sind, die sich zu dem Wort »Ewigkeit« ergänzen lassen. Aber letztlich relativieren gerade die sich verzehrenden Kerzen den Anspruch des Künstlers auf »Ewigkeit«. Ich liebte das Bild sehr und plazierte mich immer so, daß ich es gut betrachten konnte. Wenn ich kam und den alten Mann so still und starrsichtig sitzen sah, erschrak ich jedesmal, ich befürchtete einen Schlaganfall. Aber sobald er mich erblickte, belebte sich sein Gesicht, seine Augen wurden wieder munter und aufmerksam, er erhob sich, kam mir entgegen, ließ mich Platz nehmen, und dann mußte ich erzählen. Begierig folgte er meinen Geschichten und wollte immer mehr erzählt bekommen. Auch Alfred setzte sich zu uns. Er nestelte stets an einem Papierpacken herum, und der Vater würdigte den Sohn keines Blickes, geschweige denn eines Wortes. Das Frühstück bereitete uns das Mariechen. Während der alte Irgang am Abend gewünscht hatte, daß ich ihm beinahe minutiös die vergangene Woche schildere, und ich ihm mit meinen Erlebnissen das Fenster in die Welt wieder geöffnet hatte, begann am Morgen er zu erzählen. Und Alfred immer stumm in seinen Papieren raschelnd, neben uns sitzend. Wenn der Alte ins Stocken geriet, brachte ich ihn mit meinen Fragen dazu, weiterzuerzählen. Immer wieder erzählte er mir Geschichten aus seiner Kindheit, die er als glücklich erinnerte. Nicht ganz zwei Jahre nach dem Tod seiner Frau starb auch er. Er wachte einfach nicht mehr auf. Uta fand ihn tot in seinem Bett mit einem friedlichen Ausdruck im Gesicht, wie man das von den meisten Verstorbenen zu berichten weiß, was nichts als eine physiologische Finte ist, eine Sache der erschlafften Muskeln. Alfred war sein Fehlen gar nicht aufgefallen, Vater und Sohn waren offenbar nur dann gleichzeitig an einem Tisch gesessen, wenn ich sie besuchte. Von da an beschleunigte sich die Vermüllung. Ich mußte mir eine andere Bleibe suchen, denn im Gästezimmer konnte ich nicht mehr nächtigen, es war praktisch unbetretbar, das heißt, nur durch geschickte Sprungkombinationen gelangte man ans Bett. Auf dem großen Eßtisch ließ Alfred zuletzt nur noch den Platz für ein Gedeck, und der Garten verwilderte völlig. Schließlich bot mir Uta an, in dem Haus, einem ehemaligen Gasthof, das sie geerbt hatte, zu nächtigen. Es trägt noch das Schild mit der Inschrift: *Zum Goldenen Rebstock.* Das Gebäude wäre für die alleinstehende Frau zu groß gewesen, doch sie hatte stets Hausgäste. Vorzugsweise beherbergte sie Polen oder Russen, die für sie gegen Kost und Logis und ein kleines Entgelt verschiedene Arbeiten in Garten und Haus verrichteten. Mit Uta besprach ich dann auch die problematische Situation, in die Alfred nun geraten war. Es war offensichtlich, daß er allein die Villa seiner Eltern auf Dauer nicht bewohnen konnte. Schließlich fand sich ein Ingenieur, Prokurist in der Maschinenfabrik seines Vaters, der mit seiner jungen Familie das Haus gegen Leibrente von Alfred erwerben wollte. Uta gelang es, und das ist aus heutiger Sicht geradezu als ein Wunder zu betrachten, ihn zu überreden, das Angebot anzunehmen. Sie suchte und fand sogar eine Wohnung in guter Lage für ihn, die er schließlich akzeptierte, half beim Übersiedeln, das sich unendlich lang hinzog, weil sich Alfred von nichts trennen konnte. Der Ingenieur mußte mit seiner Familie schließlich in das noch nicht vollständig leergeräumte Haus einziehen. Es dauerte ein weiteres Jahr, bis auch der Keller vom neuen Eigentümer benutzt werden konnte. Ohne die aufopfernde Hilfe von Uta Aufbau, die auch ihre Freunde für Alfreds Sache zu gewinnen wußte, wäre der Umzug nicht zu bewerkstelligen gewesen. Sie hat ihm sogar gestattet, einen Teil seiner Habe, die nicht in der neuen Wohnung untergebracht werden konnte, in einem ihrer Keller zu lagern. Denn trotz Utas lebhafter und manchmal sogar handgreiflicher Proteste gelang es ihr nicht, zu verhindern, daß die neue Wohnung schon von Anfang an mit allerhand Plunder vollgestopft war. Auch der Beckmann scheint in der neuen Wohnung keinen Platz an der Wand gefunden zu haben.

Von der Leibrente kann er leben? fragte Dora.

Von der Leibrente und dem beträchtlichen Vermögen, das ihm seine Eltern hinterlassen haben. Er könnte sehr angenehm leben, er könnte Ferien machen, in den besten Hotels absteigen und so weiter. Die Irgangs pflegten mit Alfred ausgedehnte Reisen zu unternehmen, Bildungsreisen zumeist. Allein verreist er nicht. Immerhin besucht er noch Konzerte, hat auch ein Theaterabonnement, vor allem liebt er Mahler und Mozart, und Vorträge mit historischer

Thematik interessieren ihn. Die Mannheimer Stadtgeschichte hat er ziemlich präsent. Uta, die ihn immer zu Weihnachten zu sich einlädt, wollte mit ihm nach Italien, ich glaube nach Venedig fahren.

Ausgerechnet nach Venedig? Das finde ich eigenartig, sagte Dora.

Ich glaube, Frau Betty hätte Uta gerne als ihre Schwiegertochter gesehen. Sie war bei allen Festen und Einladungen, die die Irgangs für ihren Sohn gaben, zugegen, bei den Gartenparties folgte sie ihm manchmal in den abgelegenen Teil des Gartens, wo er sich mit Vorliebe aufhielt, und half ihm sogar, die Lampionbeleuchtung instand zu halten. Aber soweit ich mich erinnere, hat er dabei ihre Anwesenheit nicht geschätzt. Er wollte lieber allein aus dem Dunkel des Gartens seine Lichtgirlanden überwachen. Ach, was hat Frau Betty alles versucht, um ihren Sohn an die Frau zu bringen! Sie lud immer eine Menge junger Leute zu sich ein. Alfred hatte einen Tanzkurs absolvieren müssen. Aber sobald die Musik aufspielte, verdrückte er sich. Frau Betty selbst tanzte gern und gut, ich habe auf den Parties oft mit ihr getanzt, der Tango war unsere Spezialität, da bekamen wir Applaus von der übrigen Gesellschaft. Einmal, die Kapelle spielte einen English-Waltz, drängte Uta den Widerstrebenden auf die Tanzfläche. Man lachte und klatschte. Der arme Alfred bekam einen roten Kopf, Uta schob ihn im langsamen Walzertakt über das Parkett. Fast tat er mir leid, sagte Gregor leise und verlor sich in Erinnerungen.

Wie sah er als junger Mann aus?

Er wirkte jünger, als er war, mit Dreißig hielten ihn viele für einen Zwanzigjährigen, er war immer schlank, hatte weiche, beinahe mädchenhafte Züge, sein Mund stand immer etwas offen, das gab seinem Gesicht den Ausdruck eines staunenden Kindes. Heute kneift er ihn zusammen, daß er nur noch ein Strich ist. Seine Umgangsformen waren untadelig, er war immer still, ein wenig langweilig vielleicht, sehr zurückhaltend, scheu sogar. Ich glaube, das wirkte auf einen bestimmten Frauentypus anziehend.

Auf Uta beispielsweise, sagte Dora.

Ja, auf Uta; überhaupt auf Frauen mit einem gewissen sozialen Impetus, etwas in seinem Äußeren weckte wohl ihren mütterlichen Instinkt.

Hat Uta selbst keine Kinder?

Sie kümmert sich um die Tochter ihrer frühverstorbenen Schwester, ein kluges, ein wenig verhuschtes Geschöpf, sie studiert Slawistik. Das Mädchen lebt immer noch bei ihr, leistet so etwas wie Dolmetscherdienste für Utas Polen und Russen. Eine Zeitlang hatte auch Kyra in ihrem Haus ihr Atelier. Aber das ging nicht lange gut.

Wie kam sie denn an deinen Stammtisch?

Sie hat Seminare bei mir besucht, auch einige Referate gehalten, außerdem kannten wir uns über Irgangs. Kyra Wiesel hat mit Germanistik begonnen und ist dann zur Psychologie übergewechselt. Du solltest dich einmal mit beiden über Alfred unterhalten, sie kennen ihn von einer anderen Seite als ich.

Warum sollte ich? fragte Dora.

Ich dachte, du hättest dich schon entschlossen, ihn in deinem nächsten Roman auftreten zu lassen. Hast du es dir wieder anders überlegt? fragte Gregor unsicher. Er befürchtete, die Freudin könnte sich mangels eigener Beschäftigung an seiner Seite langweilen.

Ich kann noch nicht darüber reden, ich brauche noch Zeit, ich habe zunächst ein anderes Projekt, antwortete sie unwillig.

Na, dann ist es ja gut, ich wollte dich nicht –, sagte Gregor.

Ich weiß, sagte Dora, du bist lieb, und strich ihm leicht über die Wange.

Neben dem Container Ecke Freßgasse/Rathausgasse hockte die dicke Frau. Sie wartete nun täglich an der bestimmten Stelle auf ihn.

Sie hatte sich bald als ein gefügiges Wesen erwiesen, das ihm niemals widersprach, ja überhaupt niemals sprach. Die kehlige Stimme, mit der sie bei ihrer ersten Begegnung Erch, Errch gegurgelt hatte, ließ Irgang sie für eine Ausländerin halten, für eine Spanierin oder eine Asylbewerberin aus Tschetschenien. Er nahm an, daß sie kein Deutsch verstand. Ich Alfred Irgang, sagte er und deutete auf sich, wie du heißen? Sie lachte, klopfte mit ihrer Hand gegen die Brust und gurgelte ch, ch, wühlte in ihren Kitteln und zog einen Personalausweis hervor. Sie hieß Charlotte Bieramperl und stammte aus Pfaffenhofen. Du Deutsche? Irgang konnte es kaum glauben, und noch dazu aus Bayern? Charlotte Bieramperl lachte wieder und nickte. Sie verstand ihn offensichtlich. Als er sie fragte, ob sie ihm bei seinen Kellertransporten helfen wolle, nickte sie. Menschen, die nicht sprechen konnten, waren gemeinhin auch taub, das war seine bisherige Erfahrung. Seine Matroschka war aber nur stumm, sie konnte hören und verstand, was er sagte. Vielleicht konnte sie sogar schreiben und lesen, auch in Bayern war ja die Schulpflicht längst eingeführt. Solche Kenntnisse waren ihm bei seiner Stummen nicht wichtig; aber daß sie verstand, was er sagte, und doch nicht antworten oder gar widersprechen konnte, gefiel ihm außerordentlich. Er nannte sie weiterhin Matroschka, obwohl er nun ihren richtigen Namen kannte. Es gefiel ihm, jemandem einen Namen geben zu können, als Namensgeber hatte er Macht über das benannte Subjekt, damit glaubte er einerseits, von der Person Besitz ergreifen, und andererseits, sie sich auf Distanz halten zu können. Undenkbar, sie Charlotte zu rufen. Das schüfe eine Vertraulichkeit, eine Nähe, vor der er hätte fliehen müssen. Jedesmal, wenn sie ihn kommen sah, lachte sie über das ganze Gesicht, es wackelte ihre ganze umfängliche Gestalt, von der er nicht wußte, ob sie auf die zahlreichen Stoffschichten zurückzuführen war, oder ob er sich ihren Körper tatsächlich rund und fettgepolstert vorstellen sollte. Erhob sie sich von ihrem Klappstuhl, rief er meist befehlend: Setz dich, Matroschka. Er liebte es, den Namen auszusprechen, sie Matroschka, seine russische Puppe, zu nennen. Sie setzte sich, und in ihm machte sich eine stille Heiterkeit breit. Sitz, sagte er nochmals, auch wenn die Frau längst Platz genommen hatte, und seine Matroschka regte sich nicht mehr vom Fleck. Manchmal überschwemmte ihn eine Fröhlichkeit, und er begann in sich hinein zu kichern, da lachte auch die Frau auf dem Klappstuhl.

Irgang lehnte seine Plastiksäcke an den Container, stellte sich auf die Zehenspitzen und versenkte seine Arme in die Öffnung. Heute zog er einige Telefonbücher aus dem Müll. Nicht mehr brandneu, dafür aber von Berlin, vom Landkreis Biberach und – sehr erstaunlich – von Salzburg. Er freute sich seiner Funde, obwohl er weder mit Berlin noch mit Oberschwaben oder gar mit Salzburg eine fernmündliche Verbindung aufzunehmen gedachte. Er entdeckte noch eine kleine gelbe Gießkanne aus Plastik und drei Taschenbücher, Romane von Konsalik und Uta Danella in recht gutem Zustand; auch ein in Kunstleder gebundener Taschenkalender aus dem Jahr 1978 mit handschriftlichen Eintragungen in krakeliger Schrift fand sein Interesse. Schließlich packte er seine Ausbeute ein, die umfangreichere Plastiktasche schob er der sitzenden Frau hin, die sich sofort erhob und die Tasche nahm. Beide waren am Weggehen, Charlotte Bieramperl zwei Schritt hinter Alfred, als Rudi Muster um die Ecke bog, auf sie zurannte und keuchend vor ihnen stehen blieb. Er lüftete seine rote Wollmütze und wischte sich den Schweiß von der Stirn. Wie sehen Sie denn aus? fragte er Irgang, auf den das Licht einer Straßenlaterne fiel. Sind Sie gestürzt? Alfred erzählte die Geschichte seines Überfalls und sagte: Wenn sie nicht dazugekommen wäre, er wies auf seine Begleiterin, die in einigem Abstand vor dem Schaufenster eines Schuhgeschäfts stehengeblieben war, wäre es schlecht für mich ausgegangen. Sie hat ein so schauderhaftes Gebrüll angestimmt, daß die Kerle das Weite gesucht haben, bevor sie mir die Geldbörse rauben konnten. Meinen Anzug haben sie mir zerschnitten, und er zeigte Muster beinahe stolz seine Jacke mit den abgetrennten Taschen.

Jetzt sagen Sie nur noch, daß Sie mit Ihrem blutverkrusteten Gesicht, der aufgeschlagenen Nase und den angeschwollenen Lippen, Sie sehen ja zum Fürchten aus, und mit Ihrem zerfransten Anzug im *La Grotta* waren? fragte Muster, und als Irgang nickte: Was hat denn der Professor dazu gesagt?

Ich soll zum Arzt gehen und zur Polizei. Hat ja alles keinen Sinn.

Da haben Sie recht, Sie sehen ja, wie es mir ergeht, habe immer noch kein Fahrrad, habe mich jetzt aufs Joggen verlegt. Aber zu meinem Baum komme ich jetzt kaum noch. Gehört die zu Ihnen? Muster zeigte auf die Frau. Wo haben Sie denn die aufgegabelt?

Sie ist meine Gehilfin, sagte Alfred ein wenig stolz.

Für dreißig Mark die Stunde? fragte Muster.

Selbstverständlich, sie ist kräftig, fleißig, tut alles, was ich ihr anschaffe, und kann mir nicht widersprechen, weil sie stumm ist. Irgang grinste.

Wieso stumm, kann sie auch nicht hören?

Nein, nur stumm. Sie hat ein gutes Gehör.

Ungewöhnlich, sagte Muster, sieht aus wie eine von meinen russischen Aussiedlern, mit solchen Typen habe ich keine guten Erfahrungen gemacht, hinter denen steckt ein ganzer Familienclan, passen Sie auf, plötzlich haben Sie es mit einem ganzen Schwarm zu tun, die Ihnen alle um dreißig Mark die Stunde helfen wollen, warnte Muster.

Alfred lachte, sein dürrer Körper wurde von seinem Gelächter geschüttelt wie von einem Krampf, er hatte sich schon lange nicht mehr so amüsiert, klatschte sich vor Vergnügen auf die Schenkel. Auch die Frau hatte zu lachen begonnen, ihr Lachen klang wie Pfauengeschrei.

Muster betrachtete die beiden entgeistert.

Sie kommt aus Bayern, stieß Alfred zwischen prustendem Gelächter hervor. Muster war irritiert. Dann vielleicht die Vorfahren, fragen Sie sie mal, ach, sie kann ja nicht reden, versteht sie Sie wenigstens? Ja? Na, da sind Sie ja ein richtiger Glückspilz, lächelte

Muster maliziös. Passen Sie sich nur auf Ihre Perle auf. Dann machte er sich davon.

Irgang und seine Begleiterin marschierten die Kurpfalzstraße entlang, direkt auf die barocke Schloßanlage zu, die hell angeleuchtet war und die Universität beherbergte, zogen am Westflügel vorbei, gelangten auf die Konrad-Adenauer-Brücke, auf der er immer eine kurze Rast zu machen pflegte. Er stellte seine Last ab, rieb sich die Hände und blickte auf den glitzernden Rhein und die Kurt-Schumacher-Brücke, die sich elegant auf feinen Drähten über den Fluß spannte. Lastkähne lagen schwarz mit sparsamer Beleuchtung im Luitpold-Hafen vor Anker. Alfred Irgang und seine Matroschka, schrie Alfred in die Nacht. Dann lachte er wieder; seit ihm die Frau nicht von den Fersen wich, hatte er das Lachen wiederentdeckt. Er lachte so wie andere weinen, sogar Tränen liefen ihm über die Wangen. Auch die Frau stieß ihr Pfauengeschrei aus. Um diese Zeit war die Brücke verlassen wie ein einsames Waldstück. Einmal ratterte die Straßenbahn vorbei, dann war es wieder still. Ein Flugzeug zog am hellen Nachthimmel seine Geräuschspur. Irgang stierte noch eine Weile in den Strom, dann raffte er sich auf, und beide setzten schweigend ihren Weg fort. Die Frau begleitete ihn bis an die Tür seines Wohnhauses, dort stellte sie die Tasche, die sie ihm hinterhergetragen hatte ab; er sagte: Morgen um neunzehn Uhr an dieser Stelle. Die Frau nickte und ging.

Er schloß die Haustür auf, schob sein Gepäck in den Aufzug und fuhr in den 10. Stock. Das Stiegenhaus war funzelig erleuchtet, er äugte mißtrauisch nach der Decke, wo er immer noch hinter der runden Dose mit den vier dunklen Öffnungen eine Videokamera vermutete, obwohl man am Stammtisch von einem Rauchmelder gesprochen hatte, schloß seine Wohnungstür auf, drückte sie rasch wieder zu, kletterte über seine Stehleiter und überlegte sich, ob er tatsächlich, wie er sich vorgenommen hatte, demnächst mit dem Beiseiteräumen der umgestürzten Kartons beginnen sollte. Doch das Überklettern der zusammengestürzten Schachtelwand gewährte ihm eine perfekte Einsicht in die Strukturen seiner Sammlung; von oben entdeckte er immer wieder Hohlräume, die er noch füllen konnte.

Er fühlte sich plötzlich erschöpft, vielleicht hatte ihn der gestrige Überfall doch mehr beeinträchtigt, als er dachte. Die bedrohliche körperliche Nähe, den Geruch, den Atem der Männer und seine eigene Ohnmacht gegenüber ihren gewalttätigen Händen hatte er als Schmach empfunden. Mehr als jede verbale Beleidigung hatte ihn der Angriff auf seinen Körper gedemütigt. Er setzte sich in seinen Schlafsessel und schloß die Augen. Er dachte an seine Gefolgsfrau. Wo wohnte sie? Warum konnte sie nicht sprechen? Er war sich nicht sicher, ob er sich dafür interessieren sollte. Die Anteilnahme für ein fremdes Schicksal konnte einen Sog entwickeln, fürchtete er, er würde sich selbst womöglich aus den Augen verlieren. Jedenfalls war die Person zur passenden Zeit aufgetaucht. Eines Tages würde er sie wegschicken, wenn er sie nicht mehr brauchte, oder sie würde von selbst verschwinden. Das war unausgesprochen abgemacht, für persönliche Anteilnahme war kein Platz, Gefühle würden nur alles kompliziert machen. Unversehens döste er ein. Als er wieder erwachte, er hatte das Licht nicht ausgemacht, war es zwei Uhr früh. Er fühlte sich gestärkt, sodaß er beginnen konnte, seine

Taschen vom Eingang zu holen und über die Stehleiter zu schleppen, auszupacken und den Inhalt aufzuschichten. Das war eine Arbeit, die ihn den Rest der Nacht beschäftigte. Die Integration seiner neuen Funde in die bestehende Sammlung erforderte seine Spitzfindigkeit. Erst im Morgengrauen hatte er alles in seine Schachtelwände eingegliedert. Sein Magen knurrte. In der Küche zerquetschte er vier Kakerlaken, bevor sie auseinanderstieben konnten, dann holte er sich aus dem Kühlschrank ein Sahneyoghurt, aß es, legte danach die toten Schaben in ein neues Zündholzschächtelchen, versah es mit einem Datum und stellte es zu den anderen. Schließlich turnte er wieder zurück zu seinem Schlafsessel, in den er sich ermattet, aber zufrieden sinken ließ. Mit einem geblümten Schlafsack, den er sich ebenfalls bei einer Altkleidersammlung organisiert hatte, deckte er sich bis ans Kinn zu. Als er sich mit den Händen über das Gesicht wischte, raschelten seine Bartstoppeln, und er spürte die Blutkrusten, er betastete seine Lippe, die sich wie aufgepumpt anfühlte, und sein Jochbein, das noch druckempfindlich war. Sobald er sich ausgeruht hätte, würde er sein Gesicht im Spiegel betrachten. Doch nun freute er sich auf einen langen und tiefen Schlaf.

Er glaubte, gerade erst eingedämmert zu sein, als er durch Klingeln und lautes Klopfen an seiner Wohnungstür aus dem Schlaf gerissen wurde. Es war drei Uhr nachmittags. Da er keinen Besuch erwartete, entschloß er sich, nicht zu öffnen. Als das Hämmern gegen seine Wohnungstür immer lauter wurde und das pausenlose Geschelle der Klingel drohte, in ihm eine Panik auszulösen, verstopfte er sich die Ohren mit den Zeigefingern, sodaß er die dröhnende Männerstimme, die ihn zum Öffnen der Tür aufforderte, nur mehr gedämpft wahrnahm. Nach einer Weile verstummte der Lärm. Alfred nahm die Hände von den Ohren, schlich ins Bad, betrachtete sein Gesicht im Spiegel, das er in seiner Versehrtheit zum ersten Mal bei Tageslicht erblickte und das ihn nun doch erschreckte. Er fragte sich wieder, wozu ein Spiegel gut sei; die Sonnenstrahlen, die durch das kleine hochgelegene Fenster fielen und sein Gesicht unbarmherzig ausleuchteten, waren ihm unangenehm. Wenn er das Fenster nicht brauchte, um gelegentlich frische Luft hereinzulassen, hätte er es längst mit seiner Sammlung verbarrikadiert, wie er es mit den anderen Fenstern getan hatte. Solange er seine Verletzungen nur gespürt und ertastet hatte, hatten sie ihn wenig tangiert. Nun aber sah er die Hämatome unter den Augen, die geschwollenen Lippen, die aufgeschürfte Nase; er fand sich beinahe unkenntlich. Als er mit einem feuchten Lappen die Blutkrusten weggewischt hatte, freundete er sich mit seinem Aussehen an, denn er entdeckte in seinem aufgeschundenen Gesicht ganz eigene Seiten; er würde den Prozeß, wie es sich in sein früheres zurückverwandelte, genau verfolgen. Er überlegte, ob er sich rasieren oder ob er einen Bart über seine Läsuren wachsen lassen sollte, entschied sich für letzteres. Dann rieb er seine Kopfhaut mit Birkin-Haarwasser ein, kämmte sich die Haare, betrachtete bekümmert das Büschel, das sich wieder im Kamm verfangen hatte, zog sie einzeln aus den Zwischenräumen des Kammes, legte sie nebeneinander aufs Waschbecken und zählte sie. Es waren an die zweihundert Stück. Getrocknet steckte er sie in ein altes Briefkuvert, versah es mit Datum und Stückzahl und legte es zu den übrigen Briefumschlägen mit dem gleichen Inhalt. Darüber hinaus führte er in einem alten Taschenkalender genau Buch über seinen Haarausfall; er trug das neue Ergebnis ein. Er fürchtete, bald eine Vollglatze zu haben, weshalb er sich seit Jahren nicht mehr den Kopf wusch, denn er war überzeugt, durch das Shampoonieren den Haarausfall zu beschleunigen. Mit den Jahren hatte sich auf seiner Kopfhaut eine dunkelgelbe Schuppenschicht gebildet, der er keine Aufmerksamkeit schenkte. Er zog einen Seitenscheitel, riffelte die Haare mit dem Kamm quer über den Schädel, so daß die feinen Strähnen die Blöße schütter bedeckten. Aus dem Kühlschrank holte er sich Pudding mit Reis. Tagsüber waren keine Kakerlaken zu sehen, er betrachtete die Schächtelchen mit den Leichen und stellte sie in Reih und Glied. Irgendwann würde er sie aufeinanderstellen müssen, neben die leeren Yoghurtbecher, die inzwischen in Sechserreihen bis zum Plafond reichten und einen ästhetisch ansprechenden Anblick boten, der ihn an Schachtelhalme erinnerte. Jeder Becher war mit einem Datum beschriftet, die Aufschrift mit schwarzem Filzstift war gut zu sehen, nur die Sonntage hatten einen roten Schriftzug.

Abends, gegen sechs Uhr, verließ er die Wohnung, nachdem er sich mit einem Blick durch das Guckloch vergewissert hatte, daß sich niemand mehr vor seiner Tür herumtrieb. Er fuhr ins Erdgeschoß, begegnete keinem Menschen, es war überhaupt merkwürdig, wie selten er in dem zwanzigstöckigen Hochhaus einem Menschen begegnete. In seinem Briefkasten fand sich Post. Sie war vom Gesundheitsamt der Stadt: Er wurde aufgefordert, an einem gewissen Tag für einen Kammerjäger die Wohnung zu öffnen wegen Verdachts auf Kakerlakenbefall. Er steckte das amtliche

Schreiben in seine Brusttasche und überlegte sich, ob er es seinem Anwalt zeigen oder es einfach ignorieren sollte. Er war sicher, daß ihm diese neue Zumutung der Hausmeister eingebrockt hatte, hielt es aber für ausgeschlossen, daß er gezwungen werden konnte, einen Ungeziefervertilger in die Wohnung zu lassen. Die Kakerlaken störten ihn nicht. An das Jagen und Zerquetschen der Tiere, bevor sie das Weite suchen konnten, hatte er sich gewöhnt, und er hoffte, seine Fangquote im Laufe der Zeit zu steigern. Bisher hatte er nicht mehr als fünf Tiere pro Abend erlegen können, was ihn nicht ganz zufriedenstellte. Er mochte sich gar nicht vorstellen, daß ihn, wenn er nachts das Licht anstellte, nicht mehr die behenden Fluchtbewegungen der schwarzen Tierchen erwarteten.

Er ging in den Keller, schloß den von ihm okkupierten Verschlag auf, um die Dinge auszusortieren, die er heute mit seiner dicken Frau wegbringen wollte. Diesmal hoffte er sogar, daß ihn der Hausmeister entdeckte, um ihm sein Tätigsein zu beweisen. Freilich hatte er noch mit keinem großen Erfolg aufzuwarten, denn dem Kellerraum war es nicht anzumerken, daß er schon zwei Wochen lang nahezu täglich mit dem Leiterwagen sein Zeug abtransportierte. Das lag daran, daß er nicht nur wegschaffte, sondern auch immer wieder Dinge, die er tagsüber sammelte und die er in seiner Wohnung nicht mehr unterbringen konnte oder wollte, hier zwischenlagerte.

Es zeigte sich aber kein Hausmeister, auch sonst kein Mensch, und er machte sich mit wachsendem Behagen an das Sichten seiner Habe. Er schob manches hierhin und anderes dorthin, stieg auf einen Hocker und holte Kartons herunter; fielen ihm Zeitungen in die Hände, was öfter geschah, begann er in ihnen zu lesen und seine eigentliche Aufgabe zu vergessen. Schließlich hatte er aber doch einiges für den Abtransport zurechtgelegt. Um neunzehn Uhr stieg er aus dem Keller herauf, trat vors Haus, wo seine Matroschka bereits mit dem Leiterwagen auf ihn wartete. Gemeinsam beluden sie das Gefährt und marschierten los. Die Frau zog den Karren, Alfred trottete hinterdrein und paßte auf, daß nichts verlorenging. Die Frau bahnte sich stur den Weg durch die Passanten, rempelte Entgegenkommende an, wurde angerempelt, angepöbelt, sie scherte sich nicht darum, und Irgang stapfte hinterher, hob hin und wieder etwas auf und stopfte es in seine Plastiktüte. Wenn er sich nicht gerade bückte, um etwas aufzulesen, richtete er einen geradezu entrückten Blick auf seine Habe. Er bemerkte deshalb nicht, daß ihm Dr. Muster entgegenkam, erst als er seinen Namen hörte, schrak er auf. Er befahl der Frau anzuhalten, aber Muster wollte gleich wieder weiter, er sei unterwegs zu einem Schüler, dem er Nachhilfeunterricht in Latein geben sollte für zwanzig Mark die Stunde, fügte er noch hinzu und hastete weiter.

Der andere Keller lag etwa zwanzig Minuten Fußweg entfernt von seiner Wohnung in einem heruntergekommenen Einfamilienhaus, das nur von einer alten Frau bewohnt wurde, die mit der von Irgang entrichteten Miete ihre Rente aufbesserte. Er hatte noch einige weitere ähnliche Kellerräume, die über die Stadt verteilt lagen, angemietet. Die besuchte er in unregelmäßigen Intervallen. Die meisten dieser Kellerräume waren bereits so vollgestopft, daß er sie kaum betreten konnte, dennoch freute er sich an dem Gestapel, an dem Geruch nach Moder und Schimmel, den er schon als Kind inbrünstig eingesogen hatte. Eigentlich hätte er am liebsten einen seiner Keller bewohnt. Jeder seiner Kellerräume roch anders, er konnte sie am Geruch unterscheiden; wenn man ihm die Augen verbunden und ihn zu einer seiner unterirdischen Lokalitäten geführt hätte, er hätte sie genau zu identifizieren gewußt. Auch die Zusammensetzung seiner Lager war unterschiedlich und die Struktur der Schichtungen verschieden. Er hatte in jedem seiner Kellerlager ein Klappstühlchen, darauf setzte er sich und betrachtete seine jeweilige Sammlung, das machte ihn glücklich und stolz. Daß er seine Freude bisher mit niemandem teilen konnte, war ihm ein Wermutstropfen. Doch nun hatte er die Frau, die jedesmal in lautes Gelächter ausbrach, wenn sie seinen Keller betrat. Mit ihrem Lachen zeigte sie ihm ihren Gefallen an seiner Sammlung, so jedenfalls interpretierte er ihre Lautäußerung und war zufrieden.

Die Frau schob den Karren durch das offenstehende, verrostete Gartentor und hielt an der Kellertreppe hinter dem Haus, durch dessen schmutzige Gardinen das Gesicht der Bewohnerin zu ahnen war. Irgang ging die Stufen hinunter, öffnete die mit Eisen beschlagene Tür und knipste seine Taschenlampe an, denn dieser Kellerraum hatte keine elektrische Beleuchtung. Er sah mit Wohlgefallen, daß ihm die Dinge entgegenwuchsen, es war ihm wie eine Umarmung. Die Frau schleppte bereits die ersten Kartons herbei. Er setzte sich auf sein Klappstühlchen und wartete, bis sich die ganze Lieferung zu seinen Füßen verteilt hatte. Dann drückte er der Frau die Taschenlampe in die Hand und begann die neuen Dinge zu verstauen. Das war die zeitraubendste Arbeit, denn er überlegte lange, welcher Karton mit welchem Inhalt zu den schon vorhandenen paßte. Sein

System war ein emotionales und ästhetisches. Die Form, die Aufschrift, die Farbe und schließlich der Inhalt der Kartons waren unterschiedlich und mußten zueinander in eine spannungsvolle Beziehung treten. Teilweise fühlte er sich Konzeptkünstlern nahe, Hanne Darboven oder Christian Boltanski, deren Ausstellung vor einigen Jahren im Ludwigshafener Museum für Moderne Kunst ihn tief berührt hatte. Seither fühlte er sich den Künstlern verwandt. Als er die unter *Spurensicherung* von Christian Boltanski geschaffenen Installationen gesehen hatte, waren ihm sogar Tränen der Rührung in die Augen getreten. Auch diese Künstler, soviel hatte er verstanden, wollten etwas bewahren, wollten die Zeit anhalten, wollten sich ihrer Geschichte vergewissern. Diese Arbeiten hätte er seiner Mutter zeigen mögen, aber wenn er ehrlich war, mußte er sich eingestehen, daß sie wohl auch für Boltanskis *Spurensicherung* und für die Arbeiten von Hanne Darboven kein Verständnis aufgebracht hätte. Alfred wollte ursprünglich am Stammtisch davon erzählen und gleichzeitig triumphieren, unterließ es dann doch; es hinderte ihn zuletzt die nicht unbegründete Angst, mißverstanden zu werden, daran. Kyra Wiesel hätte vielleicht mit Beuys gekontert: Ja, ja, wir wissen, jeder ist ein Künstler, und damit seinen, Alfreds, Anspruch relativiert.

Die Frau stand geduldig am Kellereingang und verfolgte mit dem Lichtstrahl der Taschenlampe seine sprunghaften, unberechenbaren Bewegungen mit beinahe divinatorischer Voraussicht. Irgang wußte das zu schätzen. Ein Glück, daß sie nicht sprechen kann, dachte er, sie läßt mir meine Gedanken, sie läßt mich gelten, erstmals stellt eine Frau keine Anforderungen an mich.

Schließlich hatte er alles zu seiner Zufriedenheit eingeordnet, nun war es auch draußen schon dunkel geworden, er zahlte der Frau den vereinbarten Stundenlohn und verabschiedete sie. Morgen würde sie wieder pünktlich zur Stelle sein. Beflügelt trat auch Alfred den Heimweg an, stopfte unterwegs beschwingten Schrittes seine Plastiktaschen voll und entdeckte frohgestimmt, daß auch er eine Zukunft hatte, die Schriftstellerin hatte recht, daß er Pläne schmieden konnte, seine Aussichten waren gut.

Uta Aufbau saß zitternd vor Aufregung in ihrem Auto, hatte Arme und Kopf auf das Lenkrad gestützt und konnte sich in ihrem erregten Zustand nicht entschließen, den Wagen zu starten. Jetzt hätte die seit zwei Jahren zur Nichtraucherin Gewordene dringend eine Zigaratte gebraucht. Auf dem Sozialamt, das sie wegen eines ihrer Klienten aufgesucht hatte, war ihr wieder Rudi Muster über den Weg gelaufen. Er hatte nicht gut ausgesehen, und sie fand (sie besaß berufsmäßig eine Witterung für die Nöte ihrer Mitmenschen), sie sollte sich ein wenig um ihn kümmern, er brauchte vielleicht jemanden, dem er sein Herz ausschütten könne. Sie lud ihn spontan auf einen Kaffee in die Kneipe »Zum verlorenen Sohn« ein, die sie gelegentlich frequentierte, weil sie in der Nähe des Sozialamts lag. Er hatte kaum Platz genommen, als er den Verlust seines Fahrrades beklagte und die fatalen Folgen, die sich daraus für ihn ergaben, schilderte. Uta versprach, einen Ersatz aufzutreiben; sie erinnerte sich vage an ein altes Damenfahrrad in ihrem Keller. Die Lateinnachhilfe beim Sohn eines Kommunalpolitikers in Ludwigshafen strenge ihn psychisch unverhältnismäßig an, denn der Junge sei gänzlich unmotiviert, und die Eltern erwarteten von ihm, daß er schiere Wunderdinge an ihrem Sohn vollbringe, aber was bleibe ihm anderes übrig, da er nun für körperliche Arbeit nicht zu gebrauchen sei; und arglos erzählte er ihr von Alfred Irgangs Angebot. Uta war sofort elektrisiert und von Rudi Musters Problemen abgelenkt. Dreißig Mark die Stunde wollte der zahlen, nur um seinen Kruscht umzusiedeln, anstatt ihn der Müllabfuhr zu übergeben. Das ist ja hochpathologisch, giftete sie. Sie lobte Muster, daß er sich geweigert hatte, diesen Wahnsinn, wie sie sagte, zu unterstützen. Wir müssen ihn aushungern, austrocknen, wissen Sie, hatte sie Muster gesagt, aushungern natürlich nur im übertragenen Sinn, will sagen, wir müssen alle zusammenhelfen, ich predige das ja auch am Stammtisch immer, ihn mit seiner Zwangsneurose ins Leere laufen lassen. Er braucht einen Leidensdruck. Erst wenn er den richtigen Leidensdruck hat, wird er auch psychotherapeutische Hilfe in Anspruch nehmen. Sehen Sie, Herr Muster, ich helfe gerne, ich habe Alfred, seit ich ihn kenne, in unzähligen Belangen unterstützt, habe dabei meine Gesundheit aufs Spiel gesetzt, aber nun erkenne ich, daß meine Hilfe für ihn jetzt nur noch darin bestehen kann, ihm meine Hilfe zu verweigern. Es muß sich um ihn herum eine Mauer der Hilfeverweigerer errichten. Diese Mauer muß undurchdringlich und unüberwindbar sein, verstehen Sie. Wenn Sie wüßten, sagte sie zu Muster, was mich selbst diese Verweigerungshaltung kostet! Von Natur aus bin ich ein aktiver Mensch, immer am Anpacken, am Zugreifen, deshalb muß ich mich zur Passivität, die ja eine Verweigerungshaltung an sich hat, zwingen. Ich bin kein Mensch der Defensive, im Angriff liegt meine Stärke, da habe ich die meisten Erfolge, auch bei meinen Strafentlassenen. Das Zuschauen und Beobachten und Gewährenlassen liegt mir an und für sich nicht. Dennoch, ich habe eingesehen, ich darf bei Alfred Irgang nicht mehr eingreifen. Ich habe ihm seinerzeit, als er aus seiner schönen Mietwohnung ausziehen mußte, weil er es nicht unterlassen konnte, das Stiegenhaus vollzurümpeln, sodaß die Patienten kaum mehr in die Ordination des im Hause befindlichen Zahnarztes, der nur Privatpatienten behandelte, vordringen konnten, also seinerzeit habe ich ihm angeboten, in meinem Haus zu wohnen, auf Dauer versteht sich, ich hätte ihm den größten, den sonnigsten Raum zur Verfügung gestellt im ersten Stock, er wäre versorgt und nie mehr allein gewesen; in meinem Haus, Sie wissen es, kann man nicht einsam sein. Allerdings mußte ich ihm zur Bedingung machen, daß er sich von seinen Schachteln und Dosen und dem anderen unsäglichen Zeug trennt und nichts mehr ins Haus schleppt, in mein Haus, verstehen Sie. Seine Mutter hätte sich gefreut, wenn sie ihn so in meiner Obhut gesehen hätte, das war ja immer ihr heimlicher Wunsch gewesen, sie hatte damals auch weitergehende Absichten mit uns beiden, es lag nicht an mir, daß es nicht dazu kam. Er hat mich immer vor den Kopf gestoßen, je mehr ich mich für ihn einsetzte, umso mehr hat er mich vor den Kopf gestoßen. Und jetzt, ich kann es nicht fassen, jetzt fängt er sogar an, Leute gegen Bezahlung für seine Müllumschichtungen anzuheuern. Er hat Geld, er hat zuviel Geld, das ist die Crux; im Vertrauen gesagt, es bleibt aber unter uns, Herr Irgang ist ein Millionär, ein Millionär, und lebt wie ein Hund, wie ein Penner, er hat selbst erzählt, daß ihm manchmal Menschen Geld zugesteckt hätten, er sieht ja auch schlecht aus, haben Sie das bemerkt, als müßte er verhungern, als litte er an Nahrungsmangel, das ist ein Skandal, einen solchen Eindruck zu erwecken, ein Millionär, der den Anschein erweckt, er müsse verhungern, das ist unmoralisch, mit seinem Aussehen erheischt er Mitleid, das anderen vorenthalten wird, jeder Mensch hat sein Quantum an Mitleid und Nächstenliebe zu vergeben, er zieht es widerrechtlich an sich, verstehen Sie, dieser Millionär. Aber, ich bitte Sie, das bleibt unter uns. Ich bin sicher, daß ich für Sie bis nächste Woche ein Fahrrad aufgetrieben habe, ich habe so meine Quellen. Als Sozialpädagogin hat man es ja immer mehr oder weniger mit dem Elend der Menschen zu tun, und als Bewährungshelferin erst recht. Man muß lernen, Niederlagen einzustecken, man muß lernen, sich mit winzigen Fortschritten zufriedenzugeben und sich darüber zu freuen. Wenn ich es nicht durch meinen Beruf gewohnt wäre, mit kleinen Erfolgshappen das Auslangen zu finden, glauben Sie mir, ich hätte längst die Geduld mit Alfred verloren, obwohl ich ihn wirklich gern habe, sehr gern sogar, ich habe ihn immer gern gehabt, ich weiß gar nicht warum, er hat mich nie ermutigt, aber schon seine Mutter bemerkte, daß ich die richtige Frau für ihn gewesen wäre. Aber es ist aussichtslos, er interessiert sich nicht für Frauen, er interessiert sich überhaupt nicht für Menschen, er interessiert sich nur für Dinge, für Abfall, sein Fetischismus ist abstoßend, das müssen Sie zugeben, er stößt mich ab, aber ich will ihm helfen, ich werde nie aufhören, ihm helfen zu wollen, solange ich lebe. Entschuldigen Sie, ich werde sentimental. Das ist sonst nicht meine Art. Jedenfalls, da werden Sie mir beipflichten, ein Mensch mit seinen pathologischen Strukturen sollte nicht so viel Geld haben, nur das Geld ermöglicht es ihm, sich gegen die Gemeinschaft zu stellen. Das hatten sich seine Eltern sicher nicht so gedacht. Wenn sie gewußt hätten, was sie damit bei ihrem Sohn bewirken, hätten sie todsicher das Geld anders angelegt, will sagen, einer Person ihres Vertrauens zur Verwaltung übergeben, streng genommen braucht er einen Sachwalter. Es wird auch eines Tages dazu kommen, ich versichere es Ihnen, eines Tages wird er einen Sachwalter gestellt bekommen. Auch sein ältester Freund, der Professor, beginnt schon langsam, die Geduld mit ihm zu verlieren. Wenn Sie doch wieder an unseren Stammtisch kämen, würden Sie es auch feststellen können. Der Professor hat jetzt eine Freundin, sie ist Schriftstellerin, sie will über Alfred schreiben. Alfred, dieser Einfaltspinsel, fühlt sich sogar geschmeichelt dabei, ich weiß es genau, das lese ich von seinem Gesicht ab, auch wenn er noch so unbeteiligt tut, sein Mienenspiel verrät mir alles, aber es wird nichts Gescheites bei seiner literarischen Verarbeitung herauskommen, er wird sich gar nicht wiedererkennen, denn sie weiß ja viel zu wenig von ihm, sie fragt mich ja nicht, ich würde ihr schon Auskunft geben. Was ich ihr zu erzählen hätte! Ich will Sie nicht langweilen, die Schriftstellerin würde Augen und Ohren aufsperren, aber sie fragt nicht, sie ist eine überhebliche Person, will alles selbst wissen, sich selbst alles aus den Fingern saugen, doch der Professor scheint ganz hingerissen von ihr zu sein, ich weiß gar nicht, was er an ihr findet, sie ist so, wie soll ich sagen, unzugänglich. Sie kennt sich hier auch gar nicht aus, na ja, eine Österreicherin. Was sie schreibt? Erzählungen, Romane. Ich kann diese Sachen nicht lesen, es ist alles so deprimierend, das zieht einen so hinunter, wenn ich Dora Stein lese, möchte ich mich aus dem Fenster stürzen. Ich glaube, sie ist auch nicht sehr erfolgreich. Wer will schon so deprimierende Sachen lesen heutzutage, wo alles so trist ist, und ich mit meinem Beruf, in dem ich sowieso mit nichts als menschlichem Elend zu kämpfen habe und sich vor mir täglich neue seelische Abgründe zeigen, nein, eine solche Lektüre kann ich mir nicht antun. Sicher hat Alfred noch nichts von ihr gelesen, sonst würde er nicht so begierig sein, in ihrem Roman vorzukommen. Weiß Gott, wie es sie hierher verschlagen hat, weshalb sie überhaupt nach Deutschland gekommen ist, wie und wo sich die beiden kennengelernt haben, da läßt der Professor nichts raus, und sie erst recht nicht. Sie hat so eine Art, einen abblitzen zu lassen, ziemlich arrogant kann sie sein. Eigentlich bin ich ja froh, daß der Professor wieder jemanden gefunden hat, er hat den Verlust seiner ersten Frau, glaube ich, lange nicht verwunden. Haben Sie sie gekannt, nein? Niemand von uns hat sie gekannt – also diesen plötzlichen Verlust hat er lange nicht verkraftet, bei einem Autounfall kam sie ums Leben, auf dem Weg nach Paris bei Dijon kam ihr auf der Autobahn ein Falschfahrer entgegen, glaube ich, sie war Französin, wollte ihre Eltern besuchen. Er hat nie davon gesprochen. Hat immer Haltung bewahrt, Sie kennen ihn ja. Sie sagen verkopft, alles Kopf, zu wenig Bauch? Mag sein, aber er hat sich geändert, diese Dora Stein lockert ihn doch ein wenig auf. Wie sie aussieht? Na ja, sie ist nicht mein Typ. Aber immer elegant, sagt Kyra. Sie kennen Kyra, ja, Kyra versteht sich mit ihr, und ich verstehe Kyra allmählich nicht mehr, sie wird mir zu künstlerisch, verstehen Sie, der künstlerische Blick hat etwas Amoralisches, er relativiert alles, vielleicht schnappt sie eines Tages über. Sie wohnte eine Weile bei mir, hatte ihr Atelier im ersten Stock, optimale Lichtverhältnisse, aber sie wollte sich partout nicht in meine Wohngemeinschaft einfügen, Sie wissen es ja von früher, ich habe immer das Haus voll. Mein Haus ist international. Zurzeit wohnen bei mir wieder zwei Polen, eine junge Russin, eine reizende Person übrigens, hält mein Haus sauber, putzt, als wäre es ihr eigenes, das heißt, ich muß schon hinterher sein, natürlich, lernt jetzt Deutsch mit meiner Nichte; und einen jungen Mann aus Thüringen, er hat ein Begabtenstipendium bekommen und studiert Volkswirtschaft, auch er hilft mir im Garten, dafür bezahlt er kaum etwas für das Zimmer. Wir sind mehr als eine Wohngemeinschaft, wir sind eine große Familie, da hätte sich Alfred auch einfügen und wohlfühlen können. In meinem Haus ist man nie allein, bleibt nie ohne Hilfe. Sie müssen gehen? Lassen Sie nur, der Kaffee geht auf meine Rechnung, halten Sie mich auf dem laufenden. Ja, ich kümmere mich um ein Fahrrad für Sie. Kommen Sie doch wieder an den Stammtisch! Herr Unlauter hat sich auch verändert, ich glaube, er hat ein Auge auf Brigitte, unsere Studentin, geworfen und sie auf ihn. Ich habe dafür den sechsten Sinn, glauben Sie mir. Das wäre ja einmal was: unser Stammtisch als Ehestifter. Sie lachen? Ich mache Sie neugierig?

Rudi Muster ging. Uta Aufbau kam zu sich. Sie biß sich auf die Lippen. Was hatte diese Logorrhöe bei ihr ausgelöst? Doch nicht die Tatsache, daß Alfred sich jetzt von einer komischen Alten, die ihm wie ein Hündchen folgt, begleiten und helfen läßt, während er ihre Hilfe immer nur widerstrebend annimmt? Peinlich, sie hatte völlig die Kontrolle verloren. Hatte sie Rudi Muster überhaupt zu Wort kommen lassen? Doch, sie erinnerte sich, er sprach von Bachofen und von der Rezeption des »Mutterrechts« und von der Vereinnahmung seiner Thesen durch die Bolschewiken und die Nazis, die das Mutterrecht völkisch aufbereitet hatten. Das Matriarchat, diese Nostalgie für Irrationale, schien ihn nicht loszulassen. Zuerst sollte es nur eine kurze Abhandlung werden, nun wachse es sich zu einer umfangreichen Untersuchung aus, zu einem richtigen Buch. Uta war beruhigt, Muster hatte eine Aufgabe, die ihn erfüllte. Trotz finanziell sehr eingeschränkter Lage würde er nicht verzweifeln, solange er an seinem Opus magnum, als das er es bezeichnete, arbeitete und sogar die Hoffnung hatte, jedenfalls ließ er sowas durchblicken, sich mit dieser Schrift zu habilitieren. Er denke an Frau Professor Hildegard Holzapfel-Grabenstolz. Das schien Uta Aufbau doch recht kühn; jedenfalls hatte sie ihm, vielleicht etwas voreilig, ein Fahrrad versprochen, das mußte nun herbeigeschafft werden.

Sie startete das Auto. Bis zum nächsten Stammtisch sollte sie sich über ihre Strategie klar werden. Sollte sie Alfred direkt ansprechen auf die fremde Frau, sollte sie den anderen, Gregor Voss vor allem, von der Frau erzählen, oder sollte sie sich zuvor selbst auf die Lauer legen, um ihn zu beobachten?

Alfreds Tagesablauf hatte durch die nun regelmäßig stattfindende Verfrachtung seiner Habe eine gewisse Struktur erhalten. Pünktlich, täglich um neunzehn Uhr, außer freitags und sonntags, pflegte sich Matroschka bei ihm einzufinden und schleppte die Dinge, die er aussortiert und zurechtgelegt hatte, die Kellertreppen hinauf (sie hat Kräfte wie ein Möbelpacker, dachte Alfred zufrieden), stapelte sie unter seiner Aufsicht auf den Leiterwagen, und schon konnte es losgehen. Den Hausmeister, der ihn einige Male bei seinen Transporten beobachtet hatte, schienen Alfreds Aktivitäten zu beruhigen. Da er den okkupierten Kellerraum verschlossen hielt, konnte der Hausmeister nicht entdecken, daß sich der Raum nicht leerte, sondern bestenfalls der Status quo erhalten blieb.

Alfred hatte sich inzwischen so sehr an die Stumme gewöhnt, daß er sie eines Tages einlud, nein, ihr befahl, ihm in ein Selbstbedienungsrestaurant zu folgen, denn er pflegte mit ihr einen Umgangston, den er noch nie gegenüber einem Menschen angewandt hatte, von dem er gedacht hatte, er stünde ihm gar nicht zu Gebote: das Befehlen, die Grobheit, von der er, als er sie bei sich entdeckte, nicht mehr lassen konnte; dieses auftrumpfende Gehabe machte ihn, neben den Umschichtungen eines Teils seiner Habe, glücklich. Die Frau quittierte seine Aufforderung mit einem breiten Lachen, wie sie überhaupt alle seine an sie gerichteten Worte, auch Unflätigkeiten, mit einem Lachen beantwortete, und folgte ihm in das Lokal, das er häufig aufsuchte. Es war zu dieser Zeit wenig besucht. Alfred setzte sich an einen Tisch und beobachtete, wie sich die Sprachlose durch Gesten mit dem Personal verständigte und die Suppen auf einem Tablett vor ihn hinstellte. Erfüllt von einer nie gekannten Wonne, nahm er die Tomatensuppe in Empfang. Als er seinen Löffel zum Mund führte, entdeckte er, daß Matroschka einen Trinkhalm in die Schüssel getunkt hatte und daran zog. Das fand er allerdings lächerlich und provokant. Wer schlürfte eine Suppe durch ein Röhrchen? Sie schien ihn herausfordern zu wollen. Barsch befahl er ihr, es wegzulegen und mit dem Löffel zu essen wie ein normaler Mensch. Sie sah ihn seltsam an, legte den Halm langsam zur Seite, es schien ihm, als ob sie sich zum ersten Mal seinen Anweisungen widersetzen wollte, doch dann schob sie den Löffel in die Suppe, hob ihn hoch und steckte ihn in den Mund. Irgang hatte noch nie einen Menschen gesehen, der beim Suppeauslöffeln ein so gräßliches Mienenspiel veranstaltete, es sah aus, als müßte die Frau einen Stein verschlucken. Iß ordentlich, fuhr er sie an. Doch sie schüttelte bei geschlossenem Mund den Kopf, blies die Backen auf, zog sie wieder ein, würgte und gurgelte, bis endlich, mit einem schmatzenden Geräusch, der Schluckvorgang beendet schien. Doch als er sie anherrschte, ihn nicht weiter mit solchen Affigkeiten zu ärgern, riß sie ihren Mund auf und wies mit dem Zeigefinger in die Öffnung. Irgang erkannte im ersten Augenblick nicht, was das Ungewöhnliche an dem Rachen war, er war riesig und irgendwie geräumig, es fehlte etwas, es fehlte die Zunge! Er erstarrte und griff sich an den Hals. Mein Gott, flüsterte er. Da begann die Frau wieder zu lachen. Still, schrie er, schweig, du Furchtbare! Und obwohl er Angst hatte zu erfahren, warum die Frau keine Zunge mehr hatte, denn daß sie einmal eine besessen hatte, war an dem Stummel, der sich hinten im Gaumen zuckend bewegte, zu erkennen, fragte er sie doch und schob ihr gleichzeitig einen Zettel mit einem Bleistift hin. Sie schrieb darauf: Operation. Operation stand da und las er, die Zunge bei einer Operation herausgeschnitten, was war an der Zunge gewesen, warum mußte sie herausgeschnitten werden, das wollte er schon nicht mehr wissen, weiter wollte er nicht fragen, über Krankheiten, die es nötig machten, eine Zunge herauszuschneiden, wollte er nichts erfahren, er wollte auch schleunigst den Anblick dieses hohlen Rachens vergessen, seine Matroschka war stumm, das genügte, an dieser Tatsache war nicht zu rütteln, die Ursache ging ihn nichts an, mit medizinischen Problemen hatte er sich nie beschäftigt, er beschäftigte sich auch mit seinem eigenen Körper und seinen Gebresten, wenn er denn solche hatte, so wenig wie möglich. Sein Freund, der Professor, glaubte immer Krankheitssymptome bei ihm zu entdecken, wollte ihn Ärzten ausliefern; was konnte man von medizinischer Versorgung erwarten: Es wurde einem zum Beispiel die Zunge herausgeschnitten, sodaß man weder sprechen noch ordentlich essen noch schmecken konnte. Nein, er brauchte keine Ärzte, schon gar keine Zahnärzte, vor denen man den Mund aufreißen mußte und die einen völlig hilflos machten, er anerkannte für sich keine Krankheiten. Er nickte ihr zu. Sie grinste wieder. Und er sagte: Schluß, Schluß der Debatte. Die Frau stellte die Suppenschüsseln auf das Tablett und trug es an den Tresen. Komm, sagte er, und Matroschka folgte ihm. Draußen lehnte der Leiterwagen, sie nahm ihn und zog ihn hinter sich her. Die Räder ratterten über das Pflaster, Passanten schauten ihnen nach, sie fielen auf, Irgang kümmerte es nicht. An seinem Wohnhaus stellte die Frau den Wagen ab. Er sagte: Morgen um die gleiche Zeit, und sie nickte. Blieb aber noch stehen und schaute ihn an. Hau ab, sagte Alfred, er fühlte sich allmählich wieder besser, hau ab! Er stampfte auf. Sie ging. Er schaute ihr nach, bis sie verschwunden war; als er ins Haus ging, wurde ihm lustig zumute, im Lift brach er in ein schallendes Gelächter aus, er lachte bis ins zehnte Stockwerk, da stieg er aus.

4

Uta Aufbau war vorzeitig ins *La Grotta* gekommen, saß noch allein am Tisch und erwartete die Freunde. Sie hatte Traktanden aufgeschrieben, die sie der Reihe nach abhandeln wollte. Alfreds Verladetätigkeit mit dieser Frau mußte gestoppt werden.

Als sie vollzählig waren, überraschte Uta die Freunde mit den Worten, sie habe eine wichtige Neuigkeit, Alfred Irgang betreffend, und sie bitte die Anwesenden, diese Neuigkeit mit ihr zu diskutieren.

Na ja, sagte Gregor Voss, wenn es so wichtig ist, dann müssen wir eben meinen Amherst-Bericht aufs nächste Mal verschieben.

Daraufhin lachte Dora Stein kurz auf, was Uta pubertär fand. Doch die Schriftstellerin wurde gleich wieder ernst und sagte, sie sei sehr gespannt, und legte sich ein Notizheftchen und einen Bleistift bereit, was Uta noch mehr verdroß, sie fühlte sich mit ihrem Anliegen von der Österreicherin nicht ernst genommen. Deshalb sagte sie gleich zu Anfang, es handle sich um eine gravierende Sache und nicht um eine Lächerlichkeit. Otto Unlauter unterdrückte einen Seufzer: Na, dann schießen Sie los! Nur Brigitte wagte einen leisen Einspruch, sie hätte sich doch eigentlich allmählich ein Anrecht auf den Amherster Bericht erworben, sie habe Frau Holzapfel-Grabenstolz Andeutungen gemacht, und die sei ebenfalls schon gespannt. Der Professor versprach ihr, nach Utas angekündigten Neuigkeiten unverzüglich seinen Amherst-Bericht nachzuholen, aber er sehe ein, daß Alfred Irgangs Belange Vorrang hätten. Kyra Wiesel schaute ihre Freundin überrascht an und fragte: Ist ihm wieder etwas zugestoßen? Doch Uta schwieg; erst als alle beim Kellner ihre Bestellung aufgegeben hatten, fing sie ihren Bericht an. Sie berief sich auf Rudi Muster als Augenzeuge und bedauerte, daß sie ihn leider nicht hatte bewegen können, an den Stammtisch zu kommen, suchte dabei den Blick des Privatdozenten: Vielleicht könnten Sie diese Geschichte einmal in Ordnung bringen. Sie scheinen Ihren Freund doch ziemlich verletzt zu haben. Das gehört jetzt nicht hierher, sagte Unlauter. Ja, komm zur Sache, unterstützte ihn der Professor.

Um es kurz zu machen, sie machte eine Kunstpause, atmete tief ein und aus: Alfred Irgang zahlt einer Frau dreißig Mark die Stunde, damit sie ihm hilft, seinen Kram von einem Keller zum anderen zu transportieren.

Von welchem Keller wohin? fragte der Professor.

Das ist ja das Ungeheuerliche, antwortete Uta, man stelle sich das vor, er scheint sich schon wieder einen Keller angemietet zu haben, er hat nämlich deren mehrere, er weiß nicht, daß ich auch davon Kenntnis habe, ich habe zwar keine Ahnung, wo genau im Stadtgebiet sie verstreut sind, einer scheint sich sogar in Heidelberg zu befinden, aber ich weiß von ihrer Existenz.

Du bist wirklich gut informiert, sagte Kyra bewundernd, davon hast du mir nie etwas erzählt.

Ja, ich habe meine Informanten, antwortete Uta selbstbewußt, es war bisher nicht die Zeit, davon zu sprechen. Aber was er jetzt macht, schlägt dem Faß den Boden aus. Man stelle sich, bitte, vor: Er hat sich in relativer Nähe zu seinem Wohnhaus schon wieder einen Keller angemietet, und in den verfrachtet er jetzt den Müll, mit dem der Kellerraum, den er sich widerrechtlich angeeignet hat, vollgestopft ist, anstatt ihn der Müllabfuhr zu übergeben.

Dora Stein notierte sich etwas und sagte sinnend, auf ihren Zettel blickend: Alfreds Imperium. Das wäre doch ein starker Titel.

Nicht schlecht, sagte der Professor.

Divide et impera, sagte der Privatdozent.

Das ist gut, das trifft es, sagte Kyra.

Darf ich nun weitersprechen? fragte Uta gereizt.

Entschuldige, sagte der Professor, wir sind ganz Ohr.

Wer ist die Frau, die ihm hilft? Eine Verwandte? fragte die Studentin.

Alfred hat keine Verwandten, jedenfalls so gut wie keine, sagte Uta. Muster habe die Frau zuerst für eine Rußlanddeutsche, eine Spätaussiedlerin gehalten, sie sei stämmig und rundlich. Sie komme aber aus dem Oberbayrischen, habe er herausgefunden.

Er bezahlt ihr dreißig Mark die Stunde? fragte Brigitte. Wieso weiß das Herr Muster?

Weil er das Geschäft zuerst ihm angeboten hat, aber Rudi Muster kann keine körperliche Arbeit verrichten, er hat abgelehnt, obwohl er das Geld gut gebrauchen könnte.

Das könnte ich auch gut gebrauchen, sagte Brigitte.

Sie werden doch nicht, entsetzte sich der Professor, und Brigitte errötete.

Dr. Rudi Muster und körperlich arbeiten, diese Zumutung! höhnte der Privatdozent. Es ist aber doch erstaunlich, muß ich sagen, Alfred Irgang weiß sich also zu helfen, hätte ich ihm gar nicht zugetraut.

Seien Sie nicht zynisch, fuhr Uta auf. Sehen Sie nicht, daß er damit unsere pädagogischen Intentionen unterläuft?

Ich wundere mich, meldete sich Kyra, wo er diese Type aufgetrieben hat.

Das interessiert mich nun wirklich, jubelte Dora Stein, daraus läßt sich was machen. Ich sehe das Pärchen schon vor mir, sie voran mit dem Leiterwagen, er stolz wie ein Dandy hinterdrein, vielleicht ein Stöckchen schwingend.

Entschuldige, das ist die Phantasie der Schriftstellerin, sagte Gregor Voss zu Uta, die aufbrausen wollte, denn ich finde das grotesk und gar nicht mehr lustig. Alfred zieht mit Leiterwagen und einer Pennerin durch Mannheim und Ludwigshafen und fährt seine Habe von einem Keller zum anderen. So muß man sich das ja vorstellen, nicht wahr? Und was geschieht in seiner Wohnung, in die er nur mit einer Stehleiter gelangt? Was mit dem Heizkostenableser?

Ich sagte es ja schon, er wird in der Psychiatrie landen über kurz oder lang, behauptete Uta Aufbau.

Ich fürchte, sagte der Anglist, daß wir ihm nicht verbieten können, einer Frau dreißig Mark zu zahlen und mit ihr und einem Leiterwagen durch die Stadt zu ziehen.

Mich würde die Frau interessieren, sagte Kyra.

Sie ist stumm und ein armes Würstel, und Alfred beutet sie aus. Ich hätte ihm ja auch geholfen, sagte Uta, aber *ich* hätte nichts von ihm verlangt.

Das glaube ich nicht, antwortete Kyra.

Wie meinst du das, das mußt du mir jetzt schon erklären!

Beruhige dich, ich meine damit, daß *du* nicht stumm geblieben wärst und daß du versucht hättest, ihn zu überreden, verschiedenes von seinem Zeug in den Müllcontainer zu werfen, beruhigte sie Kyra.

Natürlich, sagte der Professor, das wäre ja das einzig Richtige gewesen. Aussortieren und nochmals Aussortieren. Das Wertlose vom Wertvollen zu trennen. Die Biedermeiermöbel seiner Eltern zum Beispiel, wo sind denn die geblieben, in seiner Wohnung, zugemüllt, wahrscheinlich? Er wandte sich an Uta.

Die Biedermeiermöbel hat er sicher in einem seiner Keller untergestellt, dort verderben sie unausweichlich, weil es zu feucht ist. In seiner Wohnung jedenfalls hat er sie nicht, da hat er meines Wissens nur das Riemerschmidt-Ensemble aus dem Irgangschen Salon, aber sicher auch schon zugemüllt.

Man könnte verzweifeln. Die Stücke sind wertvolle Unikate, auf sie war Frau Betty immer besonders stolz und pflegte sie eigenhändig und penibel, damit der Lack keinen Kratzer abbekam. Und wer weiß, wo der Beckmann geblieben ist! Du hast recht, so kann es nicht weitergehen. Wir müssen etwas unternehmen.

Zuerst möchte ich noch klären, fuhr Uta fort, ob wir ihm, wenn er heute kommt, sagen sollen, daß wir wissen und mißbilligen, daß er mit einer Pennerin herumzieht.

Dora Stein sagte hastig: Er kommt schon.

Dann lieber schweigen für heute, bestimmte Gregor, das ist alles recht heikel. Wir müssen uns noch etwas einfallen lassen, damit es nicht kontraproduktiv wirkt. Er kann bekannterweise sehr halsstarrig sein.

O Gott, wieder diese Packen, seufzte Uta.

Alfred betrachtete die Runde mit einem freundlichen Lächeln: Eine Verschwörung im Gange? fragte er.

Sei gegrüßt, sagte Voss, du kommst früher als gewöhnlich. Du besserst dich.

Vielleicht zu früh, ich habe offensichtlich ein lebhaftes Gespräch unterbrochen, sagte Alfred, während er sich mit seinen Plastiktaschen an seinen Platz zwängte. Dora Stein fragte sich, weshalb man ausgerechnet für Alfred mit seiner dicken Bagage stets diesen kompliziert zu erreichenden Sitzplatz an der Wand freihielt. Es war der dunkelste und ungemütlichste Platz am Tisch.

Brigitte sagte: Sie kommen wie gerufen, denn Professor Voss wollte soeben anfangen, von seinem Amherst-Aufenthalt und der Kontroverse zwischen Helen Armstrong und George Blackstone zu erzählen.

Gemach, gemach, unterbrach Gregor Voss, zuerst möchte ich einmal wissen, wie es dir geht. Wie hast du den Überfall verkraftet? Laß dich einmal anschauen, na, deine Nase ist immer noch geschwollen und blutunterlaufen. Bist du bei einem Arzt gewesen?

Natürlich nicht, antwortete Alfred.

Und der Keller, den du widerrechtlich vollgestopft hast, ist der inzwischen leer? fragte Uta Aufbau und hoffte nun auf ein Geständnis.

Ich arbeite daran, sagte Alfred, sei ohne Sorge, aber ich habe auch anderes zu tun.

Die Heizkostenableser! rief Dora Stein.

Ja, die auch, sagte Alfred.

Was denn noch? fragte Uta ungeduldig.

Ich muß mich um meine Mitbewohner kümmern, sagte Alfred verschmitzt.

Was soll jetzt dieser Scherz? Der Professor war unwillig.

Wie viele Mitbewohner sind es denn? wollte Kyra Wiesel wissen.

Oh, sagte Alfred grinsend, die lassen sich nicht zählen.

Um Gottes willen, hast du Mäuse oder Ratten? fiel Uta ein.

Das wäre aber doch zu ekelhaft, fand Brigitte.

Nein, keine Mäuse; Kakerlaken, auch Schaben genannt, ganz muntere Tierchen, sagte Alfred.

Dagegen sollte man doch etwas unternehmen, warf Otto Unlauter ein. Meine Nachbarin mußte einen Kammerjäger kommen lassen, war ziemlich aufwendig die ganze Sache.

Ich kümmere mich selber drum, sagte Alfred, ich töte sie eigenhändig.

Der Kellner brachte die Speisen, das Gespräch verstummte einstweilen, man verschluckte sich beinahe am noch nicht Ausgesprochenen. Dann versuchte man Alfred eindringlichst davon zu überzeugen, daß man Kakerlaken nicht durch persönliche Handanlegung ausmerzen könne und daß er verpflichtet sei, den Schädlingsbefall zu melden, weil das Ungeziefer sich durch Luftschächte und so weiter in andere Wohnungen auszubreiten pflege.

Du *mußt* den Kammerjäger in die Wohnung lassen, sagte Uta aufgebracht, der versprüht die Pestizide in der ganzen Wohnung, in jedes Schlupfloch, das ist natürlich hochtoxisch. Während der Zeit mußt du selbstverständlich ausziehen, du kannst einstweilen bei mir wohnen.

Irgang schüttelte den Kopf, sagte nichts mehr, sondern begann, seine Suppe zu löffeln.

Brigitte versuchte in der kleinen Gesprächspause, die entstanden war, nochmals das Thema Amherst anzuschneiden, doch es war wiederum zu spät. Das Paar brach hastig auf, auch die anderen verließen beinahe fluchtartig das Lokal. Irgang hatte das unbestimmte Gefühl, einen Fehler gemacht zu haben, als er von den Kakerlaken erzählte. Uta würde die Sache nicht auf sich beruhen lassen, er kannte ihre aggressive Art, sich in seine Belange einzumischen. Er hatte geglaubt, daß es ihm gelungen war, sie auf Distanz zu halten, so wie er sie auch zu den anderen Teilnehmern des Stammtisches hielt, ausgenommen zum Professor, zu dem er ein engeres Verhältnis wünschte, eine Einladung vor allem in das Schwarzwaldhaus, in dem seine Kindheitserinnerungen nisteten. In Utas Nähe bekam er keine Luft. Er hatte deshalb auch aufgehört, ihrer Einladung, den Weihnachtsabend in ihrem Haus und mit ihren Freunden zu verbringen, zu folgen. Das hatte sie gekränkt, sie aber nicht davon abgehalten, sich mit seinen Belangen zu beschäftigen und ihm Ratschläge zu erteilen. Immerhin hatte sie es sich abgewöhnt, ihn in seiner Wohnung aufzusuchen. Aber kaum hatte er die Kakerlaken erwähnt, spürte er, daß sich die Atmosphäre am Tisch veränderte. Vielleicht war sie schon bei seinem Kommen verdüstert gewesen, da hatte er noch nicht darauf geachtet, denn er war gutgelaunt gewesen. Er hatte die Kakerlaken ganz gezielt erwähnt, denn er wußte, daß sich der Stammtisch über ihn und das Ungeziefer hermachen würde, und er hätte diese Aufmerksamkeit, die ihm nicht zu nahe kam und die sich, wie alles am Stammtisch, in wortreichen Ermahnungen und Warnungen erschöpfte, sogar genossen, wäre ihm nicht heute Utas finstere Entschlossenheit, die er aus ihren Gesichtszügen zu lesen glaubte, aufgefallen, ihre Entschlossenheit, etwas gegen den Schädlingsbefall in seiner Wohnung zu unternehmen. Sie wäre fähig, den Hausmeister oder sogar die Hausverwaltung zu informieren. Wahrhaftig, er verspürte Angst. Schon lange keine solche Angst mehr gehabt, dachte er, als ob der Boden unter meinen Füßen wanke. Diese Frau mit ihrer sozialen Energie würde ihn noch vernichten. Wie sollte er sich aus dieser Klemme wieder befreien? Er verwünschte seine Redseligkeit. Als ihm der Gedanke kam, beim nächsten Mal die Kakerlaken als einen Scherz hinzustellen, auf den sie auch prompt hereingefallen seien, beruhigte er sich. Er würde sie beschämen und ihnen fehlenden Humor vorwerfen. Er würde dann gleich von den Heizungskostenablesern erzählen, das lenkte sie immer ab, und von seinen Fortschritten, ihnen einen Zugang zu den Heizkörpern zu schaffen. Als er seine Suppe ausgelöffelt hatte, zog er mit seinen gefüllten Plastiktaschen weiter. Es hatte heute keine Gelegenheit gegeben, seine Schätze am Stammtisch auszubreiten, dabei hätte er gerade Interessantes für die Künstlerin und erst recht für die Schriftstellerin dabei gehabt. Diese verpaßte Gelegenheit machte ihn wieder traurig.

Als aufgeklärter Mensch ist mir Alfreds Verhalten unerklärlich, sagte Gregor Voss zu seiner Freundin, er sammelt und hortet den Abfall bei sich, als sei er ein Recycling-Hof, und die wertvollen Dinge läßt er verrotten, das wunderbare Biedermeier-Ensemble, den Schreibtisch mit dem Aufsatz und den kleinen Lädchen, die Chaiselongue, den Bücherschrank, etcetera. Es ist nicht nur wider die Vernunft, er vergeht sich auch am Erbe seiner Eltern. Und jetzt noch diese fremde Frau, so ein Weib, das er mit dem ererbten Geld bezahlt und das sein Laster auch noch unterstützt. Dieser Niedergang, du hast ja seine Eltern nicht gekannt, das kultivierte Haus!

Ich habe mir einige Gedanken notiert. Seit die Frau aufgetaucht ist, interessiert mich auch der Mann noch mehr, da läßt sich was draus machen, sagte Dora.

Wollen wir morgen in unser Schwarzwald-Haus fahren? Dort zeige ich dir die Kammer, in der die Nägel und Schräubchen und Schnürchen in unzähligen Schächtelchen aufbewahrt sind, die Alfred als Kind dort gesammelt und man könnte beinahe sagen: archiviert hat.

Na schön, sagte Dora und schloß die Augen.

Gregor hatte wieder einmal das Gefühl, etwas falsch gemacht zu haben. Was war es nur, daß er bei Dora immer unsicher wurde? Er tat doch alles für sie, unterstützte sie bei ihren literarischen Versuchen, und doch entzog sie sich ihm, wenn er sich ihr besonders nahe glaubte. Manchmal, wenn er sich sehr befangen fühlte, konnte er sich nicht enthalten zu fragen: Liebst du mich noch? Man sollte nie in einer fragilen Gefühlslage so essentielle Fragen stellen. Die Frauen wittern den Angstschweiß in solchen Fragen, spüren das Zittern auch in der festesten Stimme auf. Sie sagen dann, und Dora sagte es: Natürlich, mein Lieber. Das war aber keine Antwort, die ihn zufriedenstellte. Es war nichts natürlich an ihrer Liebe, Liebe war nie etwas Natürliches, natürlich war, sich nicht zu lieben. Was wollte er denn? Sie war ja da, sie war immer da, sie blieb, sie begleitete ihn, sie schlief mit ihm, sie sagte nie, daß sie ihn liebe. Warum war er so versessen auf ihre Bekenntnisse? Einmal hatte sie geantwortet: Du fragst mich? Frag dich doch selbst, in dir ist die Antwort. Sie hatte die Augen geschlossen, aber sie schlief nicht, ihr Gesicht war noch angespannt. Sie war da, und solange sie da war, war alles gut. Ich werde sentimental, dachte er, ich verliere meine Autonomie.

Uta beunruhigte die Unübersichtlichkeit, die in die Sache Alfred gekommen war. Bisher konnte sie, auch ohne ihn öfter als einmal wöchentlich am Stammtisch zu treffen, sicher sein, über seine Gewohnheiten, seinen Tagesablauf, seine Kontakte Bescheid zu wissen. Immer und überall wurde er von ihren Bekannten und Freunden gesehen, die ihr genau Bericht erstatteten. Daß er immer zu spät kam, wurde ihr erzählt, daß er sich auch im Theater und im Konzertsaal mit seinen Plastikbeuteln durch die Sitzreihen dränge, die Zuhörer aufscheuche und unwillig mache; weiters wurde ihr berichtet, daß er in der Konzert- oder Theaterpause mit der einen oder anderen hochgestellten Persönlichkeit des Mannheimer Kulturlebens, denen er aus seinem Elternhaus noch bekannt sein konnte, das Gespräch suchte, er fühlte sich offenbar noch immer als Gleicher unter Gleichen. Er merkte seinen Abstieg nicht, seine gesellschaftlich peinliche Existenz. Er genierte sich nicht, mit seinem vernachlässigten Äußeren auf die Honoratioren der Stadt zuzugehen. Ganz gleich, ob es nun der Stadtbaudirektor, der Museumsleiter, der Kulturbürgermeister oder die Theaterintendantin war; gerade mit letzterer soll er in seinem vogelscheuchenhaften Outfit geradezu geschäkert haben, wurde ihr berichtet. Das stand im Gegensatz zu der auf den Empfängen seiner Eltern gezeigten Scheu gegenüber den Geladenen. Er ist nicht in der Lage, ein paar freundliche Worte mit unseren Gästen zu wechseln, einen lockeren Konversationston anzuschlagen, er ist so steif, seine Sprache floskelhaft, grämte sich die

Mutter, und Uta versuchte sie zu beruhigen und den Sohn mit seiner Menschenscheu zu entschuldigen. Und nun drängte sich der zum stinkenden Outcast Gewordene den wichtigen Persönlichkeiten geradezu auf und glaubte mit seinem Namen, seiner Herkunft wuchern zu können. Jetzt, wo es für ihn an der Zeit wäre, sich möglichst unauffällig zu verhalten, vor allem seinen Namen zu verschweigen oder zu verändern, schien er damit Eindruck machen zu wollen, und der stadtbekannte Name des bedeutenden Mäzens der Literatur und der Kunst, der sein Vater gewesen war, wurde durch seinen heruntergekommenen Sohn buchstäblich in den Schmutz gezogen. Uta schämte sich für ihn und seine Eltern, denn natürlich, so wurde ihr auch erzählt, suchten die namhaften Persönlichkeiten der Stadt bald das Weite. Uta wußte, daß Alfred Konversation machen konnte, er hatte sich während seines langen, wenn auch nicht abgeschlossenen Studiums in allen möglichen Vorlesungen und Seminaren mit offenen Ohren und wachem Verstand herumgetrieben und sich so eine nicht unbeträchtliche Allgemeinbildung erworben, mit der er sie früher oft in Erstaunen, manchmal sogar in Entzücken versetzt hatte; er hatte formvollendete Manieren, in seinem heruntergekommenen Äußeren hielt sich ein feiner Herr verborgen, der sich allerdings nicht ausreichend wusch und nur selten rasierte, der mit seinem ruinösen Gebiß die Leute unverzagt angrinste und den der Grind auf der Kopfhaut offenbar nicht störte. Wie gerne würde sie noch jetzt aus ihm einen herzeigbaren Mann machen, es wäre noch nicht zu spät, sie traute sich zu, es zu bewerkstelligen. Nein, sie hatte die Hoffnung noch nicht aufgegeben. Allerdings war seit dem letzten Umzug eine deutliche Entfremdung zwischen ihnen eingetreten, eine Abkühlung, für die allein Alfred verantwortlich war. Früher, an Festtagen wie Ostern oder Weihnachten, war er häufig ihrer Einladung gefolgt, in ihrem Haus zu übernachten, mit ihr und den anderen Hausbewohnern zu feiern, hatte gerne ihr Bad benützt, war in diesem für Stunden verschwunden, hatte den Raum so lange für sich okkupiert, daß sie sich den Kopf zermarterte, was ein Mensch stundenlang in ihrem zugegebenermaßen komfortablen Bad unternehmen konnte. Sie war nie dahinter gekommen, zumal auch die Schlüssellochperspektive ihr darüber keinen Aufschluß gab, und umso mehr verunsichert, als Alfred aus dem Bad kaum frischer und appetitlicher herauskam. Immer noch gab sie sich gerne der Vorstellung hin, das inzwischen dürre Männlein eigenhändig in eine Badewanne zu stecken, es einzuseifen, einzuschäumen und kräftig zu schrubben, und zwar vom Kopf bis zu den Zehen, ihn hinterher in weiche, vorgewärmte Frotteehandtücher zu wickeln und abzutrocknen. Er würde nach Lavendel oder Irish Moos duften. Sie würde ihm frische Wäsche bereitlegen. Ordentliche Herrenunterwäsche von Schießer. Von diesen Träumen sollte ich endlich Abschied nehmen, sagte sie sich. Denn Alfred hatte schon seit zwei Jahren keinen Fuß mehr in ihr Haus, geschweige denn in ihr Bad gesetzt, obwohl sie ihm seinerzeit einen Kellerraum zur Verfügung gestellt, den er rasch gefüllt hatte. Der Keller in ihrem Haus war keiner von den Kellern, den er gelegentlich inspizierte. Das lag wahrscheinlich daran, daß er ihn nicht ungesehen aufsuchen konnte. Diese Scheu reizte sie, hatte sie immer bei ihm gereizt, dieses Zurückweichen ins Wattige, Ungreifbare. Er war nicht zu fassen, das hatte auch schon Betty, seine

Mutter, krank gemacht. Irgendwann, beruhigte Kyra Wiesel sie in ihrer Eigenschaft als Psychotherapeutin, irgendwann wird sein Leidensdruck so stark geworden sein, daß er ihm unerträglich ist, dann wird deine Stunde kommen. Damit hatte ihr die Freundin immer wieder Hoffnung gemacht, in der letzten Zeit allerdings nicht mehr, da beschäftigte sie sich viel zu sehr mit ihrer Kunst. Kunst verdirbt den Charakter, das heißt, sie macht die Menschen egozentrisch bis egomanisch. Trotzdem wartete und hoffte Uta noch auf den starken Leidensdruck, der ihr Alfred in die Hände treiben würde. Kyra allerdings interessierte der zu erstrebende Leidensdruck bei Alfred nicht mehr, sie erwähnte ihn nicht mehr, das war Uta unbegreiflich, schließlich war ihre psychotherapeutische Ordination immer noch voll von Leidensgedrückten, mit ihnen bestritt die Freundin letztlich ihren Lebensunterhalt. Von ihrer Kunst könnte sie ja nicht leben. Uta gab ihre jahrelange und engste Freundin beinahe für sich verloren. Auf sie konnte sie nicht mehr in allen Dingen zählen wie früher. Früher, da waren sie ein Herz und eine Seele gewesen, ihre Einmütigkeit war nicht zu übertreffen gewesen, sie ging so weit, daß sie sich sogar einen Mann teilten, den Kurden Omar, der sich in Utas Haus geflüchtet hatte, das heißt ein bißchen auch gelockt worden war, den sie bei sich aufgenommen hatte wie einen verlorenen Sohn, bis sein Asylantrag abgewiesen worden war. Das dauerte ein ganzes Jahr. Dieses Jahr, von dem sie ja nicht wußten, daß es bei diesem einen bleiben würde, hatten die beiden Frauen genützt, sich mit Omar, dessen junger makelloser Körper Kyra schon damals zu künstlerischen Bildungen inspiriert hatte, anzufreunden. Kyra hatte ihn vor ihrer Kamera nackt posieren lassen, beide Frauen hatten ihn zuvor mit Olivenöl eingerieben, daß seine braune Haut wie Satin glänzte. Kyra hatte Omar gleiche Posen einnehmen lassen wie Helmut Newton seine Superfrauen, die Bilder waren hinreißend geworden und hätten in einer Fotoausstellung sicher für Furore gesorgt. Aber so einfach wollte Kyra es sich mit den Lichtbildern nicht machen, sondern sie verwendete sie höchst wirkungs- und eindrucksvoll für ihre Collagen und ihre Kästchenbilder, denen sie sich später zugewandt hatte. Leider, und das bedauerte Uta besonders, wurden auf diese Weise die Fotografien zerschnipselt, in den Assemblagen fanden sich nur noch Teile des schönen Omar. Einen einzigen Ganzkörperakt hatte Uta von Kyra für sich retten können, die Schwarzweißaufnahme prangte in Postergröße über ihrem Bett und erinnerte sie an die Zeiten, wo sie sich eins im anderen geliebt hatten. Das war eine schöne und fruchtbare Zeit gewesen, auch für Omar, doch dann war sein Asylantrag, schneller als befürchtet, abgewiesen und er in einer Nacht- und Nebelaktion dorthin zurückgebracht worden, woher er kam, ins wilde Kurdistan, sagte Kyra, in eine grandiose Landschaft (sie hatte in ihrer Jugend viel Karl May gelesen), in der sein adonishafter Körper sein angemessenes Ambiente finden würde. Seither hatten sie nichts mehr von ihm gehört, und sie dachten noch lange an ihn, sprachen über ihn, ihre gemeinsamen Erlebnisse, die sie, wie sie beide sagten, mit keinem deutschen oder mitteleuropäischen Mann hätten haben können, so glaubten sie wenigstens und riefen sich das Begehrenswerte und Einzigartige ihrer Beziehung wieder herauf und waren doch nicht traurig, daß er nicht mehr da war, denn irgendwann hätte es zu Ende gehen, ihre Ménage à trois aufhören müssen. Es wird alles banal mit der Zeit, wußten sie. Insofern war die Ablehnung des Asylantrags für sie und Kyra eigentlich rechtzeitig gekommen und ein Glücksfall, denn wenn sie sich genau erinnerte, so hatte Omar schon begonnen, gewisse herrscherliche Attituden oder vielleicht auch nur Launen zu entwickeln. Wehret den Anfängen! Dabei war ihnen die deutsche Bürokratie zu Hilfe gekommen. Omars Willfährigkeit, ihre Wünsche zu erfüllen, hatte leicht, aber merklich abgenommen; auch Kyra klagte ein wenig darüber, daß er die Posen, die er vor ihrer Kamera einnehmen sollte, mehr und mehr nur noch widerwillig einnahm. Das allerdings tat der Qualität der Aufnahmen keinerlei Abbruch, denn sein etwas trotziger und zorniger Gesichtsausdruck hatte den Bildern eine besondere Attraktivität verliehen (wie beide Frauen fanden). Aber davon abgesehen, menschlich, für Omar nämlich, war es natürlich tragisch, vor allem die Nacht- und Nebelaktion, die Polizei hatte den Mann praktisch aus ihren Betten herausgeholt, das heißt, es war den Frauen erst im letzten Augenblick gelungen, ihren Asylbewerber in einer unverfänglichen Situation zu präsentieren, also davon abgesehen, daß eine solche Abschiebepraxis inhuman war (sie hatten sich auch in der Lokalpresse darüber empört), kam der Abschied zur rechten Zeit, wie sie sich heute sagen mußten. Und Uta wußte Goethe zu zitieren: Niemand versteht zur rechten Zeit; wenn man zur rechten Zeit verstünde, dann wär die Wahrheit nah und weit und wäre lieblich und gelinde. Bald darauf hatte sie Kyra einen Atelierraum zur Verfügung gestellt. Allerdings fühlte sich Kyra nicht lange darin wohl, sie sagte, sie könne bei Uta nicht richtig arbeiten, sich nicht konzentrieren:

Dein Haus ist zu unruhig, deine Bewohner kommen in mein Studio ohne anzuklopfen, sie haben keine Manieren, oder sie haben andere Manieren, sie kommen eben aus anderen Kulturen. Und bald darauf war in Kyras Wohnhaus ein schöner, nordseitig gelegener Raum frei geworden, ein Stockwerk oberhalb ihrer psychotherapeutischen Praxis, und sie war aus Utas Haus ausgezogen. Der Auszug und die intensive künstlerische Tätigkeit brachten es mit sich, daß sich die Frauen einander entfremdeten. Obwohl Uta sich bemühte, an den künstlerischen Produkten ihrer Freundin Interesse zu zeigen, sie zu Vernissagen begleitete, lagen Utas Prioritäten im sozialen Bereich, von dort schöpfte sie ihre Befriedigung und sah sie ihren Lebenssinn. Früher hatte Kyra diese Hinwendung geteilt, ja, sie hatten sich teilweise in ihren Bestrebungen ergänzt, Uta in der Bewährungshilfe und Kyra in der Psychotherapie. Uta erkannte, daß diese Phase zu Ende war, sie kämpfte nun allein an der sozialen Front. Manchmal fühlte sie sich trotz der zahlreichen Mitbewohner in ihrem Haus einsam. Daß ihr nun auch Alfred zu entgleiten drohte, mochte sie nicht hinnehmen. Als erstes mußte sie über diese Frau alles erfahren, vielleicht brauchte sie eine Unterkunft, ein Dach über dem Kopf, das könnte sie ihr anbieten. Strategisch planen und taktisch vorgehen, sagte sich Uta. Sie war entschlossen, Alfreds subversive Tätigkeiten zu unterbinden. Zuerst würde sie Rudi Muster ein Fahrrad verschaffen. Er würde ihr Genaues über Alfreds Transportgepflogenheiten mitteilen, sie müßte den Weg und die Uhrzeit kennen, natürlich auch die Wochentage, an denen er mit seiner Helferin unterwegs war. Die Lage seines Uta bisher unbekannten Kellerraums mußte sie herausfinden, eventuell könnte sie bei den Vermietern intervenieren, vor allem aber wollte sie dieser stummen Frau habhaft werden. Die Irritation, die von Alfred Irgang ausging, war, daß er, der ein Millionär war, wie sie definitiv wußte, sich das Aussehen eines Bedürftigen gab. Das hielt sie für unmoralisch. Diesen Zustand zu beenden war eines ihrer wichtigsten Ziele.

Das Damenfahrrad, das sich in ihrem Schuppen fand, war reichlich verrostet. Witold, der seit einem Jahr ein Zimmer in ihrem Haus bewohnte und sich auch sonst nützlich machte, würde den Auftrag bekommen, das Rad wieder instandzusetzen, eine Aufgabe, die für den handwerklich geschickten Studenten der Wirtschaftswissenschaften keine Schwierigkeit darstellen sollte.

Seit Irgang in der vergangenen Woche beim Verlassen des Lifts zwei aufgetakelten, langmähnigen Schönen in die Hände gefallen war, fürchtete er sich vor dem Nachhausekommen. Sie standen plötzlich vor ihm wie zwei gefährliche, fremdartige fleischfressende Pflanzen, sie grinsten mit ihren roten Lippen, die, wie ihm schien, mit einem glänzenden Kleber überzogen waren, an denen er haften bleiben würde, wenn sie sich ihm näherten. Obwohl eine davon rothaarig und die andere blond war, sahen sie aus wie Zwillinge mit ihren schwarzumrandeten Augen, dem knappen Oberteil und den schwarzen Netzstrümpfen. An ihren Ohren baumelten Gehänge mit glitzernden Steinen, und aus ihren Dekolletees stiegen süßliche Düfte. Er wäre vor ihnen am liebsten gleich mit dem Lift in ein anderes Stockwerk entflohen, doch dazu war es zu spät. Die beiden luziferischen Engel lachten über sein Erschrecken, fanden ihn süß

– ja wen haben wir denn da? – und zogen ihn aus dem Aufzug. Na, Süßer, wie wär's mit uns? Alfred wollte schroff die Zudringlichen mit seiner herrisch-lauten Stimme verscheuchen, seiner Befehlsstimme, wie er sie gegenüber seiner Matroschka mit Erfolg anwandte, aber sie versagte ihm. Er brachte nur ein ängstlich-keuchendes, leider auch schrilles Lassen-Sie-mich-los-bitte heraus, das die Damen amüsierte. Wer weiß, was die beiden noch mit ihm angestellt hätten, wäre nicht aus der Tiefe des Korridors ein Mann mit ölig glänzenden Haaren und tätowierten Armen aufgetaucht, der die beiden mit einem scharfen Pfiff in den Lift scheuchte. Doch anderntags kam es noch viel schlimmer. Die Weiber nahmen ihn beim Lift in Empfang, als hätten sie auf ihn gewartet, und gingen ihm gleich an die Wäsche, von allen Seiten grapschten sie mit ihren Händen an ihm herum, kicherten und quietschten, ließen plötzlich, wie ihm schien nach einer Ewigkeit, von ihm ab, verschwanden im Lift, und hinterher fehlte ihm seine Brieftasche. Er sollte den Diebstahl dem Hausmeister melden und vor allem Anzeige bei der Polizei gegen Bekannt erstatten, aber er schämte sich zu sehr, fürchtete sich vor dem Verhör und den bohrenden Fragen der Polizisten. Er hätte zugeben müssen, daß vor ihren geschickten Fingern keine noch so intime Körperstelle sicher gewesen war. Sie hatten nicht nur seine Brieftasche mitgehen lassen, sie hatten ihn auch sexuell mißbraucht, sexuell genötigt, so hieß der Straftatbestand. Hätte man ihn nur bestohlen, er wäre, obwohl er keine Zeugen für den Überfall hatte, zur Polizei gegangen und hätte die Diebinnen angezeigt. Aber sie hatten ihn wehrlos gemacht, ihn an die Wand gestellt, sich zuerst seines Körpers, dann seiner Brieftasche bemächtigt.

Sie würden ihn womöglich bei der Polizei als ihren Freier angeben. Sie würden die Reaktionen seines Unterleibs, diese männlichen Automatismen, die sie in Gang gesetzt hatten mit ihren Fingerfertigkeiten, als Beweis ihrer Unschuld und seiner Willfährigkeit hinstellen. Er würde sterben vor Scham. Aufgeregt und zitternd verkroch er sich in seinem Schlafsessel, beruhigte sich lange nicht, begab sich später doch noch in die Küche, widmete sich eine Zeitlang der Kakerlakenjagd, die ihn ablenkte und bei der er sich schließlich entspannte, aß noch einen Becher Fertigmilchreis mit Vanillegeschmack. Wie sollte er sich in Hinkunft vor weiteren sexuellen und räuberischen Übergriffen schützen? Er dachte daran, sich mit einem Messer zu bewaffnen oder mit einer Schreckschußpistole. Beides war ihm zu martialisch. Er wußte, er würde nicht zustechen können, es wäre wahrscheinlich ein leichtes, ihm das Messer zu entwinden und es gegen ihn selbst zu richten. Auch die Schreckschußpistole vermochte er vielleicht nicht mit einer überzeugenden Drohgebärde gegen die Angreiferinnen zu richten. Sie würde mehr von seiner Angst und weniger von seiner Verteidigungsbereitschaft künden. Schließlich kam ihm die Idee, Matroschka bei sich einzuquartieren. Er würde ihr gleich hinter der Eingangstür einen Platz frei machen, freilich nicht genug Platz für ein Bett, aber einige Kissen oder Pölster könnte er herbeischaffen. Mit ihr als Schutzschild würde er den Lift verlassen, hinter ihrer umfangreichen Gestalt konnte er sich verbergen, die Lustweiber würden es nicht mehr wagen, Hand an ihn zu legen, Matroschkas Gebrüll würde sie in die Flucht schlagen. Freilich, ein bißchen sorgte er sich um seine Souveränitat in der Wohnung, er würde ihr die Benützung seiner Toilette und des Waschbeckens gestatten müssen. Das wäre zweifellos gewöhnungsbedürftig, doch da er nicht daran dachte, daß die Einquartierung von Dauer sein würde, glaubte er, sich damit abfinden zu können.

5

Kyra Wiesel hatte Utas dringende Botschaften auf ihrem Anrufbeantworter ignoriert, sie war mit wichtigeren Dingen beschäftigt, denn sie hatte den Galeristen Dr. Hugo Bosart aus Karlsruhe bei einem Empfang des Mannheimer Kulturbürgermeisters kennengelernt und für sich zu gewinnen verstanden. Auch für ihre Arbeit, die Kästchenbilder vor allem, hatte sie ihn interessieren können. Der exzentrisch gekleidete Mann mit seinen gegelten, schwarzgewellten Haaren und einem Schnurrbart, der an den von Dalí erinnerte, faszinierte sie. Es gelang ihr, ihn, der bald von der Presse und wichtigen Leuten des Mannheimer Kulturlebens umlagert war, in ein Gespräch zu ziehen. Das hatte nicht nur ihre beiderseitige Annäherung zur Folge, sondern auch, daß sie mit ihm auf einem Pressefoto im Kulturbericht des Mannheimer Morgens auftauchte. Der Galerist, der sich, wie sich herausstellte, für Installationen schlechthin, speziell für *Archiv-Künste* und *Arte Povera* interessierte, ließ sich überreden, nachdem sie ihm die einzelnen Teilnehmer in den lebhaftesten Farben geschildert hatte, sie an den Stammtisch zu begleiten.

Als sie mit ihm, bewußt verspätet, dort erschien, erregte sie das kalkulierte Aufsehen. Der Professor, seine Freundin, Otto Unlauter und Brigitte schienen sich über den Neuzugang zu freuen und begrüßten den stutzerhaften Kunsthändler, der ein zierliches Spazierstöckchen elegant handhabte, überaus freundlich. Lediglich Uta Aufbau brachte nur mit Mühe ein höfliches Lächeln zustande.

Gregor Voss unterbrach seinen Amherst-Bericht, er wollte den Gast zu Wort kommen lassen.

Aber Uta hatte etwas Wichtiges vorzubringen, etwas, das auch Kyra interessieren müßte, es handle sich um Alfred. Doch sie fürchte, das würde Herrn Dr. Bosart ermüden.

Im Gegenteil, antwortete Kyra und lächelte dabei ihren Begleiter an, Herr Bosart möchte Alfred Irgang gerne kennenlernen.

Uta blickte den Kunsthändler überrascht an, zuckte mit den Schultern und war doch aus dem Konzept gebracht. Es gehe darum, Alfred von seiner Zwangsneurose zu heilen. Und wie das zu bewerkstelligen wäre, darüber habe sie sich Gedanken gemacht. Doch das würde Herrn Bosart sicher langweilen.

Erzählen Sie nur, sagte der Beau, ich langweile mich nie.

Arroganter Kerl, dachte Uta. Sie begann ihren Plan zu entwickeln, merkte aber schon nach den ersten Sätzen, daß sie es falsch eingefädelt hatte.

Wie, faßte Dora Stein zusammen, und in ihrer Stimme war ein Anflug von Amusement zu hören, Sie schenken Herrn Muster ein Fahrrad, damit er Alfred Irgang bespitzelt? Das Ergebnis dieser Bespitzelung teilt er Ihnen mit, und Sie versuchen dann, ihm die Frau abspenstig, das heißt die Frau zu einer Spionin zu machen, die Ihnen, somit uns, wiederum alles hinterbringt, was er macht, damit wir seine Transporte unterbinden können? Habe ich Sie da richtig verstanden?

Bevor Uta antworten konnte, sagte Gregor: Es geht doch nicht nur um die Transporte, liebe Uta, du weißt, daß ich dich in Sachen Alfred immer unterstützt habe, aber das hilft uns doch nicht weiter.

Außerdem finde ich dieses Bespitzeln degoutant. Dafür kannst du mich nicht gewinnen.

Kyra erklärte das Ganze für eine Schnapsidee. Otto Unlauter, dem Brigitte etwas ins Ohr flüsterte, wonach er ihre Hand drückte und nicht mehr losließ, befand es für keinen guten Einfall, und Brigitte sagte daraufhin beinahe flehend: Vielleicht könnten wir jetzt doch zum Thema Amherst zurückkehren.

Ich fürchte, ich habe mich nicht deutlich genug ausgedrückt. Es geht natürlich nicht nur darum, die Transporte von einem Keller in den anderen zu unterbinden, es geht mir darum, daß in Alfred ein Leidensdruck erzeugt wird, der ihn für eine Therapie öffnet. Wenn es uns gelingt, ihm seiner Hilfe, sprich: dieser Frau, zu berauben, so wäre das ein erster Schritt in Richtung eines solchen Drucks. Gleichzeitig sollten wir uns darum kümmern, daß von seiten des städtischen Gesundheitsamts dafür gesorgt wird, daß seine Wohnung ungezieferfrei gemacht wird. Wenn er sieht, daß er nicht mehr so weitermachen kann, wird er nicht mehr ein noch aus wissen, und in diesem Augenblick ist unsere Stunde gekommen: Wir suchen ihm einen guten Therapeuten, wir müssen ihn nur im Auge behalten, dürfen den richtigen Augenblick für unsere Intervention nicht verpassen, alles andere läuft von selbst.

Alle schwiegen und überlegten. Gregor Voss wiegte den Kopf und sagte: Ich weiß nicht, die Psychologie beziehungsweise die Psychopathologie ist ja nicht mein Gebiet, aber ich habe da massive Bedenken.

Kyra sagte: Ich glaube nicht, daß das die erfolgversprechendste Methode ist, sie ist mir zu brachial.

Was ist denn daran brachial? Wir arbeiten indirekt, aus der Kulisse sozusagen, wir lassen ihn aber auf der

Bühne nicht allein, metaphorisch gesprochen, widersprach Uta lebhaft.

Dora Stein sagte: Ich finde das eine ausgezeichnete Idee, das möchte ich mir anschauen, wie das funktioniert.

Sie glauben, daß das funktioniert? fragte Otto Unlauter; Brigitte schüttelte ungläubig den Kopf.

Wer sagt denn, daß ich glaube, daß das funktioniert? Im Gegenteil. Es ist ein Experiment, von dem ich überzeugt bin, daß es nicht das intendierte Ergebnis zeitigen wird, aber irgend etwas wird dabei herauskommen, wahrscheinlich ein Desaster, und dabei möchte ich Zeuge sein.

Ich bin entsetzt, sagte Gregor zu Dora. Du würdest einfach zuschauen und dem Unheil freien Lauf lassen?

Ich soll doch über ihn schreiben.

Und wenn er sich umbringt, wenn wir ihn so in die Enge treiben? fragte Brigitte ängstlich. Wenn er aus dem zehnten Stockwerk herunterspringt? Erst neulich ist ein ehemaliger Kommilitone, noch dazu auch in Ludwigshafen, aus einem Hochhaus …

Wir fangen ihn auf, sagte Uta rasch und zuversichtlich, ich nehme Alfred in meinem Haus auf, da ist er nicht allein, hat jederzeit menschliche Zuwendung und Zuspruch und überhaupt alles, was er braucht.

Aber, meldete sich nun Otto Unlauter, noch einmal nachgefragt, Uta: Sie würden auch einen Suizidversuch in Kauf nehmen?

Ein Suizidversuch wäre ja überhaupt das beste, was passieren könnte, das wäre wirklich das untrüglichste Zeichen, daß der Leidensdruck groß genug geworden ist. Wir retten ihn und helfen ihm. Wir retten ihn auch vor der Einweisung in die Psychiatrie.

Per aspera ad astra, sagte Unlauter lächelnd und legte seinen Arm um Brigittes Schulter.

Genau, sagte Uta, so eine Heilung geht nicht ohne Schmerzen, nicht ohne Härte und Grausamkeit ab, doch in diesem Fall möchte ich behaupten: Der Zweck heiligt die Mittel.

Aber, entschuldige, fragte Kyra, was ist denn eigentlich der Zweck?

Da kannst du noch fragen? wunderte sich Uta. Der Zweck ist natürlich, daß wir aus Alfred einen normalen Menschen machen, einen, der in einer Wohnung lebt, die man auch betreten kann, der seine Bücher in den Regalen aufstellt und nicht in Kartons vergammeln läßt, der seine Badewanne benützen und in seinem Bett schlafen kann, der seine Wohnung nicht mit Kakerlaken teilen muß …

… der seinen Beckmann an der Wand hängen hat und nicht im Kruscht versteckt, fiel dem Professor ein.

Ja, auch das, sagte Uta,

… der einen Zahnarzt aufsucht und sich sein Gebiß sanieren läßt, fuhr Gregor fort, damit er wieder ordentlich essen kann.

Und so weiter und so weiter, sagte Uta, ich muß dir doch das nicht alles herunterbeten?

Ich verstehe, sagte Kyra.

Wie langweilig, sagte Dora Stein.

Wenn wir das erreichen könnten, rief plötzlich der Professor euphorisch aus, wie würden sich seine Eltern, seine Mutter vor allem, freuen, wenn sie das noch erlebt hätte: ihr Sohn gepflegt in einer gepflegten Umgebung in einem gepflegten Körper.

Ein ganz normaler Mensch eben, rief Uta emphatisch, wenn wir das erreichen könnten!

Was sagst du dazu? fragte Kyra den Galeristen.

Der zwirbelte gedankenverloren die Enden seines schwarzglänzenden Schnurrbarts. Als sich die ganze Aufmerksamkeit des Tisches auf ihn gerichtet hatte, legte er die Fingerspitzen aneinander, sodaß die gepflegten Hände und der große schwarze Siegelring zur Geltung kamen, und sagte mit leiser, etwas hoher Stimme: Sind Sie sicher, daß Herr Irgang durch die Wandlung zu einem Durchschnittsmenschen glücklicher würde? Ich gebe zu bedenken, daß das Bedürfnis des Sammelns und des Archivierens immer eine Vorstellung von der Überwindung der Zeit zum Inhalt hat, es ist somit ein zentrales Motiv nicht nur historischer, sondern auch künstlerischer Arbeit.

Ich bitte Sie, Herr Dr. Bosart, Alfred Irgang archiviert nicht, er häuft Kruscht an, unterbrach ihn Uta Aufbau gereizt.

Das mag sein, daß das den »normalen Menschen«, Dr. Bosart sagte das mit hörbaren Anführungszeichen, als Kruscht erscheint, doch die Sammlungen von Künstlern folgen keinen offiziellen gesellschaftlichen Sammlungsaufträgen. Künstler sammeln und archivieren unter Aspekten, die der Eigenschaft ihrer Profession unterliegen: Sie konzentrieren sich auf Gebiete und Gegenstände, die ihrer Neugier, Faszination und selbst gestellten »Forschungs«-Vorhaben unterliegen.

Sardinenbüchsen zum Beispiel, rief Uta höhnisch, oder Yoghurtbecher, Cornflakes-Verpackungen …

Der Galerist ließ sich nicht beirren, Kyra starrte ihn begeistert an, Dora Stein war offensichtlich amüsiert und machte sich Notizen, während ihm der Professor und Otto Unlauter höflich zuhörten.

Ende der fünfziger Jahre des vorigen Jahrhunderts, fuhr er fort, begann bei den Künstlern eine Archivierungstätigkeit in Form von Spurensuche im Alltag. Die Relikte eines Lebens, seine sächliche Peripherie, traten in das Zentrum der Aufmerksamkeit, um der verunsicherten Selbstwahrnehmung eine Überprüfung zur Seite zu stellen. Die Künstler betätigten sich als Archivare des Banalen, des Randständigen und des Abfalls.

Interessant, sagte der Professor, dennoch möchte ich behaupten, daß Alfred Irgangs Intentionen bei seiner Sammeltätigkeit nicht künstlerischer, sondern pathologischer Natur sind. Er selbst, glaube ich, wäre höchst befremdet, wenn man ihn für einen Künstler hielte.

Das wäre noch zu klären, sagte der Galerist, aber denken Sie an Andy Warhols Sammelwut, sie zeugt einerseits vom Bewußtsein der transformatorischen Prozesse durch die Zeit, läßt jedoch zugleich die Angst im Umgang mit ihr erahnen.

Ich finde deine Ausführungen überzeugend und erhellend, sagte Kyra und strahlte den Galeristen aus ihren blauen Augen an.

Das mag sein, sagte der Professor nun schon etwas grimmig, es führt uns aber vom eigentlichen Problem weg.

Genau, sagte Uta und hätte am liebsten mit der Faust auf den Tisch geschlagen. Alfred ein Künstler, den man in seinem Dreck und seinem Ungeziefer ersticken lassen soll, so etwas Hirnrissiges hatte sie noch nie gehört.

Gerade zur rechten Zeit, als die Diskussion eine gewisse Schärfe zu bekommen drohte, betrat Alfred das Lokal.

Ah, hier ist er ja! rief Unlauter. Wir haben schon auf Sie gewartet.

Dr. Bosart erhob sich, machte sich bei Alfred bekannt und ließ ihn an sich vorbei an seinen Platz am Tischende. Das ging nicht ohne die gewohnte Konfusion vor sich, für die sich Alfred beim Galeristen entschuldigte.

Die vorausgegangene lebhafte Diskussion hatte verhindert, daß die Stammtischteilnehmer die Speisen bestellten, was sie nun eilig nachholten. Auch Irgang bestellte seine Tomatensuppe mit Croutons und fragte dann, ob das Thema Amherst schon abgehandelt worden sei, das täte ihm leid, denn die Thematik würde ihn interessieren, er habe einen aufschlußreichen Fund gemacht, der sicher etwas für Brigitte sei, er stöberte in seinen Taschen, brachte ein arg schmutziges Bändchen heraus, legte es triumphierend auf das weiße Tischtuch: »Die Ethik der Geschlechterdifferenz« von Luce Irigaray, las er laut.

Ach, sagte Brigitte, ach ja, das ist ein Standardwerk, das ich natürlich besitze, sehr umstritten übrigens.

Hast du nicht gehört? fragte Uta. Brigitte hat es schon, und du kannst es wieder wegnehmen.

Irgang hörte nicht auf sie, sondern zog noch einige Broschüren und Heftchen hervor, die er an Dora Stein, den Professor, Otto Unlauter und zuletzt auch an Kyra Wiesel verteilte. Unter den strengen Augen der Sozialpädagogin wagte niemand, die Präsente anzurühren, nur Kyra blätterte flüchtig in dem Hochglanzkatalog eines chicen Möbelhauses, bevor sie ihn zurückgab.

Inzwischen wurden die Speisen serviert. Man erhob das Glas auf den Galeristen, der eine Bereicherung für den Stammtisch sei, wie der Professor kühn formulierte. Die Gespräche verstummten, nur Uta Aufbau wollte von Alfred wissen, ob er schon etwas gegen die Kakerlaken in seiner Wohnung unternommen habe.

Welche Kakerlaken? fragte Alfred, ich habe keine Kakerlaken.

Du hast doch letztes Mal erzählt, du würdest sie eigenhändig töten.

Ach, das war doch ein Scherz! sagte Alfred. Wofür hältst du mich? Ja, darf ich denn hier keine Späße mehr machen? Wird denn hier alles ernst genommen?

Du hast also keine Kakerlaken in der Wohnung? fragte Uta mißtrauisch.

Nein, ich habe keine Kakerlaken in der Wohnung, sagte Alfred fest, und du hast keinen Humor.

Das beruhigt uns, sagte der Professor.

Schade, sagte Dora Stein, ich habe mir das gut vorstellen können. Sie und die Tierchen zwischen den Schachteln, das Bild gefällt mir. Ich habe es mir jedenfalls notiert.

Irgang lachte, daß ihm die Suppe aus den Mundwinkeln tropfte. Der Galerist beobachtete ihn aufmerksam.

Dora Stein schaute auf die Uhr: Höchste Zeit, Gregor, rief sie. Sie bezahlten eilig und brachen auf.

Heute wäre ich gerne noch geblieben, sagte Dora zu Gregor, als sie es sich im Zugabteil bequem machten. Dieser Galerist ist vielleicht ein schräger Vogel.

Nicht ungebildet, sagte der Professor, aber du solltest dich ein wenig zurückhalten, du provozierst die arme Uta, und, wenn ich ehrlich bin, auch mich verletzen deine Äußerungen.

Bekomme ich jetzt einen Maulkorb umgehängt? fragte Dora aggressiv.

Ich meinte ja nur, sagte Gregor sanft.

Ich meinte ja auch, antwortete Dora.

Dann schloß sie die Augen, und Gregor entfaltete die FAZ.

Irgang hatte in den letzten Tagen die Huren nicht mehr gesehen, nur einmal war ihm der in schwarzes Leder gekleidete, muskulöse, an den Oberarmen tätowierte Mann mit Goldkettchen um Hals und Handgelenke begegnet, aber er hatte ihn, der sich zitternd vorbeidrückte, gar nicht beachtet. Warum er sich auch vor dem Mann fürchtete, der ihn doch sogar einmal vor den zudringlichen Weibern gerettet hatte, konnte er nicht sagen. Vielleicht war es das Befremdliche, das Kraftstrotzende, dem er nicht traute, und der Gedanke, daß er die Macht auch über ihn ausüben könnte.

Als Matroschka sich wie gewohnt nach getaner Arbeit von ihm verabschieden wollte, rief er: Halt, Matroschka, du kommst mit. Die Frau verzog ihren Mund zu einem breiten Grinsen, sie betraten das Haus, er schob sie in den Lift. Im 10. Stockwerk hielt der Aufzug, Alfred ließ die Frau zuerst aussteigen, er konnte sich gut hinter ihrer umfänglichen Gestalt verstecken, aber der Korridor war leer, was ihn beinahe enttäuschte. Er schloß seine Wohnung auf, unmittelbar hinter der Eingangstür hatte er einen etwa einen mal zwei Meter großen Platz freigeräumt, eine Art Höhle inmitten der Schachtelwände, dahinter und daneben türmte es sich, und man mußte immer noch die Stehleiter benützen, um weiter ins Innere der Wohnung zu gelangen. Alfred sagte zu Matroschka: Hier kannst du übernachten. Er hatte sogar an eine Wolldecke gedacht, mit der sie sich zudecken sollte. Die Frau begann wieder zu lachen, Alfred stimmte mit ein, dann zog sie unter ihren Kitteln ein Kissen und eine Decke hervor und bereitete sich in dem Winkel hinter der Tür eine Liegestatt. Sie ist wie eine Schnecke, dachte Alfred, die ihr Haus mit sich führt. Gleichzeitig stellte er eine Metamorphose an seiner Mitbewohnerin fest. Aus der vermeintlich kugelrunden Frau war ein mageres Gestell geworden, an dem die Fähnchen flatterten, fadendünn wie er war sie, eine richtige Vogelscheuche. Er lachte wieder, krümmte sich und schlug sich vor Heiterkeit auf die Schenkel; wie richtig er den Namen für sie gewählt hatte, sie war seine russische Puppe, die ihre ganze Habe um den Leib gebunden trug, sie konnte sich jederzeit überall hinlegen, sogar eine Plastikplane förderte sie zutage, Plastikbecher und einen Beutel, in dem er so etwas wie Waschzeug vermutete. Alles hatte sie in einer ausgeklügelten Methode um ihren Leib getragen und ihn und jedermann auf diese Weise über ihren Leibumfang getäuscht. Inzwischen hatte sich Matroschka zwischen ihren Kissen niedergelassen und lachte zu ihm hinauf. Da überstieg er seine Stehleiter, tänzelte in die Küche, entnahm dem Kühlschrank zwei Erdbeeryoghurt, kletterte zurück, bot seinem Gast einen Becher an, auch auf Löffel hatte er nicht vergessen, und so hielten sie gemeinsam ihre Mahlzeit, er auf einem Karton hockend, sie in ihrer Schlafstatt. Alfred hatte seinen Becher rasch leergegessen, er beobachtete die Frau beim Schlucken, das eher einem Würgen glich. Er hatte noch nie mit einem Menschen Mitleid gehabt, das Gefühl war ihm fremd, und er empfand es auch gegenüber seiner Matroschka nicht. Wie sollte er es ausgerechnet jetzt empfinden? Er hatte noch nie einen so fröhlichen, lachbereiten Menschen erlebt. Eigentlich war er immer bereit, selbst in Lachen auszubrechen, wenn er nur ihre Miene sah, dieses, trotz der Magerkeit, überraschend runde Gesicht mit den hohen Backenknochen, den Brombeeraugen und dem breiten Mund mit den vollen Lippen. Jetzt fiel ihm auch ein, an wen sie ihn erinnerte: an den Zirkusclown, den er einmal als Kind erlebt hatte. Dieser Spaßvogel bestand nur aus Mißgeschicken, was immer er sich zu unternehmen anschickte, es mißglückte ihm schon im Ansatz, dennoch lachte der Schelm bei jedem seiner Streiche, er lachte kreischend – und das Gelächter dieses Hanswursts hatte auch das Kind Alfred zum Lachen gebracht. Später hörte er die Mutter zum Vater sagen: Hast du unseren Sohn lachen sehen? So von ganzem Herzen, mit dem ganzen Körper, es hat ihn ja geschüttelt vor Gelächter, je dümmer sich der Kasper anstellte, umso mehr lachte er. Ich glaube, er hätte auch gelacht, wenn der Narr bei seinen Kunststücken vom Seil gefallen wäre und sich das Genick gebrochen hätte. Alle haben doch gelacht, sagte der Vater. Ja, sagte die Mutter, aber bei Alfred hat es mich gewundert, er lacht doch sonst nie; jedenfalls ich habe ihn noch nie so lauthals aus sich herauslachen sehen. Daran erinnerte sich Alfred, er dachte: Ich habe mein Lachen und meinen Clown wiedergefunden, und du, Mutter, kannst es mir nicht mehr vermiesen. Er hielt den leeren Yoghurtbecher in der Hand, betrachtete seine Matroschka und prustete wieder los, quietschte und wieherte, bis ihm die Tränen die Wangen herunterliefen. Als er sich gefaßt hatte, zeigte er seinem Gast den Weg zur Toilette, zu der er einen schmalen Gang freigeschichtet hatte. Bevor er sich zum Schlafen hinsetzte, begab er sich noch in die Küche, beschriftete seinen leeren Yoghurtbecher, auch den von Matroschka – in einer anderen Farbe – mit dem Datum, steckte sie zu den übrigen und machte sich auf Kakerlakenjagd. Immer wieder knipste er das Licht für eine Minute aus, dann wieder an und stürzte sich auf das Ungeziefer, indem er ähnliche Schreie ausstieß wie manche Tennisspieler, wenn sie den Ball gut zurückschlagen konnten. Als er das Dutzend voll hatte, verkroch er sich in seinen Ohrensessel.

Witold hatte sogar die verrosteten Stellen am Rahmen mit Lack überstrichen, das Fahrrad konnte sich sehen lassen, und Uta, die vom letzten Stammtisch ziemlich deprimiert nach Hause gekommen war, wurde durch die gute Arbeit des polnischen Studenten aufgeheitert. Von einer befreundeten Referentin des Sozialamts erfuhr sie, an welchen Tagen und zu welcher Stunde Rudi Muster für gewöhnlich vorstellig wurde; an einem dieser Termine, der sich auch mit ihren Amtspflichten vereinbaren ließ, fand sie sich dort ein. Sie traf den Mann in einem der langläufigen, öden Flure, er irrte mit einem Formular, das er auszufüllen hatte, auf der Suche nach einem Tischchen herum. Uta Aufbau hatte schon von Berufs wegen einen Blick für Verzweifelte, und so einer kam ihr in Rudi Muster entgegen. Er klagte, daß er immer noch kein Fahrrad sich habe erobern können, erobern, sagte er, und außerdem habe er auch den Lateinunterricht bei dem Sohn eines Kommunalpolitikers aufgeben müssen, weil dadurch seine Nerven zu sehr strapaziert worden seien. Uta sagte: Kommen Sie, ich lade Sie ein auf einen Kaffee oder auf ein Bier, wie Sie wollen. Schnaps, sagte Muster, heute hätte ich einen Schnaps nötig. In der nahen Kneipe ließ sich Uta zuerst von seinen Mißgeschicken erzählen, bevor sie ihm das

Fahrrad, das sie vor der Tür des Lokals abgestellt hatte, vorführte und zum Geschenk machte. Was wollen Sie dafür, ich gebe alles, rief Muster emphatisch, nur Geld kann ich Ihnen nicht geben. Aber sonst: Verfügen Sie über mich! Ihre Freude ist mir Gabe genug, sagte Uta, nur um eine klitzekleine Erledigung bäte sie ihn, die er mit äußerster Diskretion behandeln möge. Sie gingen ins Lokal zurück, und Uta erläuterte ihm das heikle Geschäft. Muster solle herausfinden, um welche Zeit sich Alfred mit dieser Frau vor seinem Wohnhaus treffe, ob regelmäßig, auch die Adresse des neuen Lagerraums interessiere sie natürlich sehr. Vielleicht könnte er auch herausfinden, wo die Frau wohne und unter welchen Umständen. Muster sagte, er werde das gerne für seine Wohltäterin erledigen, könne aber nicht allzuviel Zeit dafür aufwenden, weil er nun dank des Fahrrads wieder täglich zu seiner Ulme gelangen könne. Er brauche die Zwiesprache mit seinem Baum, sie müsse verstehen, beinahe wie die Luft zum Atmen. Uta zeigte Verständnis, und er versprach, daß er sich jedenfalls in den nächsten Tagen ganz der Sache Alfred Irgang widmen wolle.

Der Galerist, den Kyra Wiesel nach dem Stammtisch noch zu sich nach Hause eingeladen hatte, entwickelte, auf der weißen Ledercouch sitzend und eine Havanna rauchend, sein Projekt. Er stelle sich eine Ausstellung unter dem Motto: *Leben als Kunst* vor. In seinen Galerieräumen würde er Teile aus Alfred Irgangs Wohnung detailgetreu wieder aufbauen, auch seinen Schlafsessel, von dem sie ihm erzählt habe, aufstellen und da hinein Alfred, als den Künstler, selbst plazieren. Der Mann, sagte Bosart, gibt was her. Er darf sich nur kein bißchen verändern. Hast du die breiten, krallenartigen Fingernägel gesehen, fragte Hugo, und den Grind auf seinem fast kahlen Schädel? Und das schuppende Ekzem auf dem Handrücken? Das alles muß bleiben, desgleichen seine Zahnstummeln. Hast du seine Krawatte beachtet? Sie war fleckig, aber doch aus Seide und kündete von vergangener Dignität, und sein abgetragener Anzug war aus einem guten Stoff. Das ist alles stilecht und ironisch. Das hat Ambivalenz, da sind Brüche zu erkennen, die zum Nachdenken anregen. Ich schreibe einen Aufsatz, lasse eine Broschüre drucken, das macht Furore, davon bin ich überzeugt, sagte Bosart und lehnte sich zufrieden zurück. Kyra zeigte sich begeistert, obwohl sie sich nicht vorstellen konnte, daß man Alfred dazu bringen könnte, sich mit einem Teil seiner Sammlung zur Schau zu stellen. Jedenfalls würde auch sie, solange der Galerist an diesem Projekt Gefallen fand, davon profitieren. Er hatte ihr bereits eine Ausstellung ihrer Kästchenbilder »Interieurs« in seiner Galerie in Aussicht gestellt, und außerdem hatte sie sich wahrscheinlich in ihn verliebt, was ihr das Gefühl gab, zehn Jahre jünger zu sein, so alt also wie ihr Galerist. Sie sah ihn dekorativ auf ihrer weißen Polsterbank sich ausbreiten, gestikulieren, den Schnurrbart zwirbeln; es wäre noch genug Platz neben ihm gewesen, aber er machte keine Anstalten, sie an seine Seite zu ziehen. Es ist ein Jammer, eine Frau zu sein, warum muß ich auf seine Avancen warten, nur weil ich eine Frau bin? Als Frau muß ich meine Bedürfnisse unterdrücken oder raffinierte Winkelzüge aushecken, um seinen Angriff zu provozieren. Das fand sie eigentlich unwürdig und anstrengend. Nun ja, heute würde es nichts mehr werden. Sie durfte ihn nicht verschrecken. Vielleicht würde sie ihn nächstes Mal in ihrem seidenen Kimono empfangen, die Seide könnte verrutschen … Nicht sehr originell, aber schon mehrmals wirksam. Daß man immer noch zu diesen alten Tricks greifen muß, dachte sie verbittert. Inzwischen hatte Hugo weitergesprochen, einige Anekdoten über ihre Künstlerkollegen, Kolleginnen vor allem, zum besten gegeben, schließlich erhob er sich abrupt, nahm sein Stöckchen mit dem elfenbeinernen Knauf, ließ es baumeln, Kyra brachte ihn an die Tür und dachte, als sie ihn die Treppen hinuntergehen hörte: Aber er ist doch ein Geck. Er hat etwas Schwankendes. Lohnt es sich überhaupt?

Rudi Muster hatte bereits einige Tage vergeblich versucht, Irgang und seine Begleiterin in der Stadt aufzustöbern. Seine Aufgabe begann ihm lästig zu werden, sie beschäftigte zu stark seine Gedanken, sodaß er mit seiner Abhandlung »Bachofens Mutterrecht neu interpretiert« ins Stocken kam. Er radelte ziemlich viel in der Stadt herum, auch abends, auch nachts; natürlich hatte er seine Besuche bei seinem Baum wieder aufgenommen, aber die Zwiesprache mit seiner Ulme klappte nicht mehr so wie früher, er hatte sich fremde Probleme aufhalsen lassen, er war nicht mehr frei, und seine zunächst grenzenlose Dankbarkeit gegenüber der Fahrradspenderin wich allmählich einem leichten Grimm und einer Gereiztheit. Er dehnte nun seine Recherchen auch nach Ludwigshafen aus, und hier, am Unteren Rheinufer, entdeckte er ihn endlich mit Frau und Leiterwagen. Irgang begrüßte ihn gutgelaunt, zeigte sich überrascht, ihn hier zu sehen, und Muster überlegte sich hastig seine Fragen, die locker und beiläufig erscheinen sollten. Nachdem er ihm vorgelogen hatte, daß er aus reiner Freude an seinem Fahrrad den ganzen Tag in der Stadt herumradle, sogar Ludwigshafen erforsche, und später erzählte, wer ihm das Fahrrad beschafft hatte, was Irgang sehr zu interessieren schien, wagte Muster seine Erkundungen. Er erfuhr den Namen der Frau, erfuhr die Adresse des Kellers, auch aus den Transportgepflogenheiten machte Irgang kein Geheimnis, nur als er erfahren wollte, wo die Frau wohne, schüttelte er den Kopf: Fragen Sie sie doch selbst, sagte er. Da schämte sich Muster und verabschiedete sich rasch. Er hörte noch, wie die beiden hinter ihm her lachten. Weiter, sagte Alfred, und sie gingen weiter, Matroschka zog den leeren Wagen, sie waren auf dem Rückweg. Der Dr. Muster ist ganz verändert, sagte Alfred zu sich. Er hatte sich angewöhnt, neben seiner Begleiterin laute Selbstgespräche zu führen. Der hat mich doch nie nach mir gefragt, der hat doch immer nur von sich und seiner Misere erzählt, das war angenehm, man will sich ja nicht von jedermann ausfragen lassen, zu leicht erzählt man etwas, was man hinterher bereut, aber nun fängt der an zu fragen und will wissen, wo mein Keller ist. Da habe ich ihn aber schön angeschmiert. Die Uta also hat ihm ein Fahrrad verschafft. Das ist eine Wohltäterin, eine, die stets das Gute will und doch das Böse schafft. Er lachte. Ein Fahrrad für den Doktor. Aber das verstehst du nicht, Matroschka, sei froh, daß du ein Trampel bist. Als sie an seinem Hochhaus ankamen, stießen sie auf den Hausmeister. Sie waren gerade dabei, den Wagen im Stiegenhaus abzustellen, als er auf Irgang zustürzte und ihn anbrüllte, er verlöre die Geduld, er würde den Keller entrümpeln lassen, auf den Müll mit dem Zeug, außerdem habe er kein Recht, den Raum zu verschließen, der gehöre ihm nicht. Ich bin doch dabei, Herr Steinmaßl, Sie sehen doch, daß ich mir sogar eine Hilfe angeworben habe, jeden Tag bringen wir eine Fuhre davon weg. Sie haben uns doch selbst an der Arbeit gesehen, Herr Steinmaßl. Es liegt ja auch in meinem Interesse, glauben Sie mir, Herr Steinmaßl. Raus, es muß alles raus, und zwar schleunigst, brüllte der Hausmeister, dessen Atem nach Fusel stank, drehte sich um, trottete schreiend davon: Alles raus, ich bin dafür verantwortlich, Ordnung muß hier herrschen, jawohl, dafür bin ich verantwortlich. Alfred war leichenblaß geworden und lehnte sich zitternd an die Mauer, da umfing ihn Matroschka mit ihren Armen und drückte ihn an ihren gepolsterten Leib, daß er dachte, er falle in ein Federbett. Doch als er sich wieder beruhigt hatte, schämte er sich seiner Schwäche, machte sich los und sagte barsch: Laß das, das will ich nicht. Doch die Frau begann zu lachen, und Alfred lachte mit. Dann ging er an den Briefkasten, fand einen Brief der Hausverwaltung vor, die einen neuen Termin für den Heizkostenableser nannte, und einen Brief des Städtischen Gesundheitsamtes, die ebenso an einem bestimmten Tag Zugang in seine Wohnung verlangten. Alfred lachte kurz auf und steckte die Briefe weg.

6

Dora Stein hatte Gregor Voss auf einer Tagung der Ludwig-Wittgenstein-Gesellschaft in Niederösterreich kennengelernt. Sie war Leiterin des Städtischen Kulturamts in Traismauer gewesen und hatte sich durch die Veröffentlichung einer Novelle und eines Bandes mit Erzählungen in einem Regionalverlag in Insiderkreisen einen Namen gemacht. Ihre Ehe mit einem Heizungsingenieur war vor kurzem in die Brüche gegangen, und Gregor Voss war seit zwei Jahren Witwer. Der gutaussehende, eloquente Fünfziger hatte die um zehn Jahre jüngere Kulturbeamtin und Dichterin fasziniert. Auch der Philosoph fühlte sich bald zu der aparten und geistreich-lakonischen Gesprächspartnerin hingezogen. Die Tage des Kongresses waren kurz, es folgte ein längerer Briefwechsel, in dem sich, wahrscheinlich befördert durch die Entfernung, eine Annäherung ergab, die in gegenseitigen Liebesbeteuerungen gipfelte. Dora gab ihre unkündbare Stellung als Beamtin auf und zog zu ihrem bundesdeutschen Professor in dessen gepflegte Altbauwohnung. Eine Hochzeit wurde in Erwägung gezogen, jedoch bisher noch nicht vorbereitet. Dora Stein fügte sich gut in die gesellschaftliche Landschaft des Professors, seine Freunde schlossen auch sie in die Gemeinschaft ein. Voss unterstützte Dora bei ihren schriftstellerischen Vorhaben, las und kritisierte ihre Manuskripte, empfahl sie befreundeten Verlegern, bisher allerdings ohne durchschlagenden Erfolg. Das ist noch nicht der große Wurf, pflegte er zu sagen, wenn sie ihm eine ihrer Erzählungen vorlegte. Du solltest dich an einen Roman machen. Romane werden von den Verlagen bevorzugt. Und er fing an, ihr seinen Freund Alfred Irgang als Romanfigur anzudienen. Das ist doch ein Stoff! rief er immer wieder aus. Dora Stein fühlte sich bevormundet, sie wollte sich weder Thema noch Stoff diktieren lassen. Voss seinerseits konnte nicht verstehen, daß sie seine Hilfe als Bevormundung mißverstand. Dadurch war in den letzten Monaten ihre Beziehung in eine Krise geraten. An einem Wochenende im Schwarzwald, in dem sie ausgedehnte Wanderungen unternahmen und kaum miteinander sprachen, kamen sie einander wieder näher, und sie beschlossen ihre kritische Situation aus der Welt zu schaffen und endlich zu heiraten. Als sie sich über den Termin berieten, sagte Dora: Ich werde über Alfred Irgang schreiben. Wenn der Roman fertig ist, wollen wir uns trauen lassen. Damit war auch Gregor einverstanden, denn er hoffte, daß sich durch dieses Junktim die Arbeit an dem Roman beschleunigen ließe, gleichzeitig wäre die Intensität, mit der Dora ihre Arbeit an dem Buch vorantrieb, auch der Gradmesser für die Stärke ihres Wunsches, seine Frau zu werden. Eine etwas zweischneidige Verknüpfung, dachte er, denn Dora könnte in eine Schreibkrise geraten, die mit ihm und der geplanten Heirat in keinem Bezug stand. Sie aber würde ihrerseits ein Drängen, an dem Roman weiterzuschreiben, als indirekte Liebeserklärung schätzen. Unter diesen neuen Voraussetzungen kamen sie gutgelaunt ins *La Grotta*.

Du siehst heute besonders hübsch aus, sagte Gregor, als sie Platz genommen hatten und noch allein waren. Schmeichler, lächelte Dora, die mit seinen Komplimenten nicht recht umzugehen wußte, und öffnete rasch die Speisekarte.

Als nächstes kam Kyra Wiesel mit dem Galeristen, der sich neben den Professor setzte. Eine eigenartige Beleuchtung in diesem Lokal, sagte er zu Gregor, geradezu caravaggesk, ist Ihnen das noch nicht aufgefallen? Wie diese flackernden Kerzen unsere Gesichter verändern! Ich sehe die Menschen immer nur in Ausschnitten, einmal nur die Augenpartie, dann wieder das Profil, den Mund. Nie sind sie mir im Ganzen abgebildet. Und dazu der Vivaldi, der sich unter dem Tonnengewölbe an unsere Ohren schmiegt. Ein interessantes Lokal. Schauen Sie sich nur die übrigen Gäste an: alles Figuren aus dem Seicento. Dieses Licht und die Musik verwandeln alle. Und dieses scheinbare Mienenspiel, das uns die flackernden Kerzen vorgaukeln.

Sie haben recht, sagte Gregor, ich bin daran schon so gewöhnt, daß ich kein Auge mehr dafür habe. Dora Stein wollte dem Kunsthistoriker beipflichten, aber da kamen Otto Unlauter, Brigitte und Uta Aufbau gemeinsam zur Tür herein. Die Sozialpädagogin setzte sich als erste, sie schien ein wenig außer Atem. Ich habe ganz wichtige Neuigkeiten über Alfred. Die muß ich loswerden, bevor er kommt.

Und Amherst? fragte die Studentin und schaute den Professor beinahe flehend an.

Später, sagte Uta.

Der Professor zuckte mit den Schultern, die Schriftstellerin zückte ihr schwarzes Notizheft, der Galerist lächelte arrogant, und Kyra seufzte. Aber zuerst möchte ich meine Bestellung aufgeben, sagte der Anglist.

Utas Mundwinkel zuckten vor Ungeduld. Endlich war es soweit. Der Professor sagte: Wir sind gespannt, leg los.

Ich mache es kurz, denn wir müssen nachher noch Zeit zum Diskutieren haben. Ich habe Rudi Muster ein Fahrrad beschafft, und dafür hat er mir einen Freundschaftsdienst erwiesen. Ich weiß jetzt, daß Alfred Irgang sich täglich zur bestimmten Zeit mit dieser Frau an seinem Hochhaus trifft, dort den Leiterwagen mit Gerümpel des von ihm rechtswidrig okkupierten Kellers vollädt, damit zu einem neu angemieteten Kellerraum fährt und es dort auspackt. Die Adresse hat ihm Muster auch entlocken können, ich habe sie mir notiert. Ich habe auch den Namen der Frau erkunden können und mir auf dem Sozialamt Zugang zu ihren Akten verschafft.

Wie heißt sie? fragte Dora Stein.

Charlotte Bieramperl.

Ein lustiger Name, sagte Brigitte.

Bayrisch-österreichisch. Ich hatte eine Schulkollegin, die hieß auch Bieramperl, allerdings Theresia, sagte Dora.

Sie stammt aus Bayern, Pfaffenhofen, ist zweiundfünfzig Jahre alt, war verheiratet mit einem Straßenarbeiter, sie selbst hat als Aushilfskellnerin und als Putzfrau gearbeitet, bis sie krank wurde. Uta machte eine Kunstpause. Ja, krank. Sie bekam Zungenkrebs.

Hat sie geraucht? fragte der Anglist.

Weiß ich nicht, das spielt doch jetzt keine Rolle. Also, sie wurde operiert, das heißt, es mußte ein großer Teil der Zunge entfernt werden, deshalb kann sie auch nicht sprechen.

Das ist ja gräßlich, rief Brigitte und faßte sich an den Hals.

Schauderhaft, sagte Kyra, da verliert man den Appetit.

Tatsächlich, sagte der Professor, du solltest nicht so

ins Detail gehen. Dora Stein schrieb in ihr Heft. Erzählen Sie weiter, forderte sie die Sozialpädagogin auf.

Daraufhin hat ihr Mann sie verlassen, auch ihre Jobs hat sie verloren, es wollte niemand mehr eine Zungenlose beschäftigen. Warum sie ausgerechnet nach Mannheim kam, weiß ich nicht, sie zog wohl auf der Suche nach einer Bleibe und einer Arbeit durch die Lande. Sie lebt von der Sozialhilfe und hat keinen festen Wohnsitz. Das ist in kurzen Worten die Geschichte dieser Frau, die unser Alfred jetzt ausbeutet.

Wieso ausbeutet? fragte Kyra. Er bezahlt sie doch, hat Muster doch erzählt, oder nicht? Dreißig Mark die Stunde.

Aber sie ist ihm dadurch ausgeliefert, sagte Uta, ich finde das ist ein tragisches Schicksal.

Zweifellos, sagte der Professor, aber dafür kann unser Alfred nun wirklich nichts.

Francis Bacon, sagte der Galerist, war von der Mundöffnung und der Zunge fasziniert. Er sammelte Aufsätze über Zungenoperationen.

Ich habe vor kurzem einen Bericht gelesen, daß an der Universitätklinik in Innsbruck erstmals jemandem eine fremde Zunge angenäht worden ist. Soll eine hochkomplizierte Sache sein, sagte der Anglist.

Ich glaube, wir sollten das nicht vertiefen, warf Kyra ein, was willst du uns damit sagen? Was sollen wir tun? Was können wir tun?

Wir sind uns doch alle einig, daß wir Alfred von seinem pathogenen Sammelverhalten wegbringen wollen? Durch die Hilfe dieser Frau werden aber unsere pädagogischen Vorhaben unterminiert. Wir müssen ihm die Frau abwerben.

Wie willst du das bewerkstelligen? fragte der Professor.

Erstens will ich ihr ein Zimmer in meinem Haus anbieten, dafür kann sie sich bei mir nützlich machen. Dann sollten wir alle zusammenlegen und ihr den Verdienst, der ihr entgeht, wenn sie Alfred nicht mehr hilft, ersetzen. Das sind für jeden von uns nur ein paar Mark.

Zunächst müßten wir genau wissen, wie viele Stunden die Frau Bieramperl für Herrn Irgang arbeitet, wie hoch der Verdienstausfall wäre, der zu ersetzen wäre, sagte der Galerist.

Ich möchte diese Frau gerne kennenlernen, sagte Dora Stein, ich habe noch nie jemanden gekannt, der keine Zunge mehr hat.

Und ich möchte jetzt meine Gnocchi essen, sagte Kyra.

Das war ein Stichwort, dem alle gerne folgten. Gregor Voss hoffte, daß er nach dem Essen das Gespräch auf Amherst bringen könnte, auch hätte er gerne mit dem Galeristen über das Beckmann-Stilleben gesprochen, das in Alfreds Gerümpel verschollen war.

Wir sollten Charlotte Bieramperl an den Stammtisch locken, sagte Uta.

Ist sie denn präsentabel? fragte der Professor. Wir haben schon einen Gast an unserem Stammtisch, der von der Geschäftsführung des Lokals eher geduldet als geschätzt wird.

Snob, fauchte Uta.

Ich bin Universitätsprofessor und kein Bewährungshelfer.

Als Alfred Irgang auftauchte, merkte er an den Gesichtern, besonders aber an Utas hängenden Mundwinkeln, daß an dem Stammtisch eine gereizte Stimmung herrschte, die er entschlossen war zu ignorieren. Er freute sich, den Galeristen wiederzutreffen, mit dem er ins Gespräch über Boltanski kommen wollte. Er quetschte sich an ihm und Kyra vorbei und begann sogleich in seinen Säcken zu wühlen und Stöße von Papier auf den Tisch zu häufen.

Bitte, laß uns wenigstens zu Ende essen, bevor du uns mit deinem Abfall den Appetit verdirbst. Utas Nerven waren zum Zerreißen gespannt.

Alfred stopfte den Stapel schweigend und umständlich wieder in seine Taschen zurück, wobei er so an dem Tischtuch zerrte, daß nur die Geistesgegenwart der Studentin die Gläser und den Kerzenleuchter vor dem Umfallen rettete.

Es entstand eine Gesprächspause, bis Brigitte fragte: Vielleicht könnten Sie jetzt von Amherst erzählen?

Ja, warum nicht, sagte Gregor. Was hatten Sie wissen wollen?

Zuerst, entschuldige, möchte ich von Herrn Irgang wissen, wie weit er mit der Entleerung seines okkupierten Kellers gekommen ist, sagte Uta.

Sie schreitet voran, sagte Alfred ruhig und bestellte seine obligatorische Tomatensuppe.

Und das Ungeziefer in deiner Wohnung?

Ich habe kein Ungeziefer in der Wohnung.

Du hast doch selbst davon erzählt, du zerknackst die Kakerlaken mit deinen Fingernägeln.

Unsinn, das war doch ein Scherz. Du hast keinen Humor.

Aber der Heizkostenableser? fragte nun der Professor.

Der wird wiederkommen, fürchte ich, antwortete Alfred seelenruhig.

Wir haben gehört, sagte Dora Stein mit einem

Lächeln, Sie haben bei Ihrer Entrümpelung, wenn ich so sagen darf, Hilfe bekommen, eine Frau …

Der Professor räusperte sich, Uta schüttelte verärgert den Kopf, und Alfred blickte verwirrt in die Runde. Von wem …? Ja, ich habe jemanden gefunden, der mir hilft, die Sachen zu transportieren, aber das geht niemanden etwas an. Ich werde anscheinend ausspioniert?

Du bist paranoid, sagte Uta. Wer sollte Interesse daran haben, dich zu bespitzeln? Jemand hat dich gesehen, ganz einfach.

Dann weiß ich es, das ist der Herr, dem du ein Fahrrad verschafft hast, nicht wahr?

Gott ja, Rudi Muster, er erwähnte es so nebenbei, und ich habe es hier erzählt, wir wollten es eigentlich gar nicht thematisieren, sagte Uta.

Entschuldigen Sie, Herr Irgang, ich bin schuld, denn ich will ja über Sie schreiben, und da hätte ich Ihre Helferin gerne kennengelernt, vielleicht hätte sie Lust, einmal an unseren Stammtisch zu kommen?

Dora! rief der Professor.

Nein, sagte Alfred, nein.

Okay, ist ja okay, sagte Dora Stein, vergessen Sie's.

Schon vergessen, sagte Alfred und lächelte erleichtert.

Es ist aber trotzdem schade, sagte Kyra, daß wir sie nicht kennenlernen. Ich kann Dora verstehen.

Jetzt quält ihn doch nicht länger, sagte Otto Unlauter, haben wir denn keine anderen Themen?

Ich komme wieder auf Amherst zurück, vielleicht …, Brigitte gab nicht auf.

Ich hätte eine Frage an Dr. Bosart, mischte sich Irgang ein: Herr Bosart, Ihnen ist doch sicher Christian Boltanski ein Begriff.

Natürlich. Aber woher kennen *Sie* ihn?

Es gab vor ein paar Jahren eine Ausstellung im Kunstmuseum in Ludwigshafen, sagte Alfred, die fand ich interessant.

Boltanski? fragte Uta wachsam. Nie gehört.

Auch der Professor und der Privatdozent konnten mit dem Namen nichts anfangen.

Dora lächelte. Was schreibst du schon wieder? fragte Voss leise. Das irritiert einen.

Wie ein Tonband, das im Hintergrund läuft, sagte Uta, die es gehört hatte, man fühlt sich belauscht.

Dora antwortete nicht, und der Galerist begann sofort über den Künstler zu referieren: Es wundert mich nicht, daß Sie sich für Christian Boltanski interessieren. Sie wissen vielleicht, er wandte sich an Irgang, daß er im Jahr 1973 Museen aufforderte, den Nachlaß verstorbener Personen als gesamtes, unverändertes Konvolut in ihren Räumen auszustellen. Die Gegenstände sollten nach dem Tod dieser Personen »Zeugen ihrer Existenz« bleiben, so Boltanski. Das Selektionssystem einer ausgewählten menschlichen Existenz sollte – dem Provenienzprinzip in der Archivlehre folgend – möglichst unverändert zum Vortrag gebracht werden. Entscheidend ist hier die Überführung von Gegenständen aus ihrem ursprünglichen in einen vollständig neuen Funktionszusammenhang – ein Kunstgriff der Entfremdung, der die ausgestellten Gegenstände erst als Sammlung, als Gesamtvolumen zu Bewußtsein bringt. Der postmortale Aspekt verwandelt diese Konvolute zudem in zeitgenössische Vanitas-Stilleben, durchaus im Sinne eines barocken Memento mori.

Man merkte, der Kunsthistoriker war in seinem Element. Kyra bewunderte seine druckreife Rede.

Dora Stein beobachtete Alfred Irgang. Er lächelte während der Rede des Kunsthistorikers und nickte mehrmals. Sein Gesicht wirkte geradezu verjüngt und glücklich, wenn man die Verwandlung nicht einer Augentäuschung zuschreiben mußte, die durch die Kerzenbeleuchtung hervorgerufen wurde.

Wenn ich Sie recht verstanden habe, ist das auch so ein Sammler, stöhnte Uta.

Gewissermaßen, der Galerist lächelte.

Du solltest dich mehr für Beckmann interessieren, sagte der Professor, und zu Dora gewandt: Du machst mich ganz nervös, wenn du immer schreibst.

Genau, sagte Uta, um deinen Beckmann solltest du dich kümmern.

Max Beckmann? rief der Galerist elektrisiert.

Kyra sagte: Herr Irgang besitzt ein Beckmann-Stilleben aus seiner Pariser Zeit.

Das würde *mich* nun sehr interessieren, sagte Bosart, kann man es bei Ihnen ansehen?

Nein, sagte Alfred mürrisch, kann man nicht. Es ist verpackt.

Uta seufzte: So kann man es auch nennen. Brigitte kicherte, und der Professor schaute auf die Uhr: Wir müssen uns verabschieden, immer mitten in den ergiebigsten Gesprächen.

Das war das Zeichen zum Aufbruch auch für die anderen. Uta Aufbau überlegte sich, ob sie nicht allein bei Alfred zurückbleiben sollte, sie rang innerlich mit sich, entschloß sich aber dann doch zum Weggehen.

Die Sozialpädagogin war über den Verlauf des Abends wieder unzufrieden. Seit ihre Freundin mit diesem Galeristen herumzog, hatte sie das Gefühl, daß ihr die Fäden in Sachen Alfred aus den Händen glitten. Vielleicht sollte sie sich gar nicht mehr auf den Stammtisch verlassen und selbst tätig werden. Als nächstes würde sie sich beim Gesundheitsamt informieren, ob dort tatsächlich nichts von einem Schädlingsbefall in Alfreds Wohnhaus bekannt war. Für sie als beamtete Bewährungshelferin war es nicht allzu schwierig, sich solche Informationen zu beschaffen. Sollte es sich herausstellen, daß in Alfreds Wohnung tatsächlich Kakerlaken hausten und er sich weigerte, die Kammerjäger in die Wohnung zu lassen, hätte sie auf jeden Fall ein starkes Druckmittel, und auch der Stammtisch würde sie in dieser Sache unterstützen.

Der Professor merkte, als sie schweigend am Bahnsteig auf und ab gingen, daß seine Freundin über irgend etwas verärgert war. Er hoffte, die kleine Verstimmung in Harmonie aufzulösen, wenn sie es sich erst im 1.-Klasse-Abteil bequem gemacht hatten. Doch da schloß Dora sofort die Augen, und ihr Gesicht war steinern und abweisend. Gregor entschied, nicht locker zu lassen, bis die Mißstimmung behoben war, obwohl er zunächst auf seine Fragen keine Antwort erhielt. Schließlich aber brach es aus ihr heraus, und sie warf ihm vor, keine Ahnung von einer schriftstellerischen Arbeit zu haben, sie entgegen seinen Beteuerungen nicht nur überhaupt nicht zu unterstützen, sondern sie zu hintertreiben. Wenn er wolle, daß sie einen Roman über Alfred Irgang schreibe, dann dürfe er sie nicht bei ihren Notizen stören oder sie gar dabei aufhalten wollen. Notizen mache sich jeder Autor, ja ernstzunehmende Schriftsteller würden nie ohne Notizblock anzutreffen sein, das müsse er doch wissen, Schriftsteller oder Journalisten.

Aber, wagte Gregor sacht einzuwenden, es sei doch

jetzt noch Zeit genug, sich Aufzeichnungen zu machen. Es würde die Leute am Stammtisch begreiflicherweise irritieren, wenn jemand dabeisäße, der dauernd mitschreibe, jemand, der sogar noch des Stenografierens mächtig sei – man wisse ja von Parlamentsstenografen, daß sie jedes Wort getreulich aufzeichnen. Man fühle sich abgehorcht. Sie müsse es dezenter machen, ob sie denn das nicht verstehen könne, es gehe ja auch die Spontaneität bei den Stammtischlern verloren, wenn sie gewärtig sein müßten, daß jedes Wort mitgeschrieben werde und womöglich einmal gedruckt vorliege.

Dora Stein verharrte noch eine Weile in ihrer Trotzhaltung, sagte dann aber mit einem Lächeln: Ich werde es mir überlegen. Vielleicht hast du ja recht.

Gregor war erleichtert und bot ihr an, ihr sofort über seine Beobachtungen des vergangenen Stammtisches zu berichten, denn er habe natürlich Beobachtungen gemacht. Doch Dora hielt die Augen geschlossen und gab sich erschöpft: Jetzt nicht, vielleicht später, zu Hause.

Kyra hatte den Eßtisch im Wohnzimmer mit schönen Gläsern gedeckt, Tiramisù serviert und dazu einen Rotwein vorbereitet. Im Flur wedelte ihnen der weiße Zwergpudel entgegen, eine Hinterlassenschaft ihrer kürzlich verstorbenen Mutter, der auf Grund seines hohen Hundealters taub und blind war und ihr täglich die eigene potentielle Gebrechlichkeit vor Augen führte. Sie wußte, daß Hugo sich eher zu Katzen hingezogen fühlte, also suchte sie das Tier durch einen Freßnapf in der Küche von ihm fernzuhalten. Sie ließ ihren Gast Platz nehmen, öffnete den Valpolicella, schenkte ein, machte eine ungeschickte Handbewegung, wodurch das volle Glas umfiel. Der Wein ergoß sich auf das weiße Tischtuch und auf den weißen Berber. Kyra lief in die Küche, der Galerist ihr nach, laß dir helfen, ich habe Erfahrung mit solchen Mißgeschicken, schnappte sich einen Lappen, verlangte heißes Wasser und kroch wischend unter dem Tisch herum, aber auch das Hündchen war von der Unruhe aufgescheucht, torkelte herbei, sein Geruchssinn lenkte es immer wieder zum Lappen des Kunsthistorikers. Kyra, die inzwischen das Tischtuch abnahm und ein neues auflegte, hörte ihn, wie er das Tier beschwor: Nein, jetzt bin ich da, da mußt du jetzt weggehen, ich mach das, du störst da, und immer wieder mit seinem Lappen gegen die Schnauze des Hundes stupste. Kyra, die anfangs vor Peinlichkeit beinahe gestorben wäre, fand jetzt den Mann, der auf allen Vieren unter dem Tisch mit dem taubblinden Hund und gegen den Rotweinfleck kämpfte, so ungeheuer komisch, aber auch liebenswert, daß sie zu lachen anfing und gar nicht mehr aufhören konnte. Da hörte auch Hugo zu putzen auf, kam unter dem Tisch hervor und stimmte in ihr Lachen ein. Sie setzten sich an den Tisch, und Kyra war glücklich und in den offenbar schüchternen Galeristen heftig verliebt. Bosart, der zwar gelacht, aber anscheinend doch nicht wußte, was er von Kyras Heiterkeitsausbruch zu halten hatte, versuchte sich wieder auf sicheres Terrain zu begeben. Er sagte: Das ist doch erstaunlich, daß Alfred Irgang von Boltanski gesprochen hat, daß er ihn überhaupt kennt, nicht wahr? Ich bin jetzt recht zuversichtlich, daß ich ihn für mein Projekt gewinnen kann.

Du solltest seine Wohnung sehen, sagte Kyra etwas ernüchtert.

Würde ich gar zu gerne, antwortete Hugo, ihm stieg die Röte ins Gesicht, vielleicht vom Wein, vielleicht von der Vorstellung des Gerümpels, das ihn in Alfreds Wohnung erwartete, vielleicht aber auch, weil sich plötzlich und völlig unvermutet Kyra an seiner hellen Leinenhose, die auch vom Rotwein abbekommen hatte, zu schaffen machte, an ihr herumwischte und immerzu murmelte: Jetzt bin ich da, ich mach das! Und als Hugo ihr den Lappen aus der Hand nehmen wollte, sagte sie: Ich mach das, du störst nur, geh weg da. Da sich der Fleck auf diese Weise nicht entfernen ließ, einigten sich die beiden darauf, daß es am besten sei, wenn er seine Hose auszöge. Bald trennte auch Kyra sich von ihrem Kleid, zumal sie bei der Reinigung ins Schwitzen geraten war.

An den Kleidungsstücken auf dem Boden schnupperte dann das verwirrte Hündchen herum.

Irgang hatte sich inzwischen so sehr an seine Begleitung gewöhnt, daß er sich schon nicht mehr vorstellen konnte, allein wie früher seine Container-Tour zu machen. Freilich duldete er die Frau noch nicht neben sich, er ließ sie immer hinter sich her trotten, hörte ihren Schritt, drehte sich manchmal nach ihr um, rief ihr etwas zu, dann lachten sie. Wenn er seine Arme bis zu den Schultern in die Öffnungen der Container steckte, stand sie neben ihm und wartete darauf, was er herauszog und ihr in die Hände gab, um es in die Beutel zu verstauen. Da er nun eine Trägerin hatte, konnte er viel mehr mitnehmen als früher, man sah beide mit ihren Beuteln behängt durch die Stadt ziehen wie moderne Knecht-Ruprecht-Gestalten.

Eines späten Abends durchsuchte er seinen bevorzugten Container an den Planken besonders gründlich, er hatte einige unidentifizierbare, aber interessante Objekte ertastet, die er herausholen wollte. Plötzlich durchzuckte ihn an der rechten Hand ein heller, stechender Schmerz, er schrie auf, riß die Arme aus der Öffnung. An seinem Arm, nahe des Handgelenks, hing etwas und zappelte: Es war eine Ratte, die sich in sein Handgelenk verbissen hatte. Er suchte sie abzuschütteln, aber erst als Matroschka dem Tier mit einem Stock zuleibe rückte, plumpste es zu Boden und verschwand mit einem Pfiff. Irgang mußte sich auf den Randstein setzen, ihm war schlecht geworden, die Wunde blutete, Matroschka zog aus ihren Kitteln ein helles Tuch hervor, das sie ihm um den Arm wickelte, lachte, aber als ihr Lachen nicht erwidert wurde, schulterte sie auch seine Säcke. Der Mann zitterte wie unter einem Schüttelfrost, Matroschka wartete geduldig, bis er sich erhob, dann stapfte sie wie gewohnt hinter ihm her. Er ging unsicher, ihn schwindelte. Auf der Konrad-Adenauer-Brücke machten sie Rast, er blickte auf den Rhein, atmete die frische Luft tief ein und fühlte sich allmählich besser. Als nun Matroschka zu lachen anfing, lachte er mit. Auf seine Anweisung deponierte die Frau die Ausbeute des Tages im Keller.

Das Übersteigen der Stehleiter fiel ihm schwer, seine Beine waren bleiern. Den blutdurchtränkten Wickel erneuerte er, er betrachtete die Wunde, die ihn enttäuschte, weil ihm sein Schmerz etwas Ungeheures signalisiert hatte, aber es war nur eine kleine, wenn auch tiefe Wunde, die die Ratte mit ihren Zähnen gerissen hatte. Sie würde wieder heilen. Das blutige Tuch klemmte er in eine Schachtelwand neben den Spitzenbody, dann löste er zwei Aspirin in einem Glas auf, trank es aus und taumelte auf seinen Schlafsessel.

Er hatte heute keine Kraft mehr, auf Kakerlakenjagd zu gehen, obwohl sich das Ungeziefer zahlreich wie nie vor seinen Augen tummelte. In ihrem Winkel an der Tür hörte er noch eine Weile Matroschka rumoren, sie richtete sich ihre Schlafstatt zurecht. Bevor er einschlief, dachte er an die Auskunft des Galeristen über Christian Boltanski, die ihn außerordentlich befriedigt hatte, an den langen, komplizierten Satz, den er gerne gedruckt gesehen und gelesen hätte, um ihn auswendig zu lernen und ihn sich wiederholen zu können. Die Sentenz ist genau auf mich und meine Situation zugeschnitten, dachte er. Er fühlte eine Seelenverwandtschaft mit dem Galeristen, vor allem aber mit Boltanski, seit heute wußte er, daß er sich selbst auch zu den Künstlern zählen durfte. Über Utas immer schneidender werdende, banausenhafte Angriffe konnte er nun lächeln. Daß des Professors Freundin tatsächlich entschlossen schien, über ihn einen Roman zu schreiben, gefiel ihm; daß sie sich schon Notizen machte, überzeugte ihn von der Ernsthaftigkeit ihres Vorhabens; sie würde bald merken, daß sie einen Künstlerroman zu schreiben hatte.

7

Uta kam als letzte an den Stammtisch, sie sagte, sie müsse gleich etwas loswerden, doch da widersprach ihr Otto Unlauter mit ungewohnter Bestimmtheit, daß sie, bitte, zuerst ihn anhören möge. Der Kellner brachte auf einem Tablett sieben Gläser und eine Flasche Champagner. Bitte, sagte Uta und setzte sich. Unlauter stand auf, der Kellner schenkte die Gläser voll, er nahm ein Glas in die Hand und sagte: Ich möchte, daß wir heute auf Brigitte das Glas erheben. Sie hat ihre Magisterarbeit mit der Note 1,3 abgelegt. Alle erhoben sich, überrascht und erfreut, und gratulierten. Der Galerist wollte den Titel der Arbeit wissen. »Das Liebesproblem in Adalbert Stifters ›Die Mappe meines Urgroßvaters‹«. Interessant, sagte Bosart, bei Adalbert Stifter denke ich an Wald und Gräser, aber nach einem Liebesproblem hätte ich bei ihm nicht gesucht. Ich muß allerdings zugeben, ich kenne den Autor sehr wenig. Etwas antiquiert, wie?

Der Professor versuchte das zu widerlegen, Kyra meinte, dazu sei wohl Brigitte am ehesten prädestiniert, man möge sie doch zu Wort kommen lassen, Otto Unlauter hatte den Arm um die Gefeierte gelegt, und Uta sagte, daß sie ganz dringend etwas einschieben müsse, eine wichtige Information, nachher könne man ja weiterfeiern und über Stifter und die Liebesprobleme handeln. Dora Stein öffnete ihr Schreibheft.

Uta sagte, sie habe beim Gesundheitsamt Nachforschungen in Sachen Alfred Irgang angestellt. Alfreds Wohnung sei tatsächlich von Kakerlaken befallen, sie müsse in den nächsten zwei Wochen durch einen Kammerjäger entseucht werden, weil sich das Ungeziefer durch die Luftschächte bereits in andere Wohnungen verbreitet hätte. Man habe Alfred Irgang davon verständigt, aber er habe nicht reagiert. In jedem Fall müsse er dem Kammerjäger Zugang verschaffen, ob freiwillig oder unfreiwillig, notfalls werde auch Gewalt angewendet. Ich habe es gewußt, sagte Uta mit bitterem Triumph, daß es einmal so weit kommen wird.

Die heitere Stimmung war verflogen, alle tranken rasch ihr Champagnerglas leer, denn nun, das fühlten sie, mußten sie ernsthaft werden. Wie konnte man helfen? Wodurch konnte man Irgang überzeugen, daß Widerstand zwecklos war?

Ein Gutes hätte eine Räumung jedenfalls, sagte der Professor, der Beckmann müsse dabei entdeckt werden.

Der Galerist sagte, er habe außerdem ein Projekt, er wolle einen Teil der Irgangschen Sammlung in seiner Galerie ausstellen, vielleicht sogar Alfred Irgang selbst gewinnen, sich in ihr zu postieren.

Darunter kann ich mir nichts vorstellen, sagte Unlauter.

Ich finde die Idee sehr interessant, sagte Kyra, ich würde sie unterstützen.

Davon halte ich gar nichts, giftete Uta, es geht jetzt einfach darum, daß wir Alfred in diesen schweren Zeiten beistehen. Ich werde ihm ein Zimmer in meinem Haus anbieten, bis seine Räume wieder bewohnbar sind.

Wahrscheinlich braucht er auch psychotherapeutische Betreuung, sagte Brigitte.

Ja, ich hoffe, daß er durch den Leidensdruck dafür

gewonnen werden kann, sagte Uta, und ich hoffe auch, fügte sie beschwörend hinzu, daß Sie mich alle unterstützen.

Die Runde hatte die Speisen noch nicht bestelllt, als sich die Tür des auch heute gut besuchten Lokals öffnete und Irgang eintrat.

Herr Irgang kommt, meldete Brigitte.

Und ganz ohne seine Bagage, wunderte sich Dora.

Ungewöhnlich früh, fand Kyra.

Als er an den Tisch kam, sie mit der gewohnten Verbeugung begrüßte, fiel ihnen auf, daß er sehr blaß aussah, sogar bei der Kerzenbeleuchtung, die sonst eine gesunde Hautfarbe vortäuschte.

Heute so zeitig? Du besserst dich, sagte der Professor, wir feiern gerade den Studienabschluß von Brigitte.

So, sagte Alfred, Gratulation. Entschuldigt, ich muß mich rasch setzen.

Was ist los? fragte Uta alarmiert. Irgang setzte sich, vielmehr, er ließ sich in den Sessel neben dem Galeristen fallen.

Es ist nichts, ich brauche eine warme Suppe, sagte Alfred, und danach nehme ich ein Aspirin. Das hat mir gestern auch geholfen.

Zahnschmerzen? fragte der Professor.

Es hat mich eine Ratte gebissen, hier am Arm, Irgang grinste, als er die entsetzten Gesichter sah.

Eine Ratte! schrie Brigitte.

Gräßlich! Dora schüttelte sich.

Das ist eine Wundinfektion, rief Uta, als sie den rot angeschwollenen Arm Alfreds sah. Hast du auch Ratten in deiner Wohnung?

Sieht beinahe nach einer Sepsis aus, fand der Galerist.

Du hast Fieber, stellte Uta aufgeregt fest, sie hatte sich über den Tisch gebeugt und ihm an die Stirn gelangt.

Bitte, kein Aufsehen, sagte der Professor.

Die Tomatensuppe wurde gebracht, aber Alfred zitterte mit dem gesunden Arm so sehr, daß er den Löffel nicht zum Mund brachte.

Kyra sagte leise zu Hugo: Er braucht einen Arzt. Schnellstens ins Krankenhaus, sagte der Galerist, der, da er neben Alfred saß, dessen Zustand am besten wahrnahm. Ich brauche keinen Doktor, protestierte er und wollte sich erheben, schwankte und ließ sich wieder in den Sessel zurückfallen. Uta holte ihr Handy heraus und telefonierte um den Notarzt. Inzwischen hatte sich Alfred apathisch in seinen Sessel zurückgelehnt: Es ist nichts, es geht gleich vorbei. Mir ist nur so kalt.

Du hast Schüttelfrost und hohes Fieber, ereiferte sich Uta, wir bringen dich ins Krankenhaus.

Er versuchte aufzubegehren, aber er war zu schwach. Die Vorgänge waren im Lokal nicht unbemerkt geblieben, der Kellner kam und fragte, ob er helfen könne. Manche Gäste hatten ihre Köpfe erhoben, die Gespräche und das Essen unterbrochen und beobachteten die Vorgänge am Stammtisch des Professors, denn dort redeten alle aufgeregt durcheinander. Ratten verbreiten die Pest, sagte Brigitte, die offenbar Camus gelesen hatte. Er hat sich zu uns geschleppt, sagte Uta, das ist rührend, auch wenn er jetzt dagegen protestiert: Er braucht unsere Hilfe. Wie kommt der an eine Ratte? fragte Bosart. Umgekehrt könnte man auch fragen, sagte Kyra.

Peinlich, sagte der Professor, bitte nicht so aufgeregt, nicht so laut. Wir fallen auf. Wir müssen Alfred hinausbringen, an die frische Luft. Machte selbst aber keine Anstalten, sich zu erheben.

Der Krankenwagen wird gleich hier sein, sagte Uta, Kyra, hilf mir. Beide Frauen zogen den Mann hoch, nahmen ihn in ihre Mitte und brachten ihn ins Freie. Dora Stein folgte ihnen. Neben der Eingangstür des Restaurants stand im Halbdunkel eine Gestalt, Alfred machte sich von Uta und Kyra mit letzter Kraftanstrengung frei, zog etwas aus seiner Jackentasche und gab der Frau, die wie angewurzelt zwischen vollgestopften Plastiktaschen stand, etwas in die Hand. Dann schwankte er, suchte Halt an der Wand, Uta und Kyra nahmen ihn wieder in ihre Mitte. Der Krankenwagen kam mit Folgetonhorn und Blaulicht, Alfred wurde auf eine Trage gebettet, Uta besprach sich mit dem Arzt und wurde mitgenommen. Das ging alles sehr schnell, als der Galerist und Brigitte nachschauen kamen, war es schon vorbei, auch die Person, der Alfred etwas übergeben hatte, war nicht mehr zu sehen.

Die Frauen und der Kunsthistoriker gingen ins Restaurant zurück, und Brigitte überlegte sich, ob sie nun endlich über ihre Examina, über ihre Magisterarbeit sprechen sollte oder ob der Professor seine Erfahrungen in Amherst zum besten geben würde; aber alle beschäftigten sich mit dem Rattenbiß und seinen Folgen.

Eine Sepsis? fragte der Professor. Sie sprachen von einer Sepsis, Herr Bosart?

Zumindest von der Gefahr, sagte der: Ich habe seinen Arm gesehen, rot und angeschwollen, schmerzhaft, dazu Fieber und Schüttelfrost. Habe einige Semester Medizin studiert, bevor ich mich der Kunstgeschichte zuwandte, habe einige Fälle gesehen. Ist gefürchtet bei den Ärzten, vor allem, wenn sie nicht rechtzeitig behandelt beziehungsweise erkannt wird.

Nun, sagte Unlauter, in diesem Fall ist eine Blutvergiftung ja offensichtlich.

Wir haben die Frau gesehen, diese Charlotte Bieramperl, sagte Kyra, sie stand draußen vor der Tür mit den Beuteln, die er nicht mehr tragen konnte, und wartete auf ihn.

Er nannte sie Matroschka, sagte Dora.

Er hat ihr etwas gegeben, vielleicht den Wohnungsschlüssel? fragte sich Kyra.

Wie sieht sie denn aus? fragte der Professor.

Völlig zugemummt und unglaublich dick, sagte Kyra.

Eine Muslimin? fragte Brigitte.

Wenig wahrscheinlich, sie stammt aus Bayern, sagte Unlauter.

Wenn ich nicht gewußt hätte, daß sie keine Zunge hat, hätte ich sie angesprochen, sagte Kyra, und sie an unseren Tisch gebeten. Aber so ein Gebrechen erzeugt doch Hemmungen in einem.

Um Gottes willen, sagte der Professor, ich bitte Sie, zu allem Aufsehen, das wir hier schon machen.

Wir sollten endlich unser Essen bestellen, sagte Dora, sonst wird es zu spät, und wir verpassen den Zug.

Während sie auf das Essen warteten, erklärte Bosart das Wesen der Sepsis: Die Sepsis geht immer von einer zunächst lokal begrenzten Infektion aus, die Bakterien, Pilze oder Protozoen auslösen.

Der Rattenbiß, rief Brigitte.

Jede Infektion kann grundsätzlich in eine Sepsis ausarten, fuhr Bosart fort.

Uta! rief Kyra. Uta ist wieder da. Sie setzte sich an ihren Platz, streifte mit den Handflächen das Tischtuch glatt und sagte: Das war höchste Zeit, sie haben ihn gleich in die Intensivstation gebracht, er war ganz grau im Gesicht, ganz verfallen sah er aus, ich durfte nicht mitkommen, bin ja nicht verwandt, habe ja keine Rechte, wahrscheinlich Sepsis, ausgelöst von einem Rattenbiß.

Habe ich gleich gesagt, sagte der Galerist triumphierend, Mortalitätsrate 25 bis 40 Prozent.

Jetzt wollen wir uns aber das Essen schmecken lassen, sagte der Professor, guten Appetit.

Wenn Alfred länger im Krankenhaus bleiben muß, könnten wir die Gelegenheit nützen und ihm die Wohnung sauber machen, den Kammerjäger kommen lassen, und wenn er wieder nach Hause entlassen wird, findet er eine picco-bello saubere, ordentliche Wohnung vor, fiel Uta ein.

Ein Bett, in dem er schlafen kann, ergänzte der Professor.

Eine Badewanne, in der er baden kann! rief Kyra.

Aber wir haben keine Schlüssel, die hat er doch wahrscheinlich seiner Matroschka gegeben, gab Dora zu bedenken.

Die Schlüssel sind kein Hindernis, sagte Uta, die beschaffe ich mir vom Hausmeister. Das einzige, was ich wissen muß, ist, wie lange Alfred voraussichtlich in der Klinik bleibt. Wir brauchen mindestens vierzehn Tage, wenn wir alle zusammenhelfen. Ich kann auch meine Hausgäste dazu heranziehen, ich habe zurzeit einen Polen und zwei Russinnen bei mir einquartiert, die dafür in Frage kommen.

Bei Sepsis muß man unbedingt mit zwei Wochen Krankenhausaufenthalt rechnen, sofern der Patient überhaupt wieder herauskommt, sagte der Galerist mit einem leichten Lächeln.

Hugo, sagte Kyra, wer wird denn gleich das Schlimmste denken.

Ich will damit nur zum Ausdruck gebracht haben, daß wir auf jeden Fall Zeit genug für unser Projekt haben.

Wieder einmal mußten der Professor und seine Freundin abrupt aufbrechen, dieses Mal aber hielt Uta die anderen zurück, es gelte, keine Zeit zu verlieren, man müsse sich über das Organisatorische klar werden.

Die Besprechung mit Unlauter, Brigitte, Kyra und Bosart stellte Uta zufrieden. Alle hatten sich bereit erklärt, beim Ausräumen der Wohnung mitzuhelfen, jeder auf seine Weise und nach seinem Vermögen. Für die gröberen Arbeiten wollte Uta ihre Hausgäste einsetzen. Bosart warb für sein Projekt, er wolle eine Installation aus Teilen der von Alfred angesammelten Dinge in seiner Galerie ausstellen. Kyra brachte ihre Idee einer Videoinstallation, die sie aus Alfreds Interieur machen wollte, ins Gespräch. Dieser Einfall fand die ausdrückliche Zustimmung des Galeristen. Es scheint, sagte Bosart sinnend, daß der Mensch der Moderne, der an keine metaphysische, vorgegebene Ordnung der Dinge mehr glaubt, dazu gezwungen ist, diese Ordnung durch das Sammeln künstlich herzustellen.

Ein schöner Gedanke, antwortete Unlauter, aber nicht überzeugend. Ich halte den Sammeltrieb für eine anthropologische Konstante. Auch Ausuferungen hat es schon immer gegeben. Mir fällt hier die Geschichte des Pfarrers Johann Georg Tinius aus dem 18. Jahrhundert ein, eines frommen Mannes, der für seine Sammlung sogar zum Giftmörder wurde und nie Reue zeigte.

Uta wollte sich jetzt nicht von gelehrten Sophistereien ablenken lassen, sie unterbrach den Galeristen und verkündete, daß sie sich schon anderntags mit dem Hausmeister ins Einvernehmen setzen und eine erste Inspektion der Wohnung durchführen wolle. Kyra und Bosart behaupteten, es sei für sie unabdingbar, den ursprünglichen Zustand der Wohnung zu sehen, um über die künstlerische Umsetzung entscheiden zu können. Unlauter und Brigitte drängten nicht so sehr, dabeizusein, sie gaben aber zu bedenken, daß man wirklich nur das offensichtlich wertlose Gerümpel, wie Kartons, alte Zeitungen, Unbrauchbares eben, beseitigen solle, auf die tauglichen Dinge müsse man achten, unabhängig von den eigenen Vorlieben, man müsse sich hüten, sozusagen das Kind mit dem Bade ... Wo denkst du hin, sagte Uta, natürlich nur das Gerümpel und den Schmutz und das Ungeziefer, die Kakerlaken, und dachte dabei: Die haben ja gar keine Ahnung, was sie erwartet.

Und wenn Herr Irgang die Sepsis nicht überlebt? fragte Brigitte.

Dann sind wir erst recht gefordert und müssen die Wohnung ausräumen, sagte Uta.

Alfred hat ja keine Verwandten mehr, sagte Kyra, soweit ich mich erinnere, und keine Freunde außer uns.

In Hamburg, glaube ich, lebt eine Cousine seines Vaters in einem Altersheim. Alfred pflegt aber keinen Kontakt mit ihr, er hat ja nie Verbindungen aufrechterhalten. Wir sind die einzigen, an denen er festhält. Es steht jedenfalls fest: unser Stammtisch muß sich um alles kümmern, schloß Uta.

Gegebenenfalls sogar um das Begräbnis, ergänzte der Galerist.

Das wäre schade, sagte Brigitte, wenn er das nicht mehr erleben würde.

Nehmen wir mal an, daß er die Krankheit gut übersteht, sagte Unlauter wohlgemut.

In schönem Einvernehmen ging man auseinander. Uta bemerkte immerhin, daß sich Unlauter in Brigittes Smart quetschte, daß der Galerist und Kyra Arm in Arm davongingen.

Gregor Voss entfaltete die FAZ, der ICE fuhr ab, doch er konnte sich nicht konzentrieren; als er die Zeitung niederlegte, sah er, daß Dora noch immer in ihrem Schreibheft kritzelte. Schließlich blickte sie auf, ihr Gesicht leuchtete vor Begeisterung. Der Stoff ist großartig. Er entwickelt sich. Endlich zeigt sich ein Schicksal, sagte sie strahlend.

Du meinst doch nicht, daß Alfred an der Blutvergiftung stirbt? Gregor schien bestürzt.

Nein, das käme mir gar nicht zupaß. Dora klappte ihr Heft zu.

Jedenfalls bin ich froh, daß Uta jetzt alles in die Hand nimmt; ich bin überzeugt, sie schafft es, daß Alfred seine Wohnung nicht wiedererkennen wird. Voss klang erleichtert.

Ja, sagte Dora, davon bin ich auch überzeugt.

Du findest das nicht gut? Er war irritiert.

Ausgezeichnet finde ich das, aber es ist ja keine Frage, was *ich* finde, sondern was Alfred finden wird, wenn er nichts mehr finden wird. Dora lächelte.

Es wird ihm mit der Zeit gefallen, ich bin überzeugt,

vielleicht mit psychotherapeutischer Hilfe, er wird es schließlich einsehen, daß er so nicht hätte weitermachen können.

Du meinst, es gibt ein Happy-End? fragte Dora.

Ja, sagte der Professor gutgelaunt, wie im Märchen ... und wenn er nicht gestorben ist ...

Ja, wenn er nicht gestorben ist, sagte Dora. Wollen wir zum Wochenende in den Schwarzwald fahren? Ich möchte mir die Zigarrenschächtelchen mit den Nägeln, den Schrauben etc. noch einmal ansehen, die Alfred als Kind mit pedantischer Lust geordnet hat. Er muß ja Stunden, Tage, Wochen damit verbracht haben.

Das hat er, stell dir vor, das lag alles durcheinander in mehreren Holzkisten: Schrauben, Nägel, Muttern, Beilagscheiben, und was es sonst noch alles an kleinem Zeug gibt. Er hat die krummen Nägel von den geraden getrennt, denn auch die krummen Nägel wurden aufbewahrt, man konnte sie ja noch geradebiegen. Die Schraubenzieher, die Bohrer, und was es noch alles gab, hat er nach Größen geordnet und in kleine Kisten gelegt. Tante Irma hat ihn für seine Genauigkeit und seine Ausdauer immer sehr gelobt. Du mußt dir auch die Beschriftung ansehen, rührend seine Kinderschrift; und sogar das Datum hat er schon dazugeschrieben. Er hätte eine Anlage zu einem Wissenschaftler gehabt, wenn er nicht beim Sammeln stehengeblieben wäre.

Dora schob ihre Notizen in die Mappe. Sie lehnte sich zurück, ihr Gesicht hatte einen entspannten Ausdruck, wie Gregor ihn bei seiner Freundin schon lange nicht mehr wahrgenommen hatte, sie schloß die Augen.

Sind wir nicht glücklich? fragte Voss.

Dora nickte.

8

Der Hausmeister war am Telefon doch nicht ohne weiteres bereit, den Schlüssel herauszugeben, er meinte, es sei an und für sich die Zustimmung des Wohnungseigentümers vonnöten, erst als Uta Aufbau selbst bei ihm vorstellig wurde und ihn mit einem Karton Pfälzer Weines milde stimmte, bekam sie ihn. Das war drei Tage, nachdem Irgang ins Krankenhaus eingeliefert worden war. Sie bedauerte den Zeitverlust, war auch frustriert darüber, daß die Ärzte und Krankenschwestern nicht bereit waren, ihr telefonisch Auskunft über den Zustand des Patienten zu geben, sodaß sie schließlich persönlich in die Klinik fuhr. Sie wurde allerdings nicht zu ihm vorgelassen. Aufs höchste beunruhigt, beschloß sie, sich in Aktivitäten zu retten und den Freunden eine positivere Zustandsbeschreibung zu geben, da sie vermutete, daß ihr Eifer, sich für einen Moribunden die Finger wund und den Rücken krumm zu arbeiten, nicht allzu ausgeprägt sein würde. Wohingegen die Vorstellung, den Rekonvaleszenten mit einer properen und ungezieferfreien Wohnung zu überraschen, auf den Arbeitseinsatz motivierend wirken würde. Freilich ahnte Uta, daß sich Alfreds Freude über die leergeräumte Wohnung in Grenzen halten würde, aber manche Menschen mußten zwangsbeglückt werden, damit sie ihr Leben änderten. Sie dachte wieder, wie in letzter Zeit besonders oft, an Betty Irgang, deren Unterstützung aus dem Jenseits sie sicher zu haben glaubte.

Obwohl sie Kyra und dem Galeristen versprochen hatte, sie zur Erstbesichtigung der Wohnung einzuladen, hielt sie es nun, da sie endlich den Schlüssel in Händen hielt, nicht mehr für notwendig. Sie hatte das Bedürfnis, die Räume erstmals ganz allein in Augenschein zu nehmen, dazu fühlte sie sich berechtigt, da sie sich als die ihm am nächsten Stehende empfand. Es gelang ihr auch, den Hausmeister abzuschütteln. Sie nahm den Lift in den 10. Stock, sah an der Decke den Rauchmelder, den Alfred für eine Überwachungskamera gehalten hatte, lächelte, steckte den Schlüssel ins Schloß und öffnete die Tür. Ein martialischer Schrei ließ sie zusammenzucken, sie machte zwei Schritte in den Flur, und die Person, die so markerschütternd geschrien hatte, stand vor ihr: Eine unförmige Gestalt ging auf Uta grimassierend, mit gurgelnden Lauten und die Arme schwingend los. Der Kampf wäre wohl nicht unbedingt zu Utas Gunsten ausgegangen, hätte sie nicht lautstark mit dem Hausmeister und der Polizei gedroht. Die Person nahm daraufhin Reißaus.

Nun stand sie im Dunkeln. Gestank stach ihr in die Nase, es war eine Mischung aus verdorbenen Lebensmitteln, Exkrementen, Schimmel und altem Papier, der jede andere wohl aus der Wohnung hätte fliehen lassen. Es war aber auch der Gestank, der sie in ihrer Mission bestärkte. Sie tastete die Mauer neben der Tür ab und fand endlich einen Schalter, der, als sie ihn drückte, nur ein funzeliges Licht erzeugte, das ihr aber immerhin zeigte, daß sie vor einer etwa einen Meter siebzig hohen Halde aus Schachteln verschiedener Größe stand, über die eine Stehleiter auf die andere Seite führte. Sie kletterte darüber und befand sich nun in einem schmalen Gang, kaum breiter als ihre Schultern. Sie fühlte sich, nun zu ebener Erde, wie eingemauert und blickte mit wachsendem Entsetzen an diesen kompakten Wänden hinauf, die aus Verpackungsmaterial bestanden und zum Großteil Zeugnis von Alfreds Eßgewohnheiten ablegten. Es gab eine Wand nur aus Cornflakes-Schachteln, eine andere Reihe glänzte silbern, sie war aus unzähligen und akribisch aufeinander- und nebeneinandergestapelten Sardinen- und Blechbüchsen zusammengesetzt, dann folgten Stöße von vergilbtem Zeitungspapier, das zusammengepreßt bis an die Decke reichte. Sie zwängte sich, den Ekel tapfer in sich niederkämpfend, weiter, drang zu zwei Türöffnungen vor. Durch die eine gelangte man in die Küche, durch die andere in ein weiteres Zimmer. Draußen schien die Sonne, doch ihr Licht konnte kaum in die Wohnung dringen, weil die Fenster bis zum oberen Drittel zugerammelt waren, sich demgemäß auch nicht öffnen ließen, was den schier unerträglichen Mief erklärte. Uta kannte die Räumlichkeiten, sie waren freilich schon nach dem Einzug ziemlich vollgerümpelt gewesen, aber damals waren die Fenster unverstellt, auch freie Wände gab es noch und Möbel. Je weiter sie vordrang, desto deutlicher erkannte sie die Systematik dieser Zumüllung. Beim Durchgang ins sogenannte Wohnzimmer waren die einzelnen Schichten der Schachtelmauern zu erkennen. Der Ramsch wuchs von den Zimmerwänden in Lagen auf die Mitte zu. Sie entdeckte einen Sessel mit speckigem Polster, ein schmutziges Plaid, gelangte an die Tür zu Bad und Klo, das auch einen Eingang vom Flur hatte, sah die mit Eimern, Dosen, Fetzen, Bürsten und anderem undefinierbarem Zeug vollgestopfte Badewanne, das immerhin noch gebrauchsfähige Waschbecken, die Leine, auf der Handtücher und andere Wäsche zum Trocknen hingen, die Alfred offenbar selbst hier wusch, das Klo, dessen Brille nur noch halb war. Hier stank es nach Urin. Das Bad hatte ein Fensterchen nach außen, es war das einzige, das sich, wenn man das Bord von den Fläschchen und Döschen freiräumte, noch öffnen ließ, man mußte dazu allerdings auf einen Stuhl klettern. Uta entschloß sich, heute nicht das Geringste zu verändern; schon spürte sie eine panische Angst in sich aufsteigen, aus diesem Müllgebirge nicht mehr hinauszufinden, unter den Abfallhaufen begraben zu werden. Eilig, gleichzeitig besorgt, nirgends anzustoßen, um nicht die fragile Statik der Schachtelwände zu gefährden, strebte sie hinaus, warf noch einen Blick in die Küche, in der der Kühlschrank brummte, sich Plastikbecher türmten und Streichholzschächtelchen neben Haufen von Papier und Plastiksäcken. Zuletzt, als sie die Gerümpelwände des Flurs entlangschlich, mußte sie den Drang, loszulaufen, unterdrücken. Vielleicht wären dann die Wände auf sie gekippt wie seinerzeit auf Alfred, der wegen der Heizungsableser das Gefüge mit unbedachten Bewegungen zum Einsturz gebracht hatte. Uta erreichte die Stehleiter, überstieg sie, gelangte ins Freie. Da fiel ihr ein, daß sie vergessen hatte, die Lichtfunzel in Alfreds Wohnung auszuschalten, war aber nicht in der Lage umzukehren.

Zum nächsten Treffen kamen alle pünktlich. Es lag eine eigenartige Stimmung über der Runde, weder Gregor Voss noch Uta und Kyra, die am längsten am Stammtisch des Professors teilnahmen, konnten sich erinnern, daß Alfred Irgang einmal nicht gekommen wäre, und es stellte sich heraus, daß jetzt, wo er gewiß nicht erscheinen würde und der Professor endlich über Amherst und Brigitte von ihrer Magisterprüfung erzählen konnte, niemand von etwas anderem als von Alfred sprechen wollte. Uta hatte plötzlich das Gefühl, als ob sich eine Zentrifugalkraft des Stammtisches zu bemächtigen und ihn auseinanderzureißen drohte, jetzt, da Alfred fehlte. Sie konnte sich nicht erklären, daß gerade in dem Augenblick, wo alle in seltener Übereinstimmung um den Tisch saßen, sie eine solche Ahnung ängstigte, und hielt sie für eine Schimäre.

Als sie sich nach dem Essen, das ziemlich einsilbig verlaufen war (nur der Galerist legte durch einige theoretische Gedanken zur Video- und Conceptkunst Zeugnis von seiner Eloquenz ab), zu Alfreds Wohnung aufmachten – der Professor hatte sich mit Dora Stein sogar ein Hotelzimmer genommen, weil vorauszusehen war, daß sie den letzten Zug nicht mehr erreichen würden –, fühlten sie sich wie vor einer Mutprobe. Es kitzelte in ihnen der finstere Reiz der Untat. Jedenfalls notierte sich Dora Stein diese Empfindungen und stülpte diese Gefühle als einvernehmlich allen über, da auf dem Weg nach Ludwigshafen zu Alfreds Hochhaus keiner sprach. Uta hatte auf dem Fußweg bestanden, aus Gründen, die ihr selbst auch nicht klar waren, jedoch glaubte sie, es dem Anlaß schuldig zu sein, sich dem Gegenstand ihres Interesses langsam und mit einer gewissen Pietät zu nähern. Sie fand den Einfall psychologisch bemerkenswert und wollte sich auch darüber Gedanken machen. Also marschierten sie über die Konrad-Adenauer-Brücke, Bosart schleppte den Fotoapparat und die Videokamera im Rucksack, Kyra trug das Stativ. Dora Stein, die sich an den Schluß der Prozession hielt und die stummen, andächtigen Rücken vor sich sah, wurde an einen Begräbniskondukt erinnert und fand das komisch. Sie zückte im Gehen ihr Notizheft. Auf der Brücke wäre sie gerne stehengeblieben und hätte auf das Wasser des Rheins geblickt, auf dem sich die Lichter der Kähne spiegelten. Aber dazu verspürte offenbar sonst niemand eine Neigung.

Die sieben quetschten sich in den Lift. Die Paare preßten sich aneinander, nur Uta drehte allen den Rücken zu. Sie verließ den Aufzug als erste und sagte, indem sie die Wohnungstür aufschloß: Wir können nicht alle auf einmal hinein, höchstens paarweise; und ihre Stimme klang, als würden die Freunde zu einem Sterbenden vorgelassen. Als endlich die Tür aufging, prallte die Runde zurück. Jeder gab einen Laut von sich, der in der Tonlage dem Aufschrei glich, wie er bei einem Fußballspiel zu hören ist, wenn die gegnerische Mannschaft ein Tor geschossen hat. Sie sahen einander an, keiner wollte als erster diese Müllhalde betreten. Zuerst ermannte sich der Galerist, die Schriftstellerin zeigte sich gleichfalls bald unerschrocken, und schließlich wollte auch die Künstlerin nicht zurückstehen. Doch Uta bestimmte, daß, wegen Einsturzgefahr, nur je zwei auf einmal die Wohnung betreten dürften. Also kletterte der Galerist mit seiner Digitalkamera über die Stehleiter, Dora folgte ihm. Der grauenhafte Gestank machte ihren Magennerven zu schaffen, doch sie war entschlossen, durchzuhalten und sich auch den Geruch einzuprägen. Sie hielt sich knapp hinter dem Kunsthistoriker, der sofort begann, Aufnahmen zu machen. Seine Ausrufe: Waaahnsinn, das ist ja Waahnsinn! (es klang, als hätte er eine Goldgrube entdeckt) drangen bis zu den draußen Wartenden, sie traten nervös von einem Bein auf das andere.

Beide drangen allmählich zum Schlafsessel vor, dort faszinierten den Galeristen besonders die Wände, die mit verschiedenen Fundstücken behängt waren. Zahlreiche Brillengestelle bedeckten eine Seite, auf einer anderen waren etwa ein Dutzend Zahnprothesen in die Spalten der Schachtelaufbauten geklemmt und zwischen beiden aufgespannt ein blutbeschmutztes Mieder, das von mehreren verschiedenfarbigen und -geformten Dildos umgeben war. Eine perfekte Vanitas-Assemblage, rief Bosart begeistert und fotografierte, irgend etwas daran erinnert mich an das Höllentor von Rodin, rein konnotativ, meine ich. Die Wände waren so dekoriert, daß Alfred vor dem Einschlafen in seinem Sessel das Korsett und die phantasievoll geformten Dildos vor Augen haben mußte. Dora notierte, Bosart fotografierte, draußen wurde man unruhig – Was macht ihr denn so lange? –, aber weder der Galerist noch die Schriftstellerin ließen sich in ihren Betrachtungen zur Eile drängen. Dem Galeristen gelangen noch Aufnahmen von fliehenden Kakerlaken in der Küche. Schließlich kletterten die beiden zurück und hatten erhitzte Gesichter. Kyra mit ihrer Videokamera war die nächste, sie wurde vom Professor begleitet, der jedoch, von Ekel geschüttelt, bald wieder über die Stehleiter zurückgeklettert kam, kein Wort herausbrachte, sich abseits stellte, seine Hände vors Gesicht schlug und kurz aufschluchzte. Auch Brigitte kehrte nach wenigen Minuten um und hielt sich Mund und Nase zu. Unlauter wollte mehr Ausdauer und Standhaftigkeit zeigen, fühlte sich jedoch auf Grund seiner Leibesfülle in dem schmalen Gang sehr rasch unwohl, ja er merkte, wie ihn eine klaustrophobische Panikattacke heimzusuchen begann, und hastete mit aller Vorsicht dem Ausgang zu, wischte sich, wieder bei den anderen, den Schweiß von der Stirn. Ich hatte wahrhaftig

Angst, da drin steckenzubleiben, sagte er zu Brigitte. Ich könnte mich häuten vor Entsetzen, antwortete sie. Aber Kyra schien nicht genug von dem Interieur zu bekommen, sodaß die Draußenstehenden ungeduldig wurden. Uta verzichtete auf eine neuerliche Exkursion und versuchte den Professor zu trösten, der vor sich hinflüsterte: Dieser Niedergang, dieser abstoßende Verfall einer vornehmen Familie. Uta selbst war auch den Tränen nahe: Es ist erschütternd, sagte sie. Welche Verkommenheit, seufzte Voss. Später, als er sich gefaßt hatte, fragte er, ob jemand irgendwo in der Wohnung, in einer Ecke, unter dem Bett, den Beckmann gesehen oder vermutet habe. Den Beckmann! riefen der Galerist, Kyra und Dora gleichzeitig. Den Beckmann! Der Professor glaubt, wir hätten den Beckmann gesehen! Und lachten wie über einen Witz.

Auf dem Rückweg waren sich alle einig, daß die Räumung sofort in Angriff genommen werden solle. Utas Hausgäste sollten zunächst den Flur freischaufeln. Der Galerist sagte, wenn der Zugang frei wäre, würde er gerne nochmals Aufnahmen machen, und auch Kyra wollte erneut filmen, vor allem die Kakerlaken, die sich ihr nicht gezeigt hatten. Wenn der Eingang frei wäre und vielleicht auch ein Fenster geöffnet werden könnte, würde der Professor auch mithelfen, und natürlich wollte auch Dora mit von der Partie sein. Mich würde interessieren, wo jetzt Charlotte Bieramperl Unterschlupf gefunden hat, sagte sie. Uta sagte, daß sie das auch interessiere, wo sich diese Schlampe nun herumtreibe, und erwog, sich an Rudi Muster zu wenden, der der Frau auf seinen Radtouren gelegentlich begegnete. Wir müssen sie in Zukunft von Alfred fernhalten, schloß sie.

Auf den Planken trennte sich die Gruppe. Dora und der Professor gingen ins Hotel. Sie konnte ihre Euphorie kaum bemeistern, denn sie fühlte, sie würde nun endlich zu schreiben beginnen können, es drängte sie an den Computer. Kaum hatten sie das Hotelzimmer betreten, als sich Gregor auf das Bett sinken ließ, die Hände vors Gesicht schlug und wieder den Niedergang der angesehenen Familie zu beklagen begann. Schließlich richtete er sich auf und sagte mutlos: Das läßt sich gar nicht beschreiben, das ist alles unbeschreiblich. Doch, sagte Dora, ich werde darüber schreiben, ich brenne darauf, an den Schreibtisch zu kommen. Ich sehe jetzt alles vor mir, den Aufbau, den Verlauf, nur das Ende, das Ende ist mir noch nicht klar. Sie setzte sich neben den Freund aufs Bett, umarmte ihn, und während er noch an ihrem Hals stammelte: Grauenhaft … wie entsetzlich … der Beckmann … das Stilleben … der Gestank … der Müll, fühlte sie eine große Zärtlichkeit für ihn, der ihr in seiner Verzagtheit wie ein großes Kind vorkam, streichelte ihn sanft, bis er sie an sich drückte, so fest, daß es weh tat, und sie zu küssen begann wie ein Verzweifelter.

Schließlich lagen sie entspannt und aneinandergeschmiegt. Dora schrieb in Gedanken die ersten Sätze ihres Romans, war aber zu träge, sie zu notieren. Sie schaute lächelnd auf die wüst durcheinandergeworfenen Kleidungsstücke, diese herrliche Unordnung, Zeugnis ihrer Leidenschaft, wie sie fand. Sie hörte Gregors tiefe Atemzüge, sie würden bald heiraten.

9

Am Beginn der nächsten Woche brachte Uta ihre Arbeitstruppe zu Alfreds Wohnung, der Container stand vor dem Haus, sie hatte dem Hausmeister die bevorstehende Entrümpelung angezeigt. Witold, der Pole, und die beiden jungen, kräftigen Russinnen sollten zunächst den Eingang frei machen. Witold sagte tapfer, als er den Flur sah: Kein Problem! Die Frauen schwiegen, vielleicht auch, weil sie nicht richtig verstanden hatten.

Als Uta Aufbau nach Amtsschluß wieder zurückkam, mußte man nicht mehr über eine Leiter steigen, um in die Wohnung zu gelangen. Der Container sei beinahe voll, morgen werde ein weiterer benötigt. Es sei ein eleganter Herr dagewesen mit einer blonden Frau, die hätten sie bei der Arbeit gefilmt. Uta mißfiel die Einmischung der beiden. Sie schienen ihr eigenes Süppchen zu kochen, während ihre Leute hier schufteten.

Beim nächsten Stammtisch berichtete Uta, der Flur sei so gut wie leergeräumt, aber die Hauptsache stehe noch bevor, und die Zeit dränge, sie bat Kyra, Dr. Bosart, Unlauter und Brigitte, am Wochenende mitzuhelfen, denn sie müsse ihren Hausgästen ein paar freie Tage zugestehen. Brigitte bedauerte, sie sei gegen Schimmelpilze allergisch und habe noch immer unter den juckenden Quaddeln zu leiden, die eine Reaktion auf ihren kurzen Ausflug in Alfreds Wohnung gewesen seien. In der Tat war ihr Gesicht von Bläschen entstellt, die sie mit Cortison bekämpfte. Entschuldigt, sagte Uta. Die anderen erklärten sich bereit, anzupacken. Auch Dora Stein wollte wenigstens samstags einspringen. Zu Alfred war Uta noch immer nicht vorgelassen worden, sodaß Voss, während die anderen in der Wohnung werkten, sich seinerseits bemühen wollte, den Freund im Krankenhaus zu sehen.

Dora merkte, daß die Stimmung am Stammtisch nicht mehr so aufbruchshaft war, es fehlte der Hauch von Sendungsbewußtsein, der sie letztes Mal beflügelt hatte; das rührte wahrscheinlich daher, daß es allmählich allen dämmerte, worauf sie sich da eingelassen hatten. Wenn es eine Woche dauerte, nur um den Flur freizuräumen, wie lange würden sie an der ganzen Wohnung zu schaffen haben? Dennoch dachte niemand daran, das Unternehmen aufzugeben. Sie warteten nachdenklich auf das bestellte Essen. Zum ersten Mal nahm Dora die Scarlatti-Sonaten wahr, die dezente Hintergrundmusik, auf die früher, von den lebhaften Gesprächen abgelenkt, kaum jemand geachtet hatte, die nun eine romantisch-verträumte Stimmung in ihr erzeugten, verstärkt durch die Kerzen, den flackernden Lichtschein, der ihren Gesichtern Masken aufsetzte, das unverputzte Gewölbe und die weißen Damasttischdecken. Nachdem alle vorzüglich gespeist hatten, fuhr man dieses Mal mit Autos über die Konrad-Adenauer-Brücke und parkte direkt vor dem Hochhaus.

Tatsächlich, der Flur war vollkommen leergeräumt, das betrachteten sie alle als eine erstaunliche und ermutigende Arbeitsleistung. Sie versprachen, sich bei Utas Hausbewohnern nach Abschluß der Arbeiten erkenntlich zu zeigen. Ich bin froh, sagte Kyra, daß wir nun im sogenannten Schlafsesselzimmer weitermachen können, denn hier verspricht es ja interessant zu werden. Ich werde den Fortschritt unserer Arbeit minutiös filmen. Und ich werde ihn fotografieren, sagte Bosart. Unlauter meinte, man solle als nächstes ein Fenster freibekommen, um Luft hereinzulassen. Wir müssen strategisch vorgehen, nickte Uta, zu welchem Fenster ist am leichtesten vorzudringen? Zu dem im Bad natürlich, sagte der Galerist, aber wir sollten zur Balkontür vorstoßen. Wo wird sich hier der Beckmann verborgen halten? fragte sich der Professor. Hoffentlich hat ihn Alfred sachgemäß gelagert, wie leicht könnte das wertvolle Stilleben gelitten haben. Das sei in der Tat nicht auszuschließen, gab der Kunsthistoriker zu bedenken. Der Kühlschrank, rief Dora Stein, die sich in der Küche umsah, wir müssen den Kühlschrank freimachen und die Lebensmittel wegwerfen. Überhaupt alle Lebensmittel wegwerfen. Im Kühlschrank tummelten sich die Schaben, bedeckten die Speisereste mit ihren schwarzen Leibern, Dora schüttelte sich vor Abscheu und machte sich Notizen.

Am nächsten Tag um zehn Uhr waren alle pünktlich zur Stelle. Uta und Dora machten sich in der Küche zu schaffen, während Unlauter, Kyra und Bosart sich den anderen Raum vornahmen. In großen Umzugskartons schichteten die beiden Frauen die Plastikbecher, die alle mit Datum versehen waren, die Zündholzschächtelchen mit den Leichen der Kakerlaken, die Sardinenbüchsen, die verdorbenen Lebensmittel aus dem Kühlschrank und aus den Küchenschränken, zu denen sie sich mühsam Zugang verschafften, transportierten den Karton mit dem Leiterwagen zum Lift, entleerten ihn in den Container, fuhren wieder in den zehnten Stock; und so viele, viele Male, bis sie das Fenster in der Küche öffnen konnten. Das war beiden wie ein kleiner Sieg. Im anderen Raum ging die Arbeit nicht so schnell vonstatten, denn der Galerist und Kyra unterbrachen sie immer wieder, um zu filmen oder Aufnahmen zu machen. Manche Kartons waren mit Büchern voll, sie würde man später in den Bücherregalen, die noch freigelegt werden müßten, aufstellen. Darauf freute sich Unlauter. Gegen Nachmittag klingelte es an der Wohnungstür, es war der Hausmeister, der nach dem Rechten sehen wollte, sich breit in den Flur stellte und in der nächsten Woche den Kammerjäger kommen lassen wollte. Gegen siebzehn Uhr beendeten sie ihre Arbeit und waren erleichtert, daß nun während der kommenden Wochentage wieder Utas Hausbewohner hier weitermachen würden. Um diese Zeit kam endlich auch der Professor, auf dessen Bericht sie gespannt waren.

Kyra Wiesel lud alle zu sich nach Hause ein. Dieser Vorschlag fand Zustimmung. Der Professor, der einen sehr zufriedenen Gesichtsausdruck hatte, erzählte, daß es ihm gelungen war, mit Alfred zu sprechen. Er sei nicht mehr in der Intensivstation und habe sich sehr gefreut, den langjährigen Freund zu sehen, sei sogar gerührt gewesen, auch Voss selbst habe mit den Tränen zu kämpfen gehabt, als er sah, in welch einem jämmerlichen Zustand sich der Patient befinde, nur noch Haut und Knochen sei er, offenbar sei er wirklich knapp dem Tod entronnen. Der Patient erhalte Infusionen, um rascher zu Kräften zu kommen. Wie lange er noch im Krankenhaus bleiben müsse, hänge davon ab, wann man vor Rezidiven sicher sein könne.

Hat er denn gar nicht nach uns gefragt? fragte Uta.

Doch, er läßt den Stammtisch schön grüßen.

Möchte er, daß ich ihn besuche?

Davon hat er nichts erwähnt, antwortete Voss, die Krankenschwester mahnte, daß er geschont werden müsse.

Kyra hatte appetitliche Kanapees vom Partyservice kommen lassen, man trank einen Pfälzer Rotwein, wurde guter Laune und ging gehobener Stimmung auseinander.

Mitte der Woche traf Uta Aufbau auf dem Sozialamt Rudi Muster. Er begrüßte sie erfreut, er dächte täglich an sie, und zwar immer, wenn er sein Fahrrad besteige, das In-die-Pedale-Treten sei das einzige, was ihn zurzeit noch freue, und sein Baum, seine Ulme, denn es gehe ihm ziemlich dreckig. Mit seinen Bachofen-Neuinterpretationen komme er nicht voran, er habe den Kopf nicht frei genug, streite sich mit dem Sozial- und dem Arbeitsamt herum, er führe einen Kampf ums Überleben in dieser Leistungsgesellschaft, zusätzlich quäle ihn ein Zerwürfnis mit seiner Schwester, die anscheinend seine Mutter beeinflußt habe, ihn zu enterben, diese ganze Tristesse strample er sich auf seinem Fahrrad von der Seele.

Uta, der Muster gerade recht kam, lud ihn wieder in die nahegelegene Kneipe »Zum verlorenen Sohn« ein; hier erzählte sie ihm von Alfred Irgangs schwerer Erkrankung und daß sie nun die Gelegenheit nutzten, seine Wohnung zu entrümpeln. Er konnte ihr wiederum berichten, daß er Irgangs stumme Helferin gelegentlich durch die Stadt streifen sehe. Manchmal entdecke er sie im Vorbeiradeln neben Müllcontainern, auf ihrem Klappsesselchen sitzend. Das wiederum interessierte Uta, sie wollte wissen, wann sie wo aufzufinden sei, doch dazu konnte Muster nichts Bestimmtes sagen. Uta erzählte, daß bei der Entrümpelung von Irgangs Wohnung ein Kenner vonnöten sei, der den Inhalt der Kartons überprüfe, es sollte nichts Brauchbares oder gar Wertvolles weggeworfen werden. Sie alle, hauptsächlich aber der Professor, seien auf der Suche nach einem Beckmann-Stilleben; wahrscheinlich aber müßten sich auch noch andere Kunstwerke im Müll verbergen, eine Maillol-Plastik zum Beispiel, die sie selbst noch im Salon der Irgangs gesehen, die Frau Betty besonders geschätzt hatte und an die sich auch der Professor erinnere. Die Aufgabe sei zwar verantwortungsvoll, aber nicht körperlich anstrengend. Sie würde sich freuen, wenn er sie gegen ein Entgelt übernehmen würde. In der Wohnung ließe sich nun schon das Küchen- und das Badezimmerfenster öffnen, sodaß die Luft nicht mehr stickig sei. Er, Muster sei – sie schlage ihm vor, sich zu duzen –, also Rudi sei durch seine Ausbildung geradezu prädestiniert für die Aufgabe, die Spreu vom Weizen zu sondern. Als Muster das dritte Bier getrunken hatte, sagte er zu. Er gestand ihr, sein Gesicht hatte sich inzwischen gerötet, daß er bald seine Stromrechnung nicht mehr bezahlen könne und eigentlich nicht mehr aus und ein wisse. Uta, die der melancholische Ausdruck in den Augen ihres um fünfzehn Jahre jüngeren Gastes anrührte und ihr soziales Gewissen aufrüttelte, sagte, sie habe in ihrem Haus zurzeit zwei Zimmer frei, unter denen er wählen könne, sie verlange nur eine pauschale Aufwandsentschädigung für verbrauchte Energie. Muster bedankte sich für das Angebot, er wolle aber doch lieber für sich bleiben, er sei ein großer Individualist, leicht irritierbar, und brauche absolute Ruhe für seine wissenschaftlichen Arbeiten. Das verstand Uta vollkommen, sie versicherte ihm, daß sich auch für seinen speziellen Fall ein abgeschlossener Raum in ihrem Haus finden ließe. Ihre Hausbewohner seien flexibel und würden gegebenenfalls ihre Zimmer mit ihm tauschen. Er hätte Gelegenheit, ihre Untermieter und vielleicht zukünftigen Zimmernachbarn näher kennenzulernen, wenn er sich an der Aktion »Sauberer Wohnraum für Alfred« beteilige. Uta erhob das Glas: Prost, Rudi! Prost, Uta! sagte Muster. Da sie sich jetzt duzten, umarmte ihn Uta beim Abschied, küßte ihn auf die rechte und auf die linke, dann wieder auf die rechte Wange, er spürte ihre Lippen fest auf seiner Haut. Dann bestieg sie ihr Auto und ließ ihn verwirrt zurück. Zu lange war es her, seit ihm ein Mensch, zumal ein weiblicher, so nahe gekommen war. Er wußte nicht, ob er es als angenehm oder als bedrohlich empfinden sollte.

10

Dora Stein wertete ihre Aufzeichnungen aus, erstellte ein Konzept, erörterte mit Gregor die formalen Probleme ihres Romanprojekts, die sich zunächst nicht alle klären ließen. Als sie die erste Seite in den Computer getippt hatte, fühlte sie sich glücklich, las Gregor den Anfang vor, der sie bestärkte, fortzufahren, und der Doras Schreiblust für eine indirekte Liebeserklärung nahm, was sie vielleicht auch war.

Uta wiederum überwachte wochentags das Fortschreiten der Entrümpelung in Alfreds Wohnung. Muster durchforschte gewissenhaft die einzelnen Kartons nach Aufbewahrenswertem, er förderte aber kaum etwas zutage. In den Kartons waren oft nur weitere Kartons ineinandergeschachtelt, in einem fanden sie 35 Regenschirme: Uta entschied, mehr als einen brauche Alfred nicht, 34 wanderten in den Müll. Damenhandtaschen zu Dutzenden entdeckten sie, Aktenmappen in großer Zahl, Geldbörsen ohne Inhalt, mehr als fünfzig Korkenzieher, einen Karton mit Schnürsenkeln, Hunderte von Schnürsenkeln verschiedener Längen, Farben und Stärken, Flaschenkorken, Muster stöhnte, mehrere Kartons mit Flaschenkorken, natürlich auch Unmengen alter Zeitungen, Zeitschriften, Möbelprospekte, Pornohefte, Theater- und Kinoprogramme, leere Pralinenschachteln, Leuchtstoffröhren, sorgfältig verpackt, aber nicht mehr funktionstüchtig, wie Witold feststellte. Immer wieder kamen der Galerist und Kyra, um den Abbau des Angesammelten filmisch festzuhalten und sich Gedanken hinsichtlich künstlerischer Umsetzung zu machen. Bosart betrachtete versonnen Alfreds Schlafsessel: Das ist doch das pure *Droog-Design*, ähnlich dem Lumpensessel von Tejo Remy. Genau, rief Kyra, wir sollten vielleicht überhaupt in diese Richtung denken: Ein investigatives Design aus Alfreds Interieur zu schaffen, etwas Witziges, Intelligentes, Pfiffiges. Sowas wie die Lampe von Tejo Remy, die aus zwölf von der Decke hängenden und nur mit Glühbirnen gefüllten Milchflaschen besteht. Eben entdeckte Muster einen Karton voll mit leeren Sardinenbüchsen: Dazu, sagte sie, müßte uns etwas einfallen.

Als sie wieder gegangen waren, ließ Muster die Sardinenbüchsen in den Container werfen, denn sie stanken nach ranzigem Öl und Fisch. Im Laufe der Woche gelang es den Dreien, ein Wohnzimmerfenster freizubekommen, und auch zur Balkontür drangen sie vor, sahen aber, daß auch der Balkon völlig zugerümpelt war. Uta ordnete an, bei den Innenräumen weiterzumachen. Schließlich legten sie die Tür frei, die in den letzten Raum führte, als sie sie öffneten, standen sie vor einer Wand von nahezu fugenlos aufeinandergestapeltem Gerümpel. Uta rang die Hände, als sie ihre Hausgäste abholte. Wir müssen da durch, sagte sie. Muster sagte, er habe bald genug, es ekle ihn, er habe das Gefühl, er vernachlässige seine Wissenschaft, aber nun, nun müsse er erst einmal aufs Rad, sich wieder freistrampeln, mit seinem Baum ins Gespräch kommen.

Beim nächsten Stammtisch erklärten sich alle wieder bereit, das Wochenende für Alfred zu opfern, sie waren begierig, die Fortschritte bei der Entrümpelung zu besichtigen. Nach einem ausgedehnten Abendessen und einigen Gläsern Wein fuhr man zum

Hochhaus. Es war in der Tat eine Menge geschafft worden, Utas Arbeitstrupp war zum Bett vorgedrungen, das allerdings noch von anderem Plunder umgeben war, ein Bücherschrank war schon freigelegt, an eine Kommode würde man bald gelangen, einige Stühle zeigten sich zwischen anderem Kram, aber noch nirgends der Beckmann oder der Maillol.

Wieder besuchte der Professor seinen Freund im Krankenhaus. Er war immer noch von erschrekkender Magerkeit, jedoch gepflegt, er war rasiert, auch die Kopfhaut, die durch die spärlichen Haare durchschimmerte, war ohne Grind, seine Fingernägel waren geschnitten und seine Augen klar. Er ließ sich vom Stammtisch erzählen. Er freue sich darauf, wenn er wieder daran teilnehmen könne, wünsche aber keine Besuche. Vom Stationsarzt, mit dem Gregor sprechen konnte, erhielt er die Auskunft, daß der Patient spätestens bis in zwei Wochen die Klinik würde verlassen können. Mit dieser beinahe als Hiobsbotschaft empfundenen Nachricht überraschte Voss die Arbeitsbrigade. Wie sollen wir das schaffen? rief Kyra. Das muß zu schaffen sein, sagte Uta: Morgen machen wir das Bad frei und eine weitere Wand im Wohnzimmer, dann ist nur noch eine zugerümpelt.

Wenn wir nur endlich den Beckmann hätten, sagte der Professor. Den entdeckten sie allerdings auch an diesem Wochenende nicht, aber eine ganze Anzahl von Kartons, in denen Bücher, zum Teil wissenschaftliche Werke über Physik, Chemie und Mathematik, geschichtet waren. Auch Lexika, einen 36bändigen Brockhaus und einen zwölfbändigen Meyer, beide stockfleckig, und stapelweise geschichtswissenschaftliche Literatur befreiten sie aus den Kartons. Diese

Funde beflügelten die Truppe, man stellte die Folianten im Bücherschrank auf, die Lederrücken der Nachschlagewerke mit der Goldprägung waren eine Augenweide, so empfand es jedenfalls Unlauter. Dora stieß auf Kartons mit Meißener Porzellan, ein 36teiliges Speiseservice, silbernes, schwärzlich angelaufenes Eßbesteck von WMF für sechsunddreißig Personen. Müßte noch poliert werden, sagte Uta. Sie entdeckten mehrere Kartons mit weißer Bettwäsche, damastene Tischwäsche und Servietten, alles vergilbt. In den freigelegten Schrank legten sie das kostbare Leinen, unzählige weiße Herrennachthemden, die wahrscheinlich einmal Alfreds Vater getragen hatte, kamen dazu, aber auch Damennachtwäsche mit Lochstickerei. Herrliches, edelstes Leinen, staunte Uta, nur leicht vergammelt. Müßten gebleicht werden, sagte Uta. Süß, rief Kyra, schau nur, diese Fältchen und Rüschen. Dann fand sich in den Schachteln nur noch wüstes Gerümpel, einige kaputte Staubsauger, Besen, Bürsten, Bilderbücher, Zinnsoldaten, Puppen ohne Gliedmaßen oder ohne Kopf, abgeschlagene Töpfe; und sie wurden wieder mutlos.

Noch zwei Wochen, dachte Dora, dann würde Alfred Irgang zurückkommen. Sie wartete darauf, sie brauchte Anregungen für ihren Roman.

Bosart wollte den Schlafsessel mit seinen zahlreichen Auflagen, die Schachtelwand mit dem Spitzenbody und den verschiedenfarbigen Dildos in seiner Galerie als Raum-Installation präsentieren, eventuell auch den Stapel mit den Zahnprothesen und den Brillengestellen. In der Entfernung des Schlafsessels sah Uta eine wichtige pädagogische Maßnahme, Alfred konnte nicht mehr in Versuchung kommen, ihn statt des Bettes, auf dem sich mit weißem Leinenzeug bezogene Kissen und Decken finden würden, zum Schlafen zu benützen.

Zufrieden ging man auseinander, wenn man davon absieht, daß Dora Stein über Kreuzschmerzen klagte, Kyra ihre Schultern versteift fand und Unlauter seine Blasen an den Händen vorzeigte.

In der nächsten Woche erschien der Kammerjäger und versprühte Gift in der Küche. Er hängte die Tür ein, die an einer Wand lehnte, und verschloß sie. Utas Untermieter schufteten von Montag bis Freitag, Rudi Muster inspizierte den Inhalt der Kartons und koordinierte den Abtransport. Uta hatte sich angewöhnt, ihn mit Küßchen zu begrüßen und zu verabschieden, aber erst gestern hatte sie seine Lippen auf ihren Wangen gespürt, eigenartig spitz und feucht, und nicht nur den Stachelbart. Dr. Bosart holte im Laufe der Woche den Schlafsessel und die Wände, die er für künstlerisch ergiebig hielt, ab. Das war ein komplizierter Transport, denn die Kartons mußten numeriert werden, um die Anlage in der Galerie wieder genauso aufstellen zu können, wie sie im Original gewesen waren. Bosart hatte ein Faible für das Authentische.

Hinter der Kartonwand kamen ein Tisch und mehrere Stühle zum Vorschein, gleichzeitig befreiten sie das stabile Bett mit nußholzenem Bett- und Fußhaupt von allem Gerümpel. Man förderte noch manchen nützlichen Hausrat zutage, einige Nippes, die Betty Irgang geliebt hatte und die Uta entzückten und rührten. Sie sollten im Glasschrank neben dem Bücherregal aufgestellt werden.

Als sich aber bis zum nächsten Stammtisch der Beckmann und der Maillol immer noch nicht gefunden hatten, trübte sich des Professors Stimmung. Dora Stein verstand die Niedergeschlagenheit ihres Liebsten nicht, denn für den Fortgang ihres Romans war der Beckmann nicht von großer Wichtigkeit. Ob er nun gefunden würde oder nicht, es würde das Gebäude ihrer Prosa nicht beeinflussen. Außer dem Galeristen konnte sich niemand richtig in den Professor einfühlen. Für die anderen war das wichtigste, dem armen Alfred endlich eine menschenwürdige Wohnung präsentieren zu können, die ihn an seine Herkunft erinnerte. Ob mit oder ohne Beckmann, das schien die meisten nicht sehr zu tangieren. Für Gregor Voss allerdings symbolisierte das Stilleben die großbürgerliche Ordnung und Kultur, in der Alfred Irgang erzogen worden und aufgewachsen war und die der Professor mit der Hängung des Bildes wenigstens teilweise wieder errichtet sehen wollte. Allmählich zweifelte er daran, daß sich der Beckmann überhaupt in der Wohnung befinde. Er könnte sich auch in einem der zahlreichen angemieteten Kellerräume verstecken, wer sollte ihn hier aufspüren?

Doch im Laufe der nächsten Woche verkündete Uta das Auffinden des Beckmann-Stillebens. Rudi Muster hatte es in einem Karton, eingehüllt in zahlreiche Decken, durchaus sorglich verpackt und unversehrt, entdeckt. Auch der Maillol hatte sich zwischen Zeitungen und Holzwolle gefunden.

Utas Arbeitstrupp putzte und weißelte das letzte Zimmer, Witold montierte eine neue Klobrille. Die Küche blitzte ungezieferfrei und war mit Töpfen und Pfannen versehen, das Bett lud zum Ruhen ein. Die Sicht war großartig. Alfred konnte wieder auf den Rhein, den Hafen, die Schiffe, die Konrad-Adenauer-Brücke bis hinüber zum Mannheimer Schloß sehen.

Hier mußte er glücklich sein und zu einem anderen Menschen werden, dachte Uta, und Muster sagte: Ich wäre glücklich, so wohnen zu können. Komm doch zu mir, sagte Uta, da hast du's doch auch gut. Muster ließ sich von der Frau, die ihn um Haupteslänge überragte, an sich drücken und lächelte ein bißchen, machte sich aber los, ging ans Fenster und sagte: Diese Freiheit hier, man fühlt sich wie ein Herrscher oder wenigstens wie ein Oberbürgermeister. Ich habe immer nur im Erdgeschoß gewohnt, da entwickelt man sich anders. Er breitete die Arme aus und ließ ein langanhaltendes Oooom hören.

11

Wie üblich, traf sich der Stammtisch im *La Grotta*, diesmal war sogar Rudi Muster gekommen, der seinen Streit mit Unlauter beigelegt hatte. Muster erzählte, wie er das Bild entdeckt und wie er es beinahe nicht entdeckt hätte, weil es in so vielen Umhüllungen gesteckt sei. Bosart, der das Stilleben schon gesehen hatte, war begeistert von seiner Farbfrische. Alle machten sich nach dem Essen auf, um die Wohnung, den Beckmann und den Maillol zu bestaunen. Auch Brigitte schloß sich an, da Unlauter ihr versichert hatte, daß keine Schimmelpilze mehr zu befürchten waren.

Man hatte auch ein Biedermeiersofa ausgegraben, darüber sollte der Beckmann prangen, und in dem Vitrinenschrank würde neben dem Meißner Porzellan der weibliche Maillol-Akt, eine zwanzig Zentimeter hohe Bronze, ihren Platz finden. Muster enthüllte den Beckmann, hob ihn hoch wie ein Auktionator und hängte ihn dann an den dafür vorgesehenen Haken. Ja, sagte der Professor, das ist er, der Beckmann. Ich bin tief gerührt, bei der Betrachtung dieses Bildes steigen so viele Erinnerungen in mir auf. Ich sehe noch Dr. Irgang, diesen Gentleman der alten Schule, unter dem Stilleben sitzen, ein Buch lesend oder einen Besuch erwartend. Seinen schmalen, durchgeistigten Gelehrtenkopf sehe ich vor mir. Dieses Bild muß doch auch in Alfred etwas heraufrufen, nicht wahr? Dora Stein betrachtete das Gemälde eingehend und machte sich wieder Notizen, ging von Fenster zu Fenster, sogar auf den Balkon, auf dem sie ein Schwindel erfaßte, als sie hinunterschaute.

Der Professor besuchte am anderen Tag ein letztes Mal Alfred, der sich deutlich erholt zeigte und gegen Ende der Woche entlassen werden sollte.

In Kyras Wohnung feierte man den Sieg über das Chaos und sonnte sich ein bißchen im Bewußtsein der eigenen uneigennützigen Wohltätigkeit. Jedenfalls las Dora Stein diese Empfindungen in den vom Pfälzer Rotwein gefärbten Gesichtern. Uta sagte, man müsse sich überlegen, wie man Alfred empfangen wolle. Schon vor dem Haus oder als Überraschung in der Wohnung, oder sollten sie sich überhaupt nicht zeigen und ihn einfach am Stammtisch erwarten? Unlauter sagte, man müsse vor allem den genauen Entlassungstermin kennen, um überhaupt etwas zu Alfreds Willkomm inszenieren zu können, Dora Stein plädierte für eine Anwesenheit aller in der Wohnung. Kyra wollte auf jeden Fall seine Reaktion filmen. Bosart würdigte diese Idee als exzellent. Brigitte allerdings fand dieses Vorgehen etwas indezent. Die Kunst heiligt die Mittel, antwortete Bosart, und alles lachte. Sogar Uta lachte mit, die aber zu bedenken gab, daß es sich hier nicht um eine Aktion der Kunst, sondern um eine Aktion der Menschlichkeit handle, das dürfe man nicht vergessen. Natürlich, sagte der Galerist, wenn sich eine Aktion der Kunst mit einer Aktion der Menschlichkeit verbinde, so sei das überhaupt das Optimale, das Größte. Sogar Dora Stein mußte sich widerwillig eingestehen, daß die Geschichte auf ein Happy-End zulaufe, was sie in ihrer Romankonzeption nicht vorgesehen hatte und sie auch dramaturgisch nicht überzeugte. Aber, sie seufzte innerlich, die Wirklichkeit ist eben nicht literarisch. Man ging in schönstem Einvernehmen auseinander.

Der Professor und Dora mußten zum Bahnhof, Bosart blieb bei Kyra, um ihr, wie er sagte, zu helfen, die Gläser zu spülen, Brigitte wollte Unlauter, der weder Führerschein noch Auto besaß, in ihrem Smart nach Hause bringen; nur Uta würde wieder allein in ihrem Auto sitzen. Als Muster sein Fahrrad besteigen wollte, stellte er fest, daß beide Reifen einen Platten hatten. Vandalismus, rief er und zupfte an seinem roten Halstuch, jemand hat mir die Reifen zerstochen. Ein Bosheitsakt, ereiferte sich Uta, die den Unglücklichen noch nicht verlassen hatte, und das in diesem Stadtviertel, in dem 75 Prozent der Bewohner gutsituierte Akademiker sind. Im Jungbusch, seufzte Muster, hätte es mich nicht überrascht. Machen wir das Beste aus der Situation, sagte Uta: Steig ein, wir fahren zu mir. Morgen holen wir das Fahrrad. Das war ein Angebot, das Muster zögerlich, aber doch annahm.

12

Uta stand am Balkon und sah das Taxi vor dem Haus halten. Er hat schon wieder Plastikbeutel bei sich, in jeder Hand einen, dachte sie enttäuscht.

Kyra und der Galerist harrten im Flur, neben dem Beckmann-Stilleben standen Muster und der Professor, Unlauter und Brigitte machten sich in der Küche zu schaffen, sie hatten den Auftrag, Sekt und Häppchen zu kredenzen, Uta wollte den Rekonvaleszenten als erste willkommen heißen und ihn durch die Räume führen, nur Dora Stein entzog sich der Aufstellung, sie suchte sich den für sie günstigsten Blickwinkel jeweils selbst. Uta hatte vor Aufregung rote Flecken im Gesicht und kalte Hände. Sie legte ihr Ohr an die Eingangstür: Ich höre den Lift, jetzt hält er. Achtung, sagte sie zu Kyra, trat einige Schritte zurück, der Schlüssel drehte sich im Schloß, die Tür öffnete sich, und Alfred stand vor ihnen, mager und geschrumpft kam er ihnen vor. Er blickte um sich, schüttelte den Kopf, nein, sagte er, bevor Uta auf ihn zukommen konnte, und war schon wieder draußen. Er kann es nicht fassen, sagte Uta. Sie lief ihm nach: Komm nur herein, du bist schon richtig. Wir sind alle da, um dich willkommen zu heißen. Langsam, Schritt für Schritt setzend, als bewege er sich auf unsicherem Boden, trat er wieder in die Wohnung. Er rieb sich die Augen, schüttelte den Kopf, griff sich an die Brust. Uta hakte ihn unter, zog ihn – während die Videokamera schnurrte und Bosart Blitzlichtaufnahmen machte – ins Wohnzimmer, in dem sein Freund mit einem strahlenden Lächeln auf ihn zukam. Uta hatte Alfred fest im Griff, er wehrte sich nicht, sondern ließ sich von ihr auch in den nächsten Raum zerren, wo sein weißbezogenes Bett stand und das große Riemerschmidt-Buffet; ins Badezimmer, in dem es vor Sauberkeit blitzte und nach Chemie roch; zuletzt zeigte sie ihm die Küche, in der Unlauter und Brigitte ihn mit einem Tablett mit gefüllten Sektgläsern empfingen. Auf dein neues Leben, sagte Uta. Auf deine Vita nuova, sagte der Professor. Alfred nahm das Glas, seine Hand zitterte, er schwankte, Brigitte fing ihn auf, setzte ihn auf einen Stuhl. Er ist völlig überwältigt, sagte Uta gerührt. Wir wollen mit dir anstoßen, sagte der Professor. Sie stießen alle mit ihm an, trink doch einen Schluck, sagte Uta, die die Reglosigkeit des Überraschten zu beunruhigen begann. Alfred führte gehorsam den Kelch zum Mund, trank einen Schluck, dann ließ er das Glas fallen oder warf es zu Boden, das konnte man nicht genau erkennen, er erhob sich mit Anstrengung von seinem Stuhl, stand, schwankte, Dora war hinter ihn getreten, breitete die Arme aus, um den Strauchelnden aufzufangen, aber er fiel nicht; die Frauen beseitigten die Glasscherben und wischten den Boden trocken. Alfred begann mit langsamen Schritten seine Wohnung abzuschreiten. Als sich ihm Uta nähern wollte, stieß er sie zurück, strich mit den Händen die leeren Wände entlang, ließ seinen Blick darübergehen, vom Boden bis zur Decke, betastete auch die Möbel, das Beckmann-Bild wie ein Blinder, ging an die Fensterfront, fuhr über die Glasscheiben, über den Glasschrank, das Bücherregal, über die Bücherrücken, öffnete die Schubladen, betrachtete den Inhalt, seine Lippen bewegten sich, aber es war kein Laut zu hören. Auch die anderen waren verstummt, sie standen wie festgenagelt und verfolgten seine Bewegungen, wagten fast nicht zu atmen, nur Kyra filmte unbeirrt, und Dora ließ hin und wieder ihren Bleistift über ihr Notizheft fahren. Wie lange Alfreds Inspektion der Wohnung gedauert hatte, hätte später niemand mehr sagen können, wenn nicht die Aufzeichnung der Videokamera gezeigt hätte, daß Alfred sich fünfundzwanzig Minuten wie ein Blinder durch seine Wohnung getastet hatte, bevor er sich in die Mitte des Wohnzimmers stellte, den Blick des Professors suchte, beide Arme ausstreckte und leise und stockend fragte: Wo? Wohin ist alles? Meine Sammlung. Wohin? Gregor machte einen Schritt auf seinen Freund zu: Wir haben …, sagte er. Wir wollten dir eine Freude machen, sagte Uta. Wir haben für dich geschuftet, damit du dich wieder ins Bett legen kannst. Wir haben nur das Wertlose weggeworfen, alles andere haben wir aufbewahrt … Da hob Alfred die Arme, und Brigitte behauptete später, sie hätte genau gesehen, wie sich ihm dabei die Haare gesträubt hätten, die wenigen Haare seien ihm zu Berge gestanden, er stöhnte. Weggeworfen, stammelte er, wieso weggeworfen? Du brauchst jetzt eine Therapie, sagte Uta sanft, einen guten Psychotherapeuten, reg dich, bitte, nicht auf, du wirst sehen, es ist alles zu deinem Besten, denk an deine Mutter … Wieso weggeworfen? Mein Eigentum weggeworfen? Habe ich euch dazu berechtigt? Ich frage euch, wer hat euch berechtigt, mir mein Eigentum wegzunehmen? Wo ist meine Sammlung? Ich möchte wissen, wohin ihr sie gebracht habt! Weggeworfen? Ihr könnt doch nicht fremdes Eigentum wegwerfen? Das kann doch nicht sein, nicht wahr, ihr habt es irgendwo gelagert, ausgelagert? Schön, ihr habt die Wohnung geputzt, aber nun muß sie wieder eingeräumt werden, ich bestehe darauf, sie muß wieder so werden, wie sie war. Alles genau so. Alles muß wiederhergestellt werden. Wo habt ihr die Sachen? Gregor, du bist mein Freund, du sagst mir die Wahrheit. Nicht wahr, das ist ein Scherz, ihr spielt ein grausames Spiel mit mir? Ihr habt meine Sachen irgendwohin gebracht, wo ich sie wieder holen kann, nicht wahr, Gregor? Er kam auf den Professor zu, der senkte den Kopf und schwieg. Gregor, du bist mein einziger, mein ältester Freund, du mußt mir die Wahrheit sagen, wo ist meine Sammlung? Hör mal, sagte der Professor, dein Vater und deine Mutter, du weißt … Ich will wissen, wo meine Sammlung ist! Deine sogenannte Sammlung bestand nur aus Kruscht! Utas Stimme schrillte, sie stampfte mit dem Fuß auf. Wir haben sie weggeworfen, auf den Müll gebracht, Müll zu Müll, verstehst du, damit du endlich wie ein zivilisierter Mensch leben kannst. Du brauchst jetzt einen Psychotherapeuten, jetzt bist du reif für eine Therapie, die dich von deinem Horror vacui befreien wird, endlich hast du den nötigen Leidensdruck, wir werden dir beistehen, du mußt einsehen, es war die einzige Möglichkeit, dich zu retten, wir alle wollen dich retten.

Während dieser Rede war Alfreds vorher gerötetes Gesicht aschfahl geworden, er wankte, suchte einen Halt und ließ sich auf das Biedermeiersofa fallen. Das Beckmann-Stilleben, das dein Vater so geliebt hat, wir haben es gefunden, wieder aufgehängt, gerettet vor dem Verfall, sagte Gregor leise.

Wo ist mein Sessel, mein Sessel, in dem ich geschlafen habe? Bosart wollte etwas sagen, aber Kyra zischte ihm ins Ohr: Das bringt jetzt auch nichts mehr. Du hast jetzt ein Bett, sagte Kyra, die aufgehört hatte zu filmen, ein schönes, weiches Bett, das ist besser für die Wirbelsäule. Das wird dir jeder Orthopäde sagen, besser für die Bandscheibe, für die Entspannung, Alfred.

Ich kann in keinem Bett schlafen, das Bett hat mir schon im Krankenhaus Albträume verursacht, ich habe mich auf meinen Schlafsessel gefreut, sein Geruch war mir vertraut, überhaupt der Geruch in meiner Wohnung, das ist nicht mehr meine Wohnung, auch meine Nase erkennt sie nicht mehr.

Es hat gestunken, sagte Uta, man wäre beinahe erstickt an dem Gestank.

Die schöne Aussicht, sagte Brigitte sanft, sehen Sie doch, die schöne Aussicht, die frische Luft, die Sie jetzt haben. Sie haben ja einen Überblick wie ein Fürst aus Ihren Fenstern.

Auch Sie, Brigitte, sagte Alfred traurig, so jung und schon so grausam. Die Angesprochene begann plötzlich zu schluchzen und wollte auf Alfred zugehen. Gehen Sie, bleiben Sie mir vom Leib, gehen Sie alle, hinaus mit Ihnen, auch mit Ihnen, Dora, schauen Sie mich an, sehen Sie mich, einen Gebrochenen, einen Elenden, schreiben Sie Ihren Roman, ja, Sie haben recht, notieren Sie, stenografieren Sie, schildern Sie, beschreiben Sie Ihre Untat, vielleicht wird es ein spannender Roman, ein Bestseller, einer, der Sie berühmt und reich macht, beschreiben Sie die Demontage eines Menschen, die Mißachtung einer Persönlichkeit, schreiben Sie, aber kommen Sie mir nicht mehr unter die Augen. Er stemmte sich von seinem Sofa hoch, holte tief Luft und schrie: Hinaus, alle hinaus!, machte ein paar Schritte auf die Gruppe zu, die sich aneinanderdrängte: Hinaus, hinaus! Die Schar rührte sich nicht, Gregor stammelte: Aber Alfred! Erst als Alfred zu schreien begann, Schreie auszustoßen begann wie ein Gefolterter, verließen sie fluchtartig die Wohnung.

Als er allein war, begann ein solcher Schmerz in ihm zu wüten, daß er nicht zu sagen gewußt hätte, ob er körperlich oder seelisch war, der rüttelte in seinen Knochen, hinter seiner Brust, tobte in seinem Kopf; er rannte ins Badezimmer, erbrach sich in qualvollen Krämpfen. Dann schlich er wieder durch die Wohnung, öffnete die Tür zum Balkon. Es würde ein schöner Flug sein aus dem zehnten Stockwerk, ein Aufprall auf dem Beton, nur Bruchteile von Sekunden ein Schmerz, ein Tod im Flug, der Sturz eines Adlers, er beugte sich vor, sah seinen zerschmetterten Körper, seine ausgebreiteten Arme und Beine in einer Blutlache. So würde man ihn finden. Doch dann kam ein Mensch in sein Blickfeld, eine dunkel gekleidete Person, eine Frau, die zu ihm aufschaute, sie saß neben einem Haufen Gerümpel, wahrscheinlich Sperrmüll, der auf die Abholung wartete. Sie winkte ihm zu und begann zu schreien. Matroschka, flüsterte er, Matroschka, dann brüllte er zurück. Die unten begann zu lachen. Auch Alfred lachte, lachte, bis ihm die Tränen kamen und seine Beine zitterten und er sich am Geländer festhalten mußte. Ich komme, sagte er. Dann nahm er den Aufzug.

Als Gregor Voss mit Dora Stein später an den Stammtisch kam, wurde er schon erwartet. Er blickte in ratlos-verwirrte Gesichter, nur Uta schaute trotzig und beharrte darauf, daß Alfred nur eine Zeit der Besinnung brauchte, bis er auf ihr Angebot zurückkäme.

Welches Angebot? fragte Kyra.

Die Therapie, es hängt ja alles davon ab, ob er sich

einer Psychotherapie unterzieht, sagte Uta ungeduldig.

Ich habe Angst, sagte Brigitte. Wenn er nun aus dem Fenster springt? Er wirkte so verzweifelt. Dann sind wir schuld.

Wieso sollen wir daran schuld sein? fragte Muster. Außerdem glaube ich nicht, daß er springt.

Vielleicht hätte er sich beruhigt, wenn wir gesagt hätten, daß wir ihm den Schlafsessel wiederbringen könnten und auch einige von den Schachtelwänden mit den Assemblagen, überlegte Bosart. Ich muß sagen, er tat mir doch leid.

Und unser Projekt, fuhr Kyra auf, unsere Installation? Du fandest das doch eine geniale Idee, eine Jahrhundertidee geradezu. Ich verstehe das nicht; als Künstlerin muß ich mich von solchen Skrupeln freimachen! In seiner Wohnung sind die Sachen nichts, nur Müll, nur Gerümpel, unappetitlich, aber in unseren Händen wird ein Kunstwerk daraus.

Kunst geht nach Brot, den Spruch kenne ich, aber daß Kunst auch über Leichen geht, wußte ich nicht, warf Unlauter ein.

Wo, bitte sehr, sagte Kyra, wo sehen Sie hier eine Leiche? Ich hasse Sentimentalitäten.

Ich dachte, Sie seien auch Psychotherapeutin, sagte Unlauter, da müssen Sie sich ja auch in andere Menschen einfühlen, in ihre Nöte, denk ich mir. Aber vielleicht sehe ich das zu naiv.

Tatsächlich, verzeihen Sie, ist Ihr Blickwinkel naiv. Als Psychotherapeutin muß ich meinen Patienten helfen, daß sie ihre Gefühle zulassen, sie sollen in Tränen ausbrechen, nicht ich. Und meine Erfahrung zeigt, je ungerührter ich bin, je distanzierter ich bleibe, umso erschütterter werden meine Patienten.

Wir dürfen nicht vergessen, was wir mit unserer Aktion bewirken wollten, sagte der Professor: Wir wollten Alfred zu einem normalen Leben verhelfen, in dem er alle Möglichkeiten, die ihm bei seinem nicht unbeträchtlichen Vermögen geblieben sind, auch ausschöpft. Wir wollten ihm doch zu mehr Lebenslust verhelfen, sagte der Professor und bestellte für sich und Dora Stein eine Flasche Montepulciano.

Er sollte Lust bekommen, Reisen zu machen, sagte Uta, ich hätte mich als seine Begleiterin zur Verfügung gestellt. Er ist ja früher auch viel gereist, allerdings immer nur mit seinen Eltern. Jedes Jahr waren sie monatelang verreist, besonders gern hielten sich die Irgangs in Rom auf, Alfred war ein leidenschaftlicher Kirchen- und Museumsbesucher. Er sammelte Kataloge, Reiseführer. Übrigens, die müssen noch irgendwo sein, in irgendeinem Keller wahrscheinlich, die haben wir noch nicht gefunden.

Insgesamt hofften wir natürlich, indem wir seine Wohnung vor dem Verfall bewahrten, auch ihn selbst, seine äußere Erscheinung vor dem vollständigen Ruin schützen könnten, daß er sich, zum Beispiel, sein Gebiß sanieren ließe, sagte Gregor.

Implantate, sagte Uta, hätte er sich leisten können.

Wenn ich so viel Geld hätte, seufzte Muster. Bei mir ist eine Krone locker, ich habe Angst, daß sie mir herausfällt, der Vierer rechts oben, ich kann mir keine neue leisten.

Was macht er mit dem Geld eigentlich? fragte Kyra. Ich meine, hat er Erben?

Das geht uns nichts an, sagte der Professor, mich bekümmert nur, daß er nichts Nützliches für sich damit anfängt.

Ich glaube, sagte Brigitte, auch unsere guten Beweggründe können mir das Gefühl nicht vertreiben, daß wir unrecht getan haben. Wir hatten kein Recht, die Wohnung zu entrümpeln.

Du warst doch auch einverstanden, sagte Uta; das hättest du früher vorbringen müssen.

Ich hatte schon meine Bedenken, habe sie auch formuliert, aber mich wollte niemand hören, antwortete Brigitte tapfer.

Aber Kleines, sagte Unlauter und tätschelte Brigittes Hand, da mußt du dir jetzt keine Skrupel machen.

Ich habe von deinen Bedenken nichts gehört, giftete Uta.

Doch, bestätigte Dora Stein, mir ist etwas in Erinnerung. Ich muß in meinen Aufzeichnungen nachschauen, ich habe es notiert.

Dann sagen Sie bloß, Uta war die Zornesröte ins Gesicht gestiegen, Sie waren auch von Anfang an dagegen.

Keineswegs, sagte Dora, ich war sogar dafür.

Aber jetzt, jetzt sind Sie dagegen. Jetzt wissen Sie es auch besser.

Nein, ich bedaure nichts. Ich bin nur gespannt, wie es weitergeht, ich hoffe, daß es weitergeht, irgendwie. Es ist ja noch nicht zu Ende, die Geschichte meine ich.

Wir hätten vielleicht nur den Flur und die Küche ausräumen sollen, sagte der Professor. Wir waren zu radikal. Ich habe mich da von Uta bereden lassen, irgendwie hatte ich von Anfang an kein gutes Gefühl.

Na, hör mal, fuhr Uta auf, jetzt schlägt es dreizehn. Ich habe alles organisiert, ich habe kein Sterbenswörtchen des Einwands gehört, ich habe geschuftet, meine Leute eingesetzt, die wir übrigens zu entlohnen versprochen haben, wir alle, die wir hier sitzen, und nun hätte ich euch überredet und ich wäre an allem schuld.

Ein wenig ist es wohl so, sagte Unlauter.

Dazu kann ich mich nicht äußern, sagte Muster, ich bin ja erst dazugekommen, da war die Aktion schon in vollem Gange.

Sie haben ja auch den Beckmann gefunden, pflichtete ihm der Kunsthistoriker bei.

Ach, der Beckmann, seufzte der Professor, vielleicht rechtfertigt der Beckmann das alles.

Dora sagte: Streng juristisch gesehen, könnte Herr Irgang gegen uns vorgehen.

Und das wissen Sie alles erst jetzt? fragte Uta.

Das habe ich immer gewußt.

Und nichts davon erwähnt.

Warum sollte ich?

Das ist ja lächerlich, Alfred wird nie gerichtlich gegen uns vorgehen, schließlich ist er mein ältester Freund, sagte der Professor verärgert.

Gewesen, sagte Dora.

Können wir diese fruchtlose Diskussion beenden? fragte der Professor gereizt.

Wir sollten uns jetzt nicht gegenseitig Vorwürfe machen, sagte Unlauter, wir tragen alle Schuld.

Wer spricht hier von Schuld? Ich bin nach wie vor überzeugt, wir haben richtig gehandelt, wir alle wollten Alfred helfen, ich muß mich wiederholen, wir haben es gut gemeint, sagte Uta.

Gut gemeint, ja, aber die Folgen nicht bedacht. *Quidquid agis prudenter agas et respice finem*, sagte der Professor.

Ehrlich gesagt, Uta erhob sich, ich habe für heute genug, ich gehe.

Wir müssen auch an die Bahn, sagte der Professor.

Und was machen wir jetzt? fragte Brigitte. Vielleicht soll sich jemand um Alfred kümmern?

Ich schlage vor: abwarten, vielleicht kommt er schon zu unserem nächsten Stammtisch, sagte Uta.

Rudi Muster, der sich auch erhoben hatte, sagte: Ich könnte bei meinen Fahrradtouren bei seinem Hochhaus vorbeischauen, vielleicht kann ich etwas in Erfahrung bringen.

Das hielten alle für eine gute Idee. Aber möglichst unaufdringlich, sagte Kyra, sonst wird er scheu.

Verstehe, ich setze meine Tarnkappe auf und mache mich unsichtbar, Rudi Muster lachte.

Sie gingen auseinander.

Als der ICE anfuhr, nahm Gregor die Zeitung zur Hand, ließ sie aber bald wieder sinken und sagte zu Dora: Ich kann mir nicht helfen, ich schäme mich. Ich schäme mich, da mitgemacht zu haben.

Das verstehe ich, sagte Dora, das würde ich auch an deiner Stelle.

Du schämst dich also auch?

Nein, dazu sehe ich keine Veranlassung. Ich schreibe einen Roman, Dora lächelte versonnen, ich warte noch auf das Ende.

Gregor war zu traurig, um darauf etwas zu antworten, aber er dachte: Das ist monströs. Sie weiß nicht, was sie sagt. Sie will mich provozieren. Aber ich kann heute nicht mehr auf ihr Spiel eingehen. Er schloß die Augen.

13

Der letzte Stammtisch vor Semesterende. Gregor und Dora planten wie alljährlich die Sommermonate in völliger Abgeschiedenheit in ihrem Schwarzwaldhaus zu verbringen. Beide hatten zu arbeiten. Gregor wollte endlich seinen Aufsatzband zusammenstellen und Dora ihren ersten Roman zu Ende schreiben. Aber eine richtige Vorfreude auf die stillen Tage in Bernau wollte bei Gregor noch nicht aufkommen, zu sehr bedrückte ihn das Zerwürfnis mit Alfred. Mit einer gewissen Spannung wartete er deshalb auf die heutige Runde, vielleicht würde Alfred doch noch erscheinen, es war ja unvorstellbar, daß eine Freundschaft, eine über eine Generation währende Beziehung plötzlich zu Ende war.

Es kamen alle ziemlich gleichzeitig, sie gaben sich beinahe die Tür in die Hand. Sie waren acht mit Rudi Muster, er nahm jetzt den Platz von Alfred ein. Wenn Alfred kommt, sagte der Professor ein bißchen besorgt, können wir ja noch zusammenrücken und einen Stuhl einstellen. Weiß jemand, wie es ihm geht? Hat ihn jemand gesehen?

Muster zupfte an seinem roten Halstuch: Er ist wieder mit dieser Frau unterwegs. Er gräbt wieder mit seinen Händen im Müll herum, allerdings trägt er jetzt Handschuhe, wie sie die Handwerker tragen.

Haben Sie ihn angesprochen? fragte Gregor.

Ja, ich habe es versucht, ich habe ihn gegrüßt und gefragt, wie es ihm geht.

Und er?

Er hat gesagt: Entschuldigen Sie, mein Herr, ich kenne Sie nicht.

Ist er verrückt geworden? fragte Unlauter.

Nein, das glaube ich nicht. Er sah mir ganz ruhig ins Gesicht. Er wollte mich nicht mehr kennen, sagte Muster.

Dann wird er wohl nicht mehr an unseren Stammtisch kommen, sagte der Professor leise.

Jedenfalls nicht mehr in diesem Semester, sagte Kyra.

Uta meldete sich zu Wort: Ich habe mit dem Hausmeister gesprochen, Alfred transportiert jetzt den Müll von dem Kellerraum, den er längst hätte räumen sollen, in seine Wohnung. Den ganzen Tag, wie eine Ameise sei er mit dieser Frau tätig. Abends gehe er mit ihr aus dem Haus und komme vollgepackt nach Hause. Die Frau wohne offenbar jetzt bei ihm. Der Hausmeister sagte, wir sollten ihn nun in Ruhe lassen, denn Alfred bedrohe nun alle mit dem Gericht, die sich zukünftig in seine Angelegenheiten mischten, auch ihn selbst habe er gewarnt, denn es sei genau genommen nicht korrekt von ihm gewesen, mir den Wohnungsschlüssel zu geben. Überhaupt habe sich Alfred, seit er aus dem Krankenhaus entlassen wurde, ziemlich verändert. Irgendwie finster sei er geworden, sagte der Hausmeister, obwohl er immer noch aussehe, als wäre er kürzlich dem Tod von der Schippe gesprungen, und er, der Hausmeister, könne ihn umpusten, vermittle er jetzt doch den Eindruck, als sei mit ihm nicht gut Kirschen essen. Vor allem der Ausdruck in seinen Augen habe sich verändert. Es habe ihm früher Spaß gemacht, ihn einzuschüchtern, das war sehr leicht gewesen, die Angst sei ihm aus den Augen entgegengesprungen wie bei einem Kind; aber irgend etwas habe man mit ihm im Krankenhaus gemacht, glaube der Hausmeister, er schaue einen gar nicht mehr an oder er blicke durch einen hindurch, grüße nicht mehr, ja erwidere keinen Gruß mehr. Er, Steinmaßl, sei ja ein höflicher Mensch, er grüße ihn immer, er sage: Guten Morgen, Herr Irgang, schon so früh auf den Beinen?, oder Guten Abend, immer noch fleißig?, aber er antworte nicht mehr. Er lasse ihn jetzt machen, was er wolle. Eigentlich falle Irgang weiter nicht auf, seine Wohnung sei ungezieferfrei, und die Heizkostenableser hätten auch Zugang erhalten. Das einzige Auffallende an ihm sei seine Begleiterin, aber auch die müsse man akzeptieren, schließlich sei es ja eine Deutsche, stamme sogar aus Bayern, wie er in Erfahrung gebracht habe, wenn sie auch irgendwie ausländisch aussehe. Kürzlich habe Irgang sogar die Heizkörper in seiner Wohnung abmontieren lassen. Er brauche die Heizung nicht, habe sie nie gebraucht, eine Aussage, die auch der Heizkostenableser bestätigte. Der Kellerraum, den er verbotenerweise zugemüllt habe, sei bereits zur Hälfte geleert.

Er scheint wieder so weitermachen zu wollen wie bisher, sagte Muster.

Nur an den Stammtisch wird er nicht mehr kommen, so wie es aussieht, sagte Unlauter.

Die Frage ist: Was haben wir mit unserer Aktion eigentlich bewirkt? fragte der Professor. Er müllt sich nun wieder zu, und ich habe meinen ältesten Freund verloren. Hat sich das Ganze gelohnt?

Kyra sagte: Wir müssen ihn aufgeben, er ist nicht zu retten.

Das sagst du so locker, nachdem du mir eingeredet hattest, wir müßten einen Leidensdruck in ihm erzeugen, damit er sein Leben ändert. Mehr Leidensdruck war nicht zu machen, und jetzt müssen wir aufgeben, ich hätte nicht auf dich hören sollen, sagte Uta.

Da hört sich doch alles auf! Das mit dem Leidensdruck war allein deine Idee, war eine Obsession von dir, jedes zweite Wort war Leidensdruck, ich habe dir nur nicht widersprochen, weil es sowieso sinnlos gewesen wäre. So einfach ist es eben doch nicht mit der menschlichen Seele, das erfahre ich täglich in meiner Praxis.

Ungeheuerlich, fuhr Uta auf. Der Professor versuchte zu beschwichtigen: Bitte kein Aufsehen, aber Uta ließ sich nicht bremsen: Ungeheuerlich, das sagst du, die du mit deinem Galan aus dem armen Alfred euren Nutzen gezogen hast, kaltblütig habt ihr gefilmt und fotografiert, dein Liebhaber will sogar Teile von Alfreds Kruscht als Kunstwerk in seiner Galerie ausstellen. Diese Kaltblütigkeit hat mich abgestoßen, eure Unmenschlichkeit.

Du hast keine Ahnung von Kunst, du lächerlicher Gutmensch du, fauchte Kyra. Bosart legte beschwichtigend seine Hand auf Kyras Arm.

Der Kellner kam an ihren Tisch und sagte: Meine Herrschaften!

Bitte, beruhigt euch, flehte auch der Professor.

Aber es war bereits zu spät, denn auch Unlauter und Brigitte, die besänftigend eingreifen wollten, heizten die Stimmung nur auf, schließlich meldete sich auch Bosart zu Wort, der Kyra verteidigte, und Muster, der sich auf die Seite Utas schlug.

Der Tumult wurde so groß, daß zwei Kellner an den Tisch kamen und die Streitenden zum Verlassen des Lokals aufforderten.

Zurück blieb der verstörte Professor mit Dora, denn auch Unlauter mußte seine Brigitte, die sich in Tränen aufgelöst hatte, wegbringen.

Das ist das Ende, sagte Gregor zu Dora, hier hast du das Ende.

Das vorläufige, antwortete Dora ungerührt.

Ich kann mich hier nicht mehr blicken lassen, diese Schande, stöhnte der Professor.

Wir müssen zum Zug, sagte Dora, und zum Kellner gewandt: Bitte, die Rechnung.

Wenige Tage später brachen Gregor und Dora in den Schwarzwald auf. Der Nachsendeantrag bei der Post war gestellt, die Zeitungen umgeleitet und der Nachbarin der Wohnungsschlüssel zur Betreuung der Pflanzen übergeben.

Es war Voss immer wieder erstaunlich, wie schnell er sich in diesem kleinen, alten, nicht sehr komfortablen Haus erholte, wie schnell alle Probleme von ihm wegrückten und er innerlich Frieden fand. Auch Dora bekannte, daß sie nur hier zur Ruhe komme und zur Konzentration, die sie für den Abschluß ihres Romans nötig habe. Sie hatten das Telefon abgemeldet, ihre Handy-Nummer kannte niemand. Sie fühlten sich wie Kinder, die der strengen Aufsicht der Eltern entronnen waren.

Sie liebte den weiten Blick auf die Wiesen, die von Baumgruppen und Sträuchern begrenzt waren, die dunklen Wälder und die weitverstreuten Höfe, eine Idylle, die dem Gegenstand ihres Romanvorhabens so gegensätzlich war, daß sie ihn lebendiger und schärfer, aber auch distanzierter betrachten konnte. Wenn die Konzentration nachließ, machte sie lange Spaziergänge mit Gregor. Sie sprachen kaum, jeder in seine Gedanken versunken, und waren sich sehr nah.

Es war ein heißer Sommer. Sie genossen die Kühle des alten Hauses, kamen abends aus ihren Räumen aufeinander zu, redeten beim Essen über den Fortgang ihrer Arbeiten und tauschten ihre Gedanken aus. Dora zweifelte nicht daran, daß sie ihren Roman noch hier oben fertigschreiben würde. Doch nach mehreren Wochen merkte sie, daß sie ihn nicht abschließen konnte. Anfang und Ende sind das Wichtigste an einem Roman, sagte Gregor. Die müssen überzeugen. Sie fand kein überzeugendes Ende. Nachdem ihr der erste Satz gelungen war, fehlte ihr nun der letzte Satz. Auch Gregor fand, daß sie den Roman so im Ungefähren nicht enden lassen konnte. Dazu war er nicht angelegt. Sie wurde unzufrieden, dachte, sie seien vielleicht doch schon zu lange in der Isolation, ihr fehle die Anregung. Das Grün, das sie umgab, wurde ihr eintönig und langweilig, die Stille erdrückend. Das machte auch Gregor traurig, sie spürte es, versuchte ihre Unruhe zu unterdrücken, begann im Garten zu wirtschaften, das Haus zu putzen und zählte doch die Tage, da sie wieder in der Stadt sein würden. Woran lag es nur? Irgend etwas war falsch an ihrem Konzept, überzeugte nicht. Sie dachte daran beim Fensterputzen und beim Unkrautjäten, sie begann Dostojewskij wieder zu lesen, wurde ganz klein und demütig, aber auch ruhiger. Sie begann sich in den *Dämonen* einzurichten und später in den *Brüdern Karamasow* zu wohnen. Doch ihr Roman, der sich anfänglich so gut entwickelt hatte, ließ sich nicht zu Ende schreiben.

Sie wartete auf den Briefträger, obwohl sie keine Briefe zu erwarten hatte, weil auch sie niemandem schrieb und ihre hiesige Adresse niemand kannte. Sie hätte gerne Anrufe gehabt. Eines Tages erhielt Gregor ein Schreiben von Uta Aufbau, es war nachgeschickt worden und eine Woche unterwegs gewesen.

Gregor öffnete es, als sie ihren Tee im Garten einnahmen. Es war ein klarer, stiller Spätsommernachmittag. Bitte, lies vor, sagte Dora.

Es ist ein langer Brief, sagte Gregor.

Lieber Gregor,

da Du telefonisch nicht zu erreichen bist, bin ich gezwungen, Dir einen Brief zu schreiben, den Du hoffentlich rechtzeitig erhältst. Ich weiß nicht, ob Du dort oben in der Einöde Zeitungen liest oder die Nachrichten im Fernsehen verfolgst, zumindest im Lokalfernsehen hättest Du darüber etwas erfahren können. In Ludwigshafen ist vor drei Tagen ein Brand ausgebrochen, Flammen schlugen aus dem Hochhaus, in dem Alfred wohnt, beißender Rauch nahm den Bewohnern den Atem. Aus noch unbekannter Ursache fing ein Abfallcontainer im Keller Feuer, wie man jetzt weiß. Ätzender Qualm strömte in 266 Wohnungen, 27 Menschen erlitten Rauchgasvergiftungen, fünfzig wurden evakuiert. Den Sachschaden schätzt die Polizei auf 200 000 Mark. So stand es in der Zeitung. Die Feuerwehr hatte Großeinsatz und war mit vier Löschzügen unterwegs.

Rudi Muster und ich wurden beinahe Augenzeugen des Feuerausbruchs, denn seit er bei mir eingezogen ist, machen wir zu zweit Radtouren, ich begleite ihn zu seinem Baum, radle mit ihm aber auch durch die Stadt, wenn es meine Zeit erlaubt, und so waren wir zufällig in der Nähe von Alfreds Wohnhaus, als es dort brannte.

Wenn Du Dich jetzt wegen Alfred ängstigst, so kann ich Dich beruhigen, Alfred war zur Zeit, als das Feuer ausbrach, nicht daheim, denn natürlich waren auch Rudi und ich, als wir den Brand und die gewaltige Rauchentwicklung bemerkten, seinetwegen besorgt, wir blieben deshalb am Ort und konnten aus nächster Nähe beobachten, wie die Sanitäter und Notärzte Menschen evakuierten. Bewohner, denen es ohne fremde Hilfe gelungen war, dem

Feuer und dem giftigen Gas zu entkommen, erzählten aufgeregt ihre Erlebnisse. Sie fragten sich, wie es geschehen konnte, daß aus dem Keller Flammen züngelten, und irgend jemand erwähnte Alfred, das heißt, der Mann sagte, sicher hat das dieser Sonderling, dieser personifizierte Müllschlucker, verursacht, der, der immer mehr Abfall im Keller anhäuft, daß man schon drüberfällt, auch einen fremden Keller habe er zugemüllt, obwohl ihn der Hausmeister schon hundertmal aufgefordert habe, ihn leer zu machen. Aber der Kerl kümmere sich um nichts, schleppe jeden Dreck herbei, den ganzen Tag fahre er mit seinem Leiterwagen und dieser dicken Frau Plunder heran. Es waren etwa ein Dutzend Hausbewohner, die sich erregt an dem Gespräch beteiligten, für sie stand fest, daß Alfred den Brand, wenn nicht gelegt, so doch verschuldet hatte. Als das Feuer bereits gelöscht war, es aber noch gewaltig aus dem Keller und einzelnen Stockwerken herausqualmte, tauchte Alfred mit dieser Frau im Schlepptau auf, die seinen Leiterwagen zog, der bis oben voll mit Kram war. Ich hatte sofort ein ungutes Gefühl und überlegte mir, ob ich ihn warnen sollte. Alfred, als er die giftigen Schwaden sah, stürzte sofort wie ein Rasender auf die Feuerwehrleute zu und wollte in den Keller. Aber die verwehrten ihm natürlich den Zugang, es war ja noch alles voller Rauch und lebensgefährlich. Alfred befand sich in einer furchtbaren Aufregung, schrie, er müsse seine Habe retten, und wurde sogar gegen die Männer handgreiflich. Die Feuerwehrleute reagierten durchaus besonnen, versuchten ihn zu beruhigen und ihm die Lebensgefahr plausibel zu machen, er müsse sich noch etwas gedulden. Doch das konnte oder wollte er nicht, er beschimpfte die Feuerwehrmänner, lief vor ihnen hin und her, offenbar, weil er hoffte, irgendwo durchschlüpfen zu können; einige Umstehende lachten, er sah wirklich lächerlich aus, wie er sich ereiferte, ein mage-

res Männchen in abgerissener Kleidung, das auf und ab hüpfte und außer sich war. Andere sah ich, wie sie die Fäuste ballten, und hörte, wie sie sich zubrummten: Das ist er, der hat den Brand verursacht, der mit seinem Müll, dieser Streuner. Meine Frau mußte sogar ins Krankenhaus gebracht werden mit Rauchgasvergiftung, sagte einer. Das ist ja der Brandstifter, sagte der nächste. Da lösten sich zwei Männer athletischen Typs von den Umstehenden, rannten ihm nach, packten ihn von hinten, hoben ihn hoch, ließen den schreienden Alfred zappeln, daß sich die Leute vor Lachen bogen. Es wäre wahrscheinlich noch gut ausgegangen, wenn nicht diese Charlotte Bieramperl herbeigerannt wäre, auf die Männer eingeschlagen und schrecklich gebrüllt hätte, ein Polizist wollte schon eingreifen, da hoben die beiden den zappelnden Alfred noch höher in die Luft und ließen ihn plötzlich fallen, daß er auf den Betonboden klatschte. Rudi behauptete, gesehen zu haben, daß die Männer ihn nicht nur jäh losgelassen, sondern zu Boden geschleudert hätten. Das alles geschah in Sekundenschnelle, und ich kann nicht sagen, ob Rudi recht hat. Jedenfalls kam Alfred auf den Rücken zu liegen, um seinen Kopf bildete sich sogleich eine Blutlache. Ein Notarzt war schnell zur Stelle, die Ambulanz brachte ihn mit Sirenengeheul ins Krankenhaus, doch dort kam er nicht mehr lebend an. Schädelbasisbruch mit Gehirnblutung hieß es.

Ich wollte mich daraufhin um die Wohnung, später um den ganzen Nachlaß kümmern, aber das wurde mir verwehrt, denn es stellte sich heraus, daß Alfred ein Testament bei seinem Rechtsanwalt hinterlegt hat, und in dem ist Charlotte Bieramperl als Alleinerbin eingesetzt, nicht nur seiner Wohnung, sondern auch seines Kapitalvermögens. Ich habe Charlotte Bieramperl zu mir ins Haus genommen, denn man hätte sie sonst in die Psychiatrie gebracht, so wild hat sie sich gebärdet, als sie erfuhr, daß Alfred tot sei. Nun ist sie Millionärin und wird wohl nicht mehr bei mir wohnen bleiben. Es wird auch zunächst kein Begräbnis geben und kein Grab, denn Alfred hat testamentarisch seinen Leichnam der Pathologie der Universitätsklinik Heidelberg vermacht.

Ich wußte ja, daß es mit Alfred einmal ein böses Ende nehmen würde, aber daß es so gewalttätig aussehen würde, habe ich mir natürlich nicht vorgestellt.

Lieber Gregor, ich weiß, daß Dich Alfreds Tod traurig machen wird, auch mich hat er traurig gemacht, aber ich weiß nun genau, daß ihm nicht zu helfen war. Wir haben getan, was wir konnten, doch dieser Unglücksfall war von keinem von uns zu verhindern. Das war Schicksal, Vorbestimmung. Enttäuscht bin ich natürlich auch, daß er keinen von uns, die wir uns wirklich aufopfernd um ihn gekümmert haben, in seinem Testament bedacht hat, sondern alles dieser Person vermacht hat, die ihn auf dem Weg ins Verderben unterstützt hat. Wie ich sagte, sie wohnt seit ein paar Tagen bei mir, sie kann ja nicht reden, nur schreien, und das Geschrei, das sie ausstoßen kann, ist fürchterlich, oder lachen, was nicht weniger entsetzlich ist. Mir graut vor ihr. Sie will auch nichts essen, trinkt nur etwas Tee, und wenn sie mich sieht, fängt sie an zu lachen. Ich bin froh, daß Rudi bei mir wohnt, ich tippe ihm seine Abhandlungen in den Computer, denn er bekommt sofort Migräne, wenn er die Tasten drücken soll, und ich tue es gern für ihn.

Otto Unlauter, der sich von Alfreds Tod, vor allem von den Umständen, erschüttert gezeigt hat, wird Mannheim verlassen, er hat einen Ruf auf einen Lehrstuhl nach Hildesheim erhalten, und wahrscheinlich wird ihn Brigitte begleiten, wenn sie an der dortigen Universität einen Doktorvater findet.

Kyra Wiesel und Dr. Bosart werden im Herbst eine Gedenkausstellung in memoriam Alfred Irgang machen, mit seiner Schachtelwand, dem Schlafsessel und einer Videoinstallation. Das finde ich eine schöne, pietätvolle Idee. Sicher bekommst Du eine Einladung zur Vernissage. Der Hausmeister ließ mich einen kurzen Blick in die Wohnung tun, in der wir geschuftet haben, um sie ihm möglichst behaglich zu gestalten, ich war entsetzt: An der Stelle, wo der Beckmann hing, ist schon wieder eine Wand mit allerhand Gerümpel hochgezogen, von dem Bild ist nichts mehr zu sehen, auch der Maillol ist verschwunden. Was nun mit dem Beckmann passiert, weiß ich nicht, das gehört ja jetzt alles dieser Halbverrückten.

Gregor ließ den Brief sinken und sagte: Das ist ja furchtbar, über die Maßen entsetzlich. Das nimmt mich schon sehr mit. Was sagst du dazu?

Dora schlug sich an die Stirn: Ja, das ist die Lösung. Die Wirklichkeit ist manchmal doch literarisch. Sie lächelte. Ich glaube, jetzt können wir unseren Hochzeitstermin festlegen.

Evelyn Grill

Vanitas oder Hofstätters Begierden

Roman

Nominiert
für den Deutschen Buchpreis 2005

Evelyn Grill entwirft in lapidarem Ton und drastischen Bildern souverän die Szenenfolge eines Lebens, das die Wirklichkeit nur in künstlerischer Bearbeitung gelten lässt. Ein erfrischend kühnes Buch.

Der Spiegel

Der Blick auf eine monströse Ehe in den besten Kreisen: Wir folgen Evelyn Grill gerne in dieses Labyrinth aus Kunst, Dekadenz und geheimen Lüsten.

Ulrich Weinzierl, *Die Welt*

Evelyn Grill ist von einer wüsten Fantasie umgetrieben, die sie tollkühn immer drastischere Wirklichkeitsbilder finden lässt. Diese Autorin soll gepriesen sein, und viele Leser mögen ihr verfallen.

Anton Thuswaldner, *Salzburger Nachrichten*

Max Blaeulich
Kilimandscharo zweimeteracht

Roman

Virtuos verknüpft Blaeulich in seinem Roman historische Tatsachen mit literarischer Phantasie. Zwischen Rassenwahn und Traum durchstreifen die Abgesandten der Österreichischen Akademie der Wissenschaften die Weiten Ugandas. Das Herz der Finsternis ist ihr eigenes.

Paul Jandl, *Neue Zürcher Zeitung*

Die Grundlage für Blaeulichs Erzählen ist historisches Material … Er agiert dabei so virtuos-grotesk, dass man nicht immer weiß, was Wirklichkeit und was ironische Anmerkung ist. Am Ende hat man nicht bloß ein respektables Buch gelesen, sondern wirklich gute Literatur!

Gerhard Zeillinger, *Die Presse*

In einer meisterhaften Sprache und gestützt auf faktenreiche Recherche legt der Autor einen sensationellen, ungewöhnlichen Afrika-Roman vor. Pflichtlektüre.

Sylvia Treudl, *Buchkultur*

Adalbert Stifters Liebespost
Von Liebesleid und Gattenglück

Mit einem Vorwort von Margit Schreiner
Hg. Günther Eisenhuber

Gerade in der Wortwahl liegt der delikate Charme der Briefe. Im O-Ton vorgetragen, entrollt sich so nicht nur ein kitschig-tragischer Liebesroman, sondern vor allem die wahrscheinlich wahrhaftigste Biografie Adalbert Stifters … Das Büchlein darf wohl mit Recht als amüsantestes der Stifterjubiläums-Neuerscheinungen bezeichnet werden.

Ulrike Matzer, *literaturkritik.de*

Als k. k. Schulrat bereist Stifter die nähere Umgebung seiner Heimatstadt Linz. Doch seine jetzt in einem Band gesammelte »Liebespost« klingt, als wären Kontinente zu überwinden. Ein Himmel der Liebe über der Hölle des Lebens war die Ehe Adalbert Stifters … Das sanfte Gesetz der Egozentrik waltet in einer Ehe, die, wie alles Heilige bei Stifter, aus einer »schrecklichen Liebe« kommt.

Paul Jandl, *Neue Zürcher Zeitung*

Ein schmales Büchlein ist es, schmal, aber voll großen Gefühls. Leidenschaftliches von einem Schriftsteller, der sonst für Leidenschaftlichkeit nicht gerade berühmt ist. Seine Liebesbriefe erinnern uns an das große Leiden, das die große Liebe immer an der Hand hält, ob sie nun kommt, geht oder bleibt.

3sat